台灣作家全集

2 珍貴的圖片

台灣文學作家的精彩寫眞，首次全面展現，讓我們不但欣賞小說，也可以一睹作家眞跡。

1 豐富的內容

涵蓋1920年到1990年代的台灣重要文學作家的短篇小說以作家個人爲單位，一人以一冊爲原則。

縫合戰前與戰後的歷史斷層，有系統地呈現台灣文學的風貌。

榮譽出版發行／
前衛出版社

翁鬧 巫永福 王昶雄 合集

台灣作家全集

短篇小說卷

台灣作家全集

短篇小說卷

一九三六年六月七日，台灣文藝發行人張星建赴日，與文友合影於東京新宿明治西餐廳。前排右起郭明昆、顏水龍、陳瑞榮、張星建、劉捷、翁鬧、曾石火、賴貴富、莊天祿、楊基椿。後排右起陳傳讚、張文環、吳天賞、陳遜章、吳坤煌、溫純和、陳遜仁。

一九二七年台中一中就學時與二兄巫永勝合照

巫永福伉儷結婚照於台中市老松町自宅前

一九三四年台灣文藝聯盟發起人之一賴明弘來東京訪問台灣藝術研究會福爾摩沙，蘇維熊、張文環、巫永勝、巫永福紀念合照

一九三五年八月任台中台灣新聞社記者與彫刻家陳夏雨合照

一九三五年二月巫永福明治大學文藝科畢業前與好友三富等紀念合照

巫永福近照

一九四一年九月七日，巫永福與文友合影於佳里的鹽分地帶（前排坐者左起爲黃得時、王井泉、陳逸松、張文環、巫永福）

一九三七年，巫永福與友人於台中合影，前排左二爲巫永福，後排左一爲葉陶，左二爲楊逵

巫永福主持「巫永福評論獎」頒獎

巫永福（黃武忠提供）

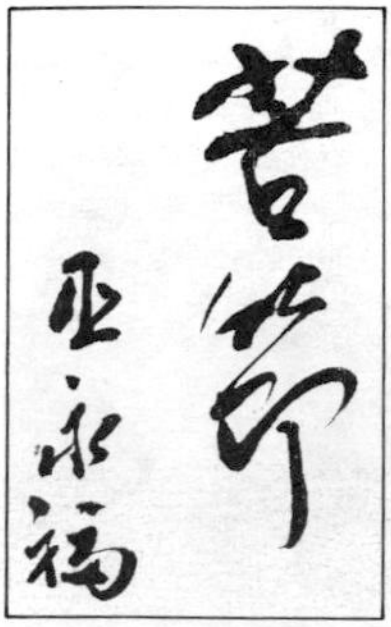

巫永福先生於一九四一年的墨跡

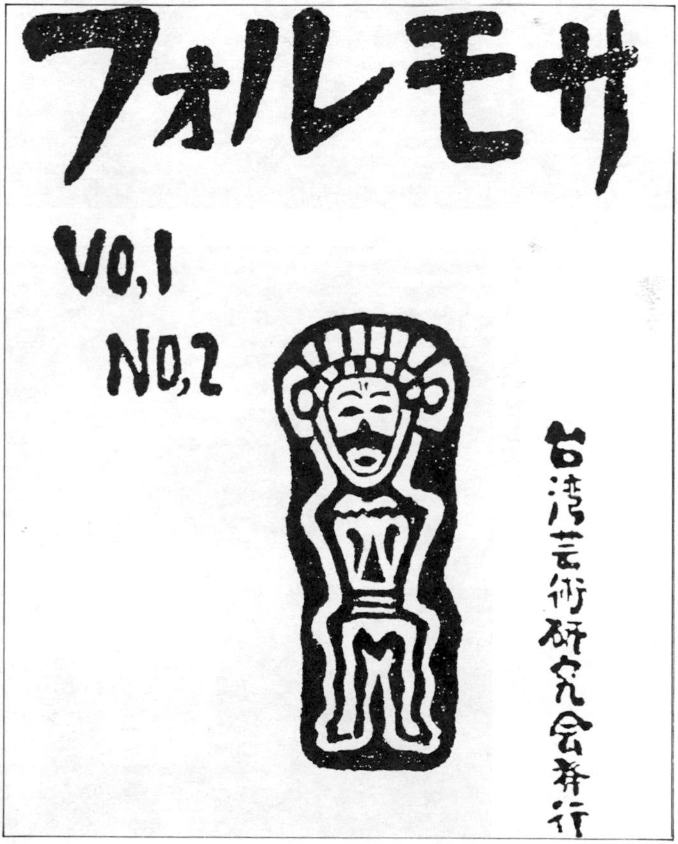

《福爾摩沙》雜誌封面

少年時的王昶雄及家人，左起母親、大姊、父親、王昶雄

王昶雄與乾姊姊臨別留影

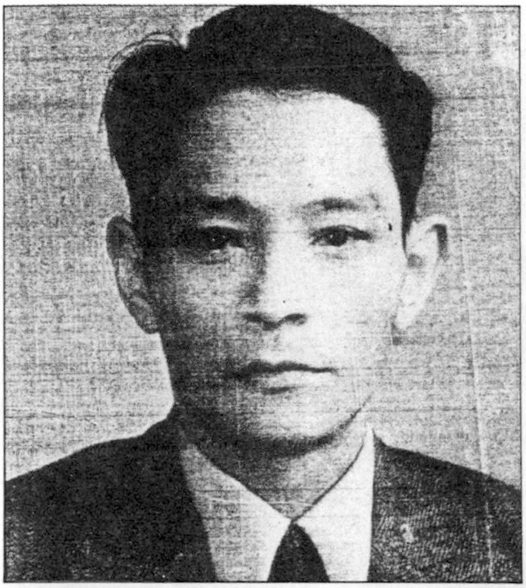

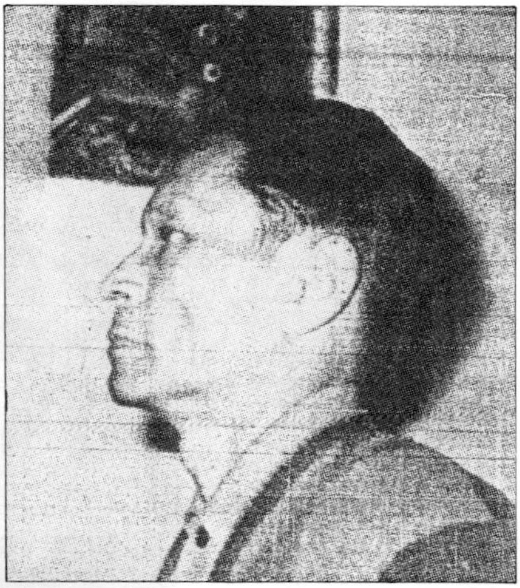

王昶雄照片二幀

寫〈淡水河之漣漪〉時的王昶雄，時年廿五歲

在純德女中教書時的王昶雄

呂泉生和王昶雄作曲、作詞合作無間，至今已三十餘年了。〈阮若打開心內的門窗〉這首歌鼓勵 生活困頓的人們對未來要充滿希望

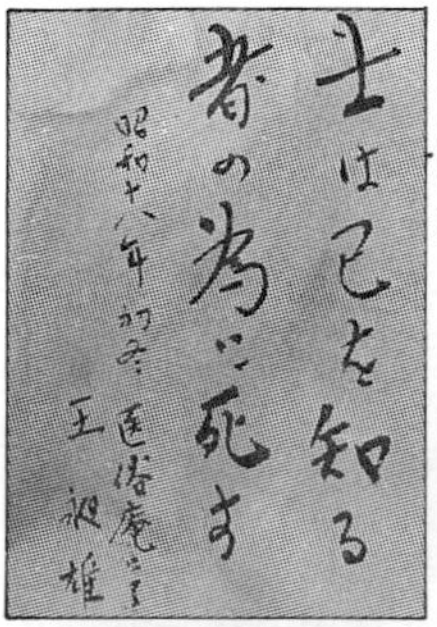

王昶雄手稿

被友人暱稱爲「少年大的」王昶雄

出版說明

《臺灣作家全集》是臺灣新文學運動以來最有意義的選輯，也是臺灣文學出版上最具示範的創舉。全集係以短篇小說爲主體，以作家個人爲單位，涵蓋一九二〇年至九〇年代的重要作家，縫合戰前與戰後的歷史斷層，有系統地呈現了現代文學史上臺灣作家的精神面貌。

在內容上，包括日據時代，由張恆豪編選；戰後第一代，由彭瑞金編選；戰後第二代，由林瑞明、陳萬益編選；戰後第三代，由施淑、高天生編選。全集計劃出版五十冊，後每隔三年或五年，續有增編，一人以一冊爲原則，戰前部分則因篇幅不足，有二人或三人合爲一集。

在體例上，每冊前由召集人鍾肇政撰述總序（文長兩萬字，首冊爲全文，其它則爲濃縮），精扼鉤畫出臺灣新文學發展的歷程、脈絡與精神；並由各集編選人執筆序言，簡要介紹作家生平及作品特色；正文之後，則附有研析性質的作家論，及作家生平寫作年表、小說評論引得，期能提供讀者參考。臺灣面臨歷史的轉捩點，瞻前顧往之際，本社誠摰希望能對臺灣文學的出版、推廣、教育及研究上有所貢獻。

台灣作家全集

短篇小說卷

緒言

鍾肇政

時代的巨輪轟然輾過了八十年代，迎來了嶄新的另一個年代——九十年代。發軔於二十年代的台灣文學，至此也在時代潮流的沖激下，進入了一個極可能不同於以往的文學年代。

然則這九十年代的台灣文學，究竟會是怎樣的一種文學？

在試圖回答這個問題之前，我們似乎更應該先問問：台灣文學又是怎樣一種文學？

曰：台灣文學是台灣本土的文學、台灣人的文學。

曰：台灣文學是世界文學的一支。

倘就歷史層面予以考察，則台灣文學是「後進」的文學：比諸先進國的文學，即使是近鄰如日本，她的萌芽時期亦屬瞠乎其後，比諸中國五四後之有新文學，亦略遲數年。

只因是後進的，故而自然而然承襲了先進的餘緒，歐美諸國文學的影響固毋論矣，即日本文學、中國文學等也給她帶來了諸多影響。易言之，先天上她就具備了多種特色集於一身，因而可能成爲人類文學裏新穎而富特色的一支——當然這種說法恐難免落入過分單純化機械化的發展論，未必完全接近實際情形。事實上，一種藝術的發芽與成長，土地本身的人文條件與夫時代社經政治等的變易更動，在在可能促進或阻礙她的發展。證諸七十年來台灣文學的成長過程，堪稱充滿血淚，一路在荆棘與險阻的路途上踽踽而行，備嘗艱辛。

職是之故，若就其內涵以言，台灣文學是血淚的文學，是民族掙扎的文學。四百年台灣史，是台灣居民被迫虐的歷史。隨著不同的統治者不同的統治，歷史上每一個不同階段雖然也都有過不同的社會樣相與居民的不同生活情形，而統治者之剝削欺凌則始終如一。七十年台灣文學發展軌跡，時間上雖然不算多麼長，展現出來的自然也不外是被迫虐被欺凌者的心靈呼喊之連續。

台灣文學創建伊始之際，我們看到台灣文學之父賴和以文學做爲抗爭手段之一的筆跡。他反抗日閥強權，他也向台灣人民的落伍、封建、愚昧宣戰。他身體力行，諸凡當時的抗日社團如文化協會、民衆黨和其後的新文協等，以及它們的種種活動，他幾乎是每役必與，並驅其如椽之筆發而爲〈一桿稱子〉、〈不如意的過年〉、〈善訟的人的故事〉等小說與〈覺悟下的犧牲〉、〈南國哀歌〉等詩篇，爲台灣文學開創了一片天空，樹立了不朽典範。

中期，我們又有幸目睹了台灣文學巨人吳濁流之出現。第二次世界大戰進入最慘烈階段之際，在日本憲警虎視眈眈下，吳氏冒死寫下《亞細亞的孤兒》，戰後更在外來政權戒嚴體制的獨裁統治下，他復以《無花果》、《台灣連翹》等長篇突破了統治者最大的禁忌。他不但為台灣文學建構了巍峨高峰，還創辦《台灣文藝》雜誌，創設台灣第一個文學獎「吳濁流文學獎」，培養、獎掖後進，傾注了其後半生心血，成為台灣文學的中流砥柱。

七十星霜的台灣文學史上，傑出作家為數不少，尤其在時代的轉折點上，每見引領風騷的人物出現，各各留下可觀作品。此處暫不擬再列舉大名，但我們都知道，在統治者鐵蹄下，其中尚不乏以筆賈禍而身繫囹圄，備嘗鐵窗之苦者，甚或在二二八悲劇裏飲恨以終者。以所驅用的文學工具言，有台灣話文、白話文、日文、中文等等不一而足，蔚為世界文壇上罕見奇觀，此殆亦為台灣文學之一特色。日據時，曾有「外地文學」之稱，輓近亦有人以「邊疆文學」視之，唯她既立足本土，不論使用工具為何，其為台灣文學則無庸否定，且始終如一。

不錯，七十年來她的轉折多矣。其中還甚至有兩度陷入完全斷絕的眞空期，其一為戰爭末期所謂「決戰下的台灣文學」乃至「皇民文學」的年代，以及戰後二二八之後迄國府遷台實施恐怖統治、必需俟「戰後第一代」作家掙扎著試圖以「中文」驅筆創作、接續斷層爲止的年代。一言以蔽之，台灣文學本身的步履一直都是顚躓的、蹣跚的。到了七十年代，鄉土之呼聲漸起，雖有鄉土文學論戰的壓抑，反倒造成台灣文學的欣欣向榮，入了八十年代，鄉土文學不僅成爲文壇主流，益以美麗島軍法大審之激盪，衝破文學禁忌成了不可遏止之勢，於是有覺醒後之政治文學大批出籠，使台灣文學的風貌又有了一變。

八十年代已矣。在年代與年代接續更替之際，正如若干年來每屆歲尾年始，報章上總會出現不少檢討與前瞻的論評文學，也一如往例悲觀與樂觀並陳，絕望與期許互見。有一明顯的跡象是嚴肅的台灣文學，讀者一直都極少極少，在八十年代末期的消費社會、資訊多元化社會以及功利主義社會裏，文學的商品化及大衆化傾向已是莫之能禦的趨勢，於是當市場裏正如某些論者所指摘，充斥著通俗文學、輕薄文學一類作品，純正的文學乃又一次陷入危殆裏。

然而我們也欣幸地看到，八十年代末尾的一九八九年裏民主潮流驟起，舉世爲之震動。繼六四天安門事件被血腥彈壓之後，卻有東歐的改革之風席捲諸多社會主義共產國家，連蘇聯竟也大地撼動，專制統治漸見趨於鬆動的跡象。（草此文之際，世人均看到蘇俄首任總統終告產生。）這該也是樂觀論者之所以樂觀之憑藉吧。

不錯，新的人類世界確已隨九十年代以俱來。即令不是樂觀者，不免也會睜大眼睛看著世局之演變並對它有所期待才是。而九十年代台灣文學，自然也已是呼之欲出！君不見繼八九年年尾大選、國民黨挫敗之後，台灣的民主又向前跨了一步，即令有第八任總統選舉的權力鬥爭以及國大代表之挾選票以自重、肆意敲詐勒索等醜劇相繼上演於國人眼睜睜的視野裏，但其爲獨大而專權了數十年之久的國民黨眞正改革前的垂死掙扎，彰彰在吾人耳目。

在九十年代台灣文學即將展現於二千萬國人眼前之際，《台灣作家全集》（以下稱「本全集」）的問世是有其重大意義的。過去我們已看到幾種類似的集體展示，計有《日據下台灣新文學》（明集，共五卷，明潭出版社，一九七九年三月）、《光復前台灣文學全集》（八卷，後再追加四卷，遠景出版社，一九七九年七月）、《本省籍作家作品選集》（十卷，文壇社，一九六五年十月）、《台灣省青年文學叢書》（十卷，幼獅書店，一九六五年十月）等四種。無獨有偶，前兩者均爲戰前台灣文學，後兩者則爲清一色戰後台灣作家作品。而其中，除最後一種爲個人結集之外，餘皆爲多人合集。値得一提的是後兩者出版時，白色恐怖仍在餘燼未熄之際，前兩者則是鄉土文學論戰戰火甫戢、鄉土文學普遍受到肯定之後，因此可以說各各盡了其時代使命。

本全集可以說是集以上四種叢書之大成者。其一，是時間上貫穿台灣新文學發軔到輓近的全局；其二，是選有代表性作家，每家一卷，因而總數達數十卷之鉅，堪稱自有台灣新文學以來之創舉。是對血漬斑斑的台灣文學之路途上，披荆斬棘，蹣跚走過的前輩們，以及現今仍在孜孜矻矻舉其沉重步伐奮勇前進的當代作家們之獻禮，也是對關心本土文學發展的廣大海內外讀者們的最大禮物。

（註：本文爲《台灣作家全集》〈總序〉的緒言，全文請看《賴和集》和《別冊》。）

目錄

翁鬧集

台灣作家全集

幻影之人——翁鬧集序

張恒豪

翁鬧，生於一九〇八年，彰化社頭人，出身於窮苦的農村子弟。一九二九年畢業於臺中師範，在服務五年的教員生涯後，前往日本東京發展，由於恃才傲物，浪漫成性，其率眞的感情生活不能見容於當時，結果懷抱著文學的幻想困倒於東京高圓寺街頭，在發表中篇小說〈有港口的街市〉後，結束其懷才不遇的一生，死年應在一九四〇年前後。

翁鬧的文學創作，以小說爲主，有時也有新詩與評論。小說作品計有〈音樂鐘〉、〈戇伯仔〉、〈羅漢腳〉、〈殘雪〉、〈可憐的阿蕊婆〉、〈天亮前的戀愛故事〉及中篇小說〈有港口的街市〉等，這些廿七、八歲的作品，證明了他有早熟的可怕的才華，以及自我毀滅的傾向。

就題材而言，其作品可分爲兩類：一是對於農村小人物的關懷，如〈戇伯仔〉、〈羅漢腳〉、〈可憐的阿蕊婆〉，另一是對於現代男女複雜感情心理的剖析。在觀點及表現上，翁鬧對於人類內心世界探索的興味遠甚於外在現實世界的觀察，小說充滿了現代主義的敏銳感覺、心理分析和象徵手法。日據時代的臺灣小說，可說到了翁鬧的手上，才有獨樹一幟的表現，才開啓了另一文學藝術的嶄新領域，以三〇年代中期而言，他所走的純文學新感覺派的路線，與楊逵所走的無產階級的普羅文學路線，正是兩個極端。

評論家劉捷，如此剖析他所認識的翁鬧：

「那時爲進出日本文壇，畢業後不肯返鄉，在東京苦修流浪的文藝人，翁鬧是典型人物之一」、「翁鬧生活浪漫，窮苦到了極端，他那種深刻的人生體驗、鍥而不捨的精神，倘若能夠發揮於文學作品，天再假以長壽的話，翁鬧的成就必然可以期待，更有可觀。」

「他所走的路線是純文藝新感覺派，爲藝術而藝術，日本文學一直以純文藝爲主流，而且一九三四、三五前後數年是俄羅斯古典文學、法國文學昌盛的時代。出版界有《改造》、《中央公論》、《文藝春秋》、《新潮》、《文學界》等之大型雜誌。橫光利一、川端康成、林房雄、武田麟太郎、豐田與志雄、小林秀雄等作家大活躍，翁鬧的思想大受杜斯妥也夫斯基的影響，寫作技術則受日本純文學派之感化，不以故事情節的新奇號召人，概從日常生活的瑣事取材，靠自己的寫作技術，雕身鏤骨，以表現眞善美純粹爲第一，所以純文學這一派的作家多半是文章的煉金巨匠，翁鬧年輕而去世，否則大可佔有日本文壇的一席。」

「他像夢中見過的幻影之人。」

音樂鐘

魏廷朝 譯

想都沒想到，如今竟會聽到音樂鐘的歌謠。早上一醒，就有淸脆的金屬性的音樂，不知道從那兒傳過來。

多多多雷　咪咪咪雷　多多多拉梭

咦，那是什麼歌，搞不淸楚。是的的確確聽過的歌沒錯。不，好像也唱過的。是祇有旋律留在耳底的一角，却把詞兒忘掉的歌。

有一天，走過深川那條髒兮兮、發出垃圾堆臭味的道路時，遇到將破爛的衞生衣全部亮出外面的毛茸茸的男子，用瘋瘋癲癲的聲音吼出來：

汽笛一聲過新橋

對了。那支歌原來是〈汽笛一聲〉。我這樣想著，以訝異的心情，跟在那個男子後面走。

第二天早晨，又聽到音樂鐘在響。眞奇怪呀！轉瞬間，另外一支歌在我心中浮起。

烏鴉呱呱叫。

我隨著鐘的聲音，低聲哼唱：

麻雀啾啾喊

紙窗漸漸亮

趕快起來不然太晚

是小時候學的歌。

舊日的記憶在我心頭復活。

我從老師學了那支歌。

後來，到祖母家一看，鐘在唱歌，幼小的心就大吃一驚。那座鐘放在陳舊的客廳裏陳舊的桌子上。仔細聽聽，知道它在唱「烏鴉呱呱叫」。

我偷偷地把鐘的內部檢查什麼的。這自然是老遠以後才聯想起來的，不過那兒有碾米廠的機器，還有飛機的螺旋槳一類的東西。那機器在唱歌的時候一直旋轉，螺旋槳嘛，旋轉到簡直不能辨認的程度。用手指擋住螺旋槳，機器就停下來，歌也歇了。

那眞是奇妙得不得了。

我每次到祖母家，就走進悄無一人的客廳，讓那座鐘唱歌。

結果，爲了要做那件事，到祖母家去成了我最樂的事。
祖母家住著叔叔。見到叔叔，我就急忙想停住鐘的歌。可是不知道怎麼停法。
我讀中學一年級，叔叔跟我不同校，但一樣讀中學，四年級。雙方都由於學校離家很遠，在學期中一直住在宿舍。
到了暑假回來，我首先就到祖母家。客廳的桌子上，仍舊放著原來那座音樂鐘。
那年夏天的盂蘭盆節，有很多親戚，聚集在祖母家。難得見面的漂亮女孩也來了。
我跟叔叔用長竹竿把後院的龍眼弄下來吃，不然就分給親戚們。
到了晚上，該由我、叔叔和漂亮的女孩在廂房一塊兒睡。
是個豐滿而又爽朗的女孩。
我們把音樂鐘放在枕邊睡下。到六點，時鐘就會叫醒我們。
「喂，你跟她一塊兒睡吧。」
等到女孩開始打鼾了，叔叔便這樣說著，輕輕撞我的身體。
「不要，叔叔跟她一塊兒睡吧。」
我害羞得在黑暗中意識到頰頰在發燙。
一會兒，我慢慢開始伸手過去。祇想碰一碰女孩的身體。當然，祇要女孩和叔叔沒發覺，也未嘗不想輕輕摟抱一下。

可是，那怕過了很久時間，我的手始終不曾搆到女孩。
整夜都在想那麼做，到最後却沒有搆到女孩的身體。
於是——於是時鐘開始唱歌了。原來天已大亮。
不趕快起來就會太晚。
直到現在我往往會在漸漸發白的曙光中，憶起那時候的事。
從那次以來，到底隔了幾年呢？
那個女孩嫁到那裏去了呢？
那是遙遙遠遠的故鄉，老早老早的過去的故事。
那座音樂鐘，如今是否還放在祖母的客廳的桌子上呢？
想都沒想到，如今竟會在這個城市聽到那座音樂鐘相同的歌。

——本篇原載於《臺灣文藝》第二卷第六號，一九三五年六月出版

戇伯仔

鍾肇政 譯

唐山的算命仙
説我活到六十五
辮子就會翹
今年我已六十五
大概就要翹啦
但是如果你騙我
給你的五塊銀
可得還給我
呀，呀，我可沒聽你説
如果給的銀也要還

神明都會不依啦
不過如果你老兄
能活過六十五的最後一天
那就妥當啦
包你活到一百歲
長壽是可喜
可憐你老兄
直到翹辮子
還是沒牽手
唐山的算命仙還說
如果你願另付兩塊銀
我願教你好辦法
包你娶到美嬌娘
我可不敢想
然後過了十年整
今年我已六十五

大概就要翹啦

一

戇伯仔嘴上啣著一根熄了火的長煙管，坐在長板凳上沉沉地想著心事，已經有好一會了。這時，他突地感到禿了的腦頂上掉了一滴冷冷的東西。連忙伸出左手摸了一把，一看，手指頭染得黑黑的。那是蜘蛛絲上附著了的煤煙，成了一條條冰柱般垂掛下來的屋頂下經常有的事。有時，那東西會掉在剛煮好的菜裏面，把好不容易地才有的一餐弄得面目全非。

屋子裏一片煙濛濛，使人透不過氣來。這情形，對患砂眼的老伯仔眞是難過極了。

「阿母，別再把灶孔裏扒動啦。」

阿金婆正在用火鏟鏟起炭火移到炭盆裏，這時猛眨著有嚴重砂眼的眼睛，倏地站了起來。那纏足的小脚跟蹌了幾下，幾乎站不穩。

「你說啥？貫世跟阿足仔快轉來了呢。」

戇伯仔將面孔伸到外頭。那是朝西的屋子，太陽掛在遠遠的矮竹叢上頭。在出去做工的人轉來以前，得把晚餐準備好才行。

後面豬圈裏，豬在咕咕嗚叫著，聽來活像嬰兒的哭聲。

「豬比我還重要哩。」

阿金婆一面將撈淨了飯粒以後的飯湯舀進豬食桶裏，一面歎息著說。地方上的人們都是用飯湯來餵豬，這已是長久以來的習慣了。豬吃著飯湯與蕃薯，有時還加上一些豆餅，肨得很快。而人們呢？總是吃著米飯的渣滓。

「這還用說嗎？因爲豬可以換銀子啊。」

戇伯仔有些不情願地點點頭。

黃昏來到了。轟……臺車的聲音響了一陣，忽然在屋子前面停住。是貫世轉來了。戇伯仔蹲在長板凳上，阿金婆蹲在灶前，兩人都默不作聲。那面孔，就好像在懊悔又把今天這一天活過來了。

不久，因爲瘧疾而蛤蟆般鼓著肚子的貫世，提著豬肉、大蒜、豆腐，進到屋裏來。

「轉來啦。」

阿金婆露出兩三顆嚼檳榔嚼得成了銹鐵般的牙齒笑笑。因爲那笑是裝出來的，所以一下子就消失了。

「明天是阿爸的忌辰，所以買了點菜轉來啦。」

貫世這麼說著，把那些豪華的供物舉到頭上端詳了一會，這才把它們掛在壁柱的鐵釘上。戇伯仔對弟弟這種罕見的興奮模樣不屑一瞥，讓眼光仍然投在別處，自語般地說：

「對呀，老爸死了已經八年了呢。」

說著好像要把什麼東西吐出來似地吐了一口長氣。

天完全暗下來後，阿足仔從磚廠回來。她是令人吃驚的大塊頭女人，與貫世恰是一對跳蚤夫婦。她進到屋子裏，沒有人向她搭話，她也連一絲笑都不曾泛出來。屋子裏一片昏暗，同樣地，大家臉上也一片昏暗。

他們都感覺到，一如一天容易過去，長久的歲月也成了一塊飛逝而去。看來，過去就如呆板的鉛灰色曠野。

戇伯仔從來也沒有數過日子。那麼多那麼多的事情發生了又消失，消失了又發生，然而寂寞的早晨來了，却從未有過教他歡欣鼓舞的事，黑漆漆的夜幕便又罩下來了。

——直到八年前，戇伯仔一家人還住在山上。那是座赭土的山，用積在窪地的赤紅色雨水洗臉、煮飯，天旱時得下到谷底地汲水。就在那兒的山腰上，戇伯仔種了些許茶樹。

一天，瞎眼的老爸突然死了，一家人便又搬回山下。他們回到上山以前所住的、祖傳的長了青苔的狹窄土地上。搬回來一看，村人和地方上的一切，僅在兩年裏有了好大的變化，這使戇伯仔深深吃了一驚。有些人搬走了，也有的人死掉了。

也有以前是石頭山的地方被闢成香蕉園或者鳳梨園。

戇伯仔拿著一把鋤頭，把雜草長得比人高的前庭過去的荒地闢開，種下了香蕉苗。開始時，香蕉價格著實不壞，戇伯仔便買了些豆餅當肥施。有一年夏天，在一次香蕉的品評會上，戇伯仔的園裏種出來的香蕉得了一等賞。郡當局（日據時期行政區分爲州、郡、街、庄）給的賞狀，至今還被燻得黑黑地掛在厨房裏的煙囱旁，沒有了玻璃的鏡框上，蜘蛛網發著黑光。

可是不景氣與玉山的山風一塊吹下來，好大一房香蕉也祇剩下三十錢左右了。同時，種鳳梨的風氣也高漲起來。在南部興起來的鳳梨罐頭製造業風氣也傳過來，在距離此地大約三公里多的清水街，還有距離大約六公里不到的新永街，都次第地出現了罐頭廠。

戇伯仔把香蕉砍掉了一半，試種南洋種鳳梨。因爲苗太小，容易被鷄糟蹋，所以還必需造竹籬。儘管這樣，可是這附近的鷄還沒失去蠻性，時不時地飛過竹籬，將苗連根拔起。

鳳梨原來就應該種在太陽直射的山坡地，所以在戇伯仔那被高大的竹叢圍住的園裏，就是到了收穫季，鳳梨還是不能長到普通的大小，而且果味也大有不同。

要命的是到了這一陣子，村子裏人人都已注意到這件事，因此當戇伯仔把鳳梨送到市場時，價格已經跌下來了。漸漸地，籬笆的竹子因爲外來的人常常要拔起來趕狗，所以缺了好多，可是戇伯仔已經再也不想去補了。

沒有變化的歲月流逝而去。太陽回到北回歸線上，又慢慢地移向南洋，暑熱消退才沒多久，又再次回來了。

戇伯仔有生以來從未看到過海，所以世界有多大，他沒法想像。他相信，天與地都分成九段，大地有時會震動，是由於住在地下的巨牛搖撓身體。此外，他也祇能認爲人是爲了做工才活著。因此，不管是高興的時候或者悲哀的時候，他都不忘握起鋤頭柄。話雖這麼講，但也不是有多大的園，祇不過是一天到晚挖掘同樣的一塊狹窄的土地而已。有時換換苗，有時挖挖小溝，有時把泥塊敲碎，一天便過去了。夜便來了。

夜，對戇伯仔來說，却也不一定是幸福的。戇伯仔沒有牽手。每當轉醒過來的時候，戇老伯仔常常想像結婚的幸福。但是，他從不敢希望有個牽手。朋友偶而也會勸他考慮鄰居的一個寡婦，但老伯仔總是笑笑而已。末了一定這麼說——飯都沒得吃了呢。

二

阿金婆一大早起就抱著一隻籃子和一把扒子，在屋子四周奔忙。是要把落下的竹葉搜集起來充當燃料。庭子裏有些地方長了青苔，滑溜溜的，因此阿金婆的步子看來顫危危的，好不叫人擔心。

埕子約有二十坪大，多半都晒著香蕉葉或戇伯仔從後山撿來的雜柴草之類。老伯仔不做園裏的工的時候都上山裏去。不過山裏都被劃爲保安林，所以不能夠隨便哪個地方都砍柴刈草。他必需找路旁的石垣下或谷底。

今天早上，老伯仔腰上揷著鎌刀，肩上荷著尖擔，路過村郊的時候，附近幾家的太太們伸出被太陽晒黑的面孔說：把我們家的小鬼也帶去好嗎？每次都是這個樣子，老伯仔於是牽領著一小隊人馬，進到內山裏去。

每當這樣的時候，大家便都莫名其妙會高興起來。有的人敲響尖擔，有的人吹口哨，也有一本正經地學布袋戲的臺詞的，有時更有低聲交談點什麼，然後突然大笑起來的。小丑仔阿火唱起來了。

二十都過啦
還沒娶牽手
還沒娶牽手咧
媒人婆仔
妳要把我怎麼樣
哎唷，哎唷嘿

「咦，你在那兒學來這麼帥的歌？」

有人問。立刻，知高仔絕不後人般地搶著答：

「伊娘的，一定是在街路上的窰子裏學的。」

一行人的話漸漸地變得下流了。老伯仔領在前頭，始終不發一言。平時一副傻面孔的這些小鬼們竟也這麼早熟，眞叫人料想不到。

「不久以前啦，這內山裏有個查某走過。你們知道吧，內山裏有好多猴子。查某去到那裏，猴子們就在樹上躲起來啦。當查某來到樹下的時候，猴子們一下子就下來啦，幹了那事咧。」

在隊伍中心的駝背添助，裝模作樣地說了一大篇。大夥還沒問明是眞是假，就痛快似地哄笑起來。這哄笑引起了遠山山頂的回響。不久，一行人就消失在發起回響的方向去了。

當戇伯仔挑著超過一百斤的柴草回到家時，日頭已來到埕子上頭。老伯仔將相思樹枝啦、沖繩草啦，還有好多沒有名的雜木雜草，整齊地在埕子上攤成四行，把整個埕子都差不多塡滿了。

大日頭在上面猛炙猛照。綠色的葉子很快就變成褐色，嫩草的草莖變硬而容易折斷。

傍晚時分，阿金婆便把它團成適於塞進灶孔裏的一束束草把，並堆在屋簷下。

這草把堆成了老鼠、蛤蟆、蚯蚓等的藏匿地點。有一次，鷄塒的蛋每天都不見一隻，阿金婆便在某一天看守鷄塒，終於發現了好大的一隻蛇頭，從牆下一下一下地吐著舌頭往外窺望著。阿金婆在這一瞬間與牠打了個照面，下一個刹那，她幾乎失神地跳起來。

入晚時分，一家四口全部出動，小心地把屋簷下的柴草全部搬開了。但是，仍沒有能找到蛇。好傢伙，說不定躲到屋頂上的半腐的稻草裏去了。這種情形，在用竹子和草蓋起來的農家是常見的。窮人家連蛇都可以同住。

阿金婆好著急。她太息著說：她做了個夢，到處都是一條條蜷曲的蛇，她發起狂來整個世界跳躍個遍，結果好累好累了。

然而不久，阿金婆的怨恨總算解消了。是舉行大清潔的時候。把家裏所有的雜七雜八的東西統統搬到埕子上晒日頭，屋頂的煙煤與蜘蛛網也掃光之後，貫世爲了透一口氣出到埕子，忽然看到在竹叢上像個輕功師一般蜿蜒而去的一條大蛇。貫世與戇伯仔連忙趕過去，用長竹桿來搖撼竹梢。蛇像一顆子彈般掉下來，咚的一聲打在地面上。牠還蠕動了一下，然後把肚皮翻過來就靜止不動了，祗有尾巴還萬分不依似地一直在顫動著。

阿金婆一句話也說不出來，眨著眼睛，盯著可怕的仇敵的最後場面。小孩子們和行人聚過來了。這東西，該怎麼處理呢？老伯仔問了問貫世，貫世也拿不定主意。扔進大河流裏是最好，但那條大河好遠，如果隨便丟在附近的壕溝或樹叢裏，那附近的人們將有一個月那麼久得揑住鼻子過日子。眞夠煩人哩，弟弟貫世說。

其實他們祗是白著急而已。

「送給我吧。」

有人從人羣中喊了一聲。那人是雜貨行商萬六仔。矮胖個子，臉紅紅的，這人一年到頭都在吃蛇。他把這意料之外的撿獲物抓起來，熱心地數說起了蛇的功效。

「不管是什麼延年益壽，或者什麼淸血，不能吃的就是不能吃的。」

戇伯仔說了意見。

「老伯仔，可不能這麼說哩。把這傢伙的生膽呑下去（萬六的一隻手從喉頭往肚子那邊一掃），你的眼睛包準馬上好起來。」

「這樣啊，那膽子也許可以呑下去吧。」

「那我就要啦。」

萬六把蛇掛在手臂上走去，小孩子們從後跟上去了。

日頭又下去，阿足仔從磚廠回來了。貫世娶了這位母親遠房親戚的女人，是去年農曆過年前不久的寒冬的時候。迎娶的隊伍全部免了，就祗一頂轎子，像被風吹下來一般地從山上給抬了過來。在他們這一家人來說，也祇是忽然地多了一個人，不見得比以前熱鬧了多少。轎快到的時候，忽然從裏頭傳出新娘的哭泣聲。那是既不歡喜，也不悲哀的一種例行式的哭法。新郎在門檻邊迎接了新娘，牽著她的手進了昏暗的房間裏。

兩人一起做了人生的歡樂的夢，好像祇有那個晚上而已。因為從次日起，新娘就開始做洗衣、煮飯等工作。

不到一個月，新娘便給取了個外號叫「火車母」。她就是這麼一個壯碩而孔武有力的女人。她在肩上挑近二百斤重的東西，根本不當回事。雙腿就好像兩根支柱，一點也不放鬆地，且鈍重地幹活。

她即使不工作的時候，也絕不笑。不，也許應該說，就是笑了，那又寬又大的平板的臉也不會起任何變化。

才過了一個禮拜，她就到距離一公里不到的山麓下的磚廠去做工，每天工資四十錢。丈夫當臺車夫的收入，逢到香蕉、鳳梨、龍眼等水果出產的季節，一天可以到一圓，但多半還不夠買當天的食糧。

她在工廠裏比任何女工都勤快。咬住厚厚的、一無表情的嘴唇，象一般的脚咚咚地踩響著大地搬運磚頭。早上六點出門，回來總是在日頭下去以後。

戇伯仔幾乎不曾和她說過話。雖然同住在一個屋頂下，却像路上擦身而過的陌生人。

日頭漸漸遠去，初秋的風開始吹，殘暑還繼續了一陣子。這樣的一天晚上，戇伯仔把長板凳搬到埕子上，在上面躺了下來。阿金婆在加蓋的睡房裏窸窸窣窣了好一會兒，終於靜下來，燈光也熄了。七姑星就在頭頂上。老伯仔從小就喜歡看這一小撮星羣，尤其喜歡在秋天的夜半裏看。可是這兩三年來，它們變得模糊了。從前可以看到有七顆八顆的，如今祇像一朵毛玻璃背後的燈光。砂眼越來越嚴重，眼眶發紅糜爛，掛著一堆眼屎。

傳聞裏，有個眼醫生到村子裏來了。大家都說，這醫生雖然不是正牌的，但曾經在一家著名的眼科醫院裏當了五年助手，學會了整套老闆的秘訣，儘管不懂醫理，操起手術刀來，倒從來也沒有失誤過。

這些日子以來，戇伯仔不再整天地在園裏做這做那了。淸楚地讓他看到日頭向西落下，露出開朗面孔的時間越來越短。祇在白天裏拔拔草，給香蕉樹撑撑支柱，砍砍伸到園上來的小竹枝，有時也種種鳳梨苗。這些鳳梨苗多半很快地就被鷄抓扒起來。隨著空氣漸冷，香蕉也在萎縮。偶而會有痲雀從香蕉裏驀地飛出來。

植物成長情形不好，老伯仔便沒有多少活兒好幹了。當他在門檻上坐著想心事的時候，那位有錢人林保正常常來叫他。有時要他送米到鄰村的親戚家，有時叫他劈劈柴。

每次得到了一點小賞，他都小心地存進竹筒裏。他希望過年以前，一定要在清水街的厚仁醫院接受眼睛的手術。睫毛倒豎起來刺進眼窩裏，眼睛越擦越細瞇。好不容易才湊足了一筆錢，請眼科醫生開刀。看到老伯仔的眼睛，那醫生幾乎大叫起來：「哇，這麼糟糕。」

替老伯仔開過刀，眼科醫生就被巡查抓起來，送到在新永街的郡役所（約等於郡政府）去。

戇老伯仔的眼睛一點也不見好。大家都告訴他，如果再不去看眼科的專門醫生，眼睛就要瞎了。然而，老伯仔除了等待那一天以外，還能怎麼樣呢？

老伯仔在埕子上曬著日頭，把手掌舉到額角上想起來。不管怎樣，工作還是最重要的。可是在這小村子裏，要找活兒幹有那麼容易嗎？沒法，老伯仔祇得去到野地裏刈了草，扔進豬圈，或者砍倒得了萎縮病的香蕉，將它們連根挖起來。這些活兒却不能爲他換來一分錢。

往清水街路上的天主教堂的鐘，莊嚴地響起來。戇伯仔雖然不知道它爲什麼響，不過每天在同一個時刻聽著，便養成了一種習慣。每當鐘聲拖著長長的餘韻，從夕暮的靜寂空氣裏傳過來的時候，老伯仔便停止做工。

屋子裏，母親阿金婆在一片火煙濛濛裏煮飯。老伯仔轉來，便衝他皺起滿臉紋路一笑。

屋子裏暗暗的。牆上多半剝落了，到處有洞洞，冬天的冷風從那兒吹進來。

「好冷哦，你呀，給想想辦法啦。」阿金婆說。於是老伯仔便用掛在牆角的破破爛爛的麻袋遮住洞口。屋裏還是沒有暖和起來。這樣的晚上，外頭一暗下來，大家便鑽進牀裏。有些晚上，北風還把屋簷吹得咻咻響。

三

戇伯仔每天都上清水街。他在一家魚乾店工作。起初，老伯仔是請林保正介紹給那家商店的老闆，可是人家嫌他太老沒答應。老伯仔每天每天跑去央求，不顧自己一大把年紀，幾乎聲淚俱下，說祇要換一口飯吃就好。

那老闆一臉油光，一有空就畢畢剝剝地打著那隻古老的大算盤。把賬册翻過一通，然後打開櫃臺蓋子查查現款數目，這就是他的主要工作。

戇老伯仔的工作是把卡車運來的貨搬進來，或者給來自各地的零售商人量量魚乾。

除了老伯仔之外，還有兩個年輕的伙計。一個整理賬目，並幫戇伯仔的忙。這伙計有一隻眼特別小，所以大家都叫他「獨眼龍」。另外一個是跑外務的，一天到晚騎著一輛脚踏車跑來跑去。

每天晚上，老闆都要到鄰近的朋友家聊聊天或打打麻將，往常都要夜半過了才回來。樓上被充做店員住宿處。「獨眼龍」常常在大家睡著了以後，躡足躡脚下了梯子，到小吃店去喝酒。也邀過老伯仔，老伯仔總是搖搖頭。於是「獨眼龍」便自己去了。不知在什麼時候，他就溜回來，第二天早上還是照樣幹活。有時酒喝多了，晚點起來，老闆娘便悻悻地罵：

「哎唷，這獨眼龍黑狗，還在做著夢哩。」

老闆娘的身子像隻痲袋，把罵獨眼龍的話又拿來罵他的老公。老闆到了近午時分還賴在牀上，老板娘火更大了。

「喂，你想叫我怎麼樣？叫店仔怎麼樣哪？」

因爲獨眼龍是老闆的遠親，所以也祗好默默地聽她罵。有一次，他偷了櫃臺的銀子去喝酒給發現了，也因爲是親戚而沒有被攆走。

一天晚上，獨眼龍又邀老伯仔。老伯仔露出黃黃的牙屎笑笑，就是不點頭。獨眼龍把嘴巴湊近老伯仔的耳朵，耳語了好久好久。老伯仔這才給說動了。

街路靜悄悄的，亭仔脚和街角的燈光像螢火蟲般地搖曳著。那是在等戲棚子散戲的小吃攤。獨眼龍碰了一下老伯仔的腰肢才走向其中之一。肉丸在油鍋裏滾著，一隻和尙頭在電石燈下雙手叉在胸口打瞌睡。感覺到有人來了，那雙手自顧地伸出來，拿了盤子和一把竹叉子。看來好像是個給攫去了魂魄的人，祗是照習慣的惰性動著。爲了不想成爲一個乞兒，窮人到了晚上必需連痲痺了的神經也拼命地去驅策。由於不分晝夜不間斷的勞動，加上一定要使妻兒吃下去的心願，可憐這個和尙頭是患上了痴呆症啦。

他看到兩人來到，便浮出了熟絡的微笑。獨眼龍懂得這時候該怎麼辦。他裝著肚子餓癟了的樣子狼吞虎嚥，並裝出一副一本正經的青年的樣子。要不然，這和尙頭白痴會在兩天之內，路過時忽然溜進店仔裏來，數說夜裏在街路上所發生的事，那時他必定給捲進是非圈子裏去。

各自吃下了一盤肉丸之後，兩人都覺得身子暖和起來了。然後兩人走過陰暗的廟前，摸索著穿過竹叢下的小徑，從後門溜進了街尾的醉仙樓。

「白鹿」牌清酒一瓶，甲魚料理一盤，這就是他們的預算。

戇伯仔不懂酒的味道。家裏每逢舊曆初一十五爲了拜土地公，總也要買二錢或三錢的廉價酒，但那要留下來充作醋的，從來都不曾喝過。老伯仔還有一個不喝酒的原因是這樣的。那是好久好久以前的事了，村子裏的基督教會有次來了個魁偉的英國牧師前來佈道。村人們好久以來就聽到說，英國人是四海爲家的了不起的國民。於是老的，少的，男男女女湧向教堂。不用說，那不是爲了聽道，而是爲了要看一看那位「紅毛蕃」。

以爲英國人要用艱深而聽不懂的話講，不料竟是和他們同樣的話。自己的話，由外國人說出來，而且比自己人更流暢更漂亮，還更熱烈地迸射出來，這使得村人們大爲驚異。

那英國人不住地把雙手伸出來，凝視天上一角。他教人們：通往神的路有許多條，最近便的一條就是戒酒。村人們於是便互相交談說，所有的英國人都是不喝酒的吧。這樣的感動使得老伯仔的手遠離了酒杯——不過這一點，說是附會也不是不可以，因爲喝酒在老伯仔這樣的飯都沒得吃飽的一家人來說，實在是想都不敢想的。

這天晚上的酒客，大多是陌生的遠來客人。祇看到一個街路上的醫生，主要的基督徒黃茂仁，他發現到老伯仔就蹙起眉尖，跑到另一個房間去了。

老伯仔怯怯的，頭都不敢擡起來。娼妓們看到他的眼睛潰爛，又打著赤脚，小雛雞般地縮著身子沒敢挨近。娼妓一面給老伯仔斟酒一面向獨眼龍眨著眼睛，側側頭，噘噘嘴，裝出取笑的模樣。

老伯仔是孤獨的。

娼妓說有事要問問，握起獨眼龍的手起身離開了。

過了老半天還不見獨眼龍回來，老伯仔不好意思了，便起身在屋子裏來回地踱步。透過積了塵灰的窗玻璃，祇能看到警察派出所的紅燈在濃濃的夜色裏朦朧地浮現著。老伯仔把那緊閉多時的窗子打開，往外看出去。紅磚房子擁擠的街道在那兒昏睡著。與街路相反的方向，一片漆黑。從那兒前進，越過平交道，穿過天主教堂的並木道，老伯仔的破落的家就在那田畦邊。

當老伯仔發現到自己損失了幾個小時的睡眠時間時，微微的痛楚掠過了眼瞼，感到手足無措起來。

四

入了臘月，戆伯仔有時也會被老闆差遣到鄰村街路上去收收賬。

一天，他走過寬闊的墓地，在爲沒有人收容的墓而蓋的納骨堂埕子上，看到一羣乞丐聚在那兒。有的把腿長長地伸出來，有的縮成一團在曬日頭。其中也有女人小孩，大家圍成了一圈閒聊著。在街路上時，他們看來更卑怯，也更無力。有個中年乞丐，看來蠻有朝氣的，正在解著腿上的綳帶。原來那腿一點傷也沒有。爲了活下去，人有時不得不虛僞的吧。

第二天，淸水街上一早起就有香煙上昇不絕。每家店前的亭仔脚上都擺上了案桌，上面供著豬、羊等牲醴，都被擺設得仰望著天空似的。

老伯仔在店仔頭坐著，有時在酒杯上斟斟酒，有時給燒完的香添添新的，一邊看守著人羣洪水般地移過去。

近午時分幾隊獅陣來了。他們在乾魚店前面停住，演出了一場大戰。手持戟矛、盾牌的勇士，勇敢地向獅子挑戰。戇伯仔爲他們燃放了爆竹。獅子隨著那尖銳的爆炸聲縱跳起來，激烈地狂舞一陣。勇士也縱躍著。

銅鑼、大鼓加上嗩吶聲，使整個街路沸騰了一天。

到了傍晚時分，這些都靜下來了。獅陣到街尾的土地公廟埕仔聚集，在那兒再競賽了一場武藝才回去。

被髹成赤紅色的土地公廟，在五百燭的電燈光照耀下更莊嚴地輝耀著。人們爲了看戲，聚到那兒的前庭上。他們也給土地公獻上了金紙銀紙，各各許他們的願。

由於街路一年比一年地失去了活力，市況也日漸蕭條，因此街路上的人們有個時期頗爲消沉，但他們終究非得想想對策不可，於是協議的結果，決定拿土地公來做爲街路的守護神，就在街路的入口處，也就是役場（約等於現今的鄉鎮公所）後面，大家醵資開始建造一所廟，這是大約一個月前的事。那裏是三條大馬路的交叉點，車站也近，不時有公共巴士來往。光是在這樣一個地方蓋了一所大紅色的廟，街路的景氣就好像一下子恢復過來了。

戲演到半夜。老伯仔孩提時，每逢這樣的時候比誰都喜歡看戲，而且末了必定在戲棚下沉沉睡去。戲目多半是中國古代宮廷內的歷史故事，不然就是叫人匪夷所思的神仙故事。小孩子們都一面聽著父親或叔叔的說明一面看，不過他們大多是在想著一年也難得有三兩次得到的那一錢或二錢的零用錢，用來買糖球好呢？或者油炸食物好？這才是他們更感興趣的事。而當他們的口袋掏空了以後，瞌睡蟲就來了，便回家去了。以後，留下來的便祇有大人與老人，他們直到上牀以前，熱切地想著遙遠的祖先的事，回家的一路上還對戲品頭論足一番。

這一類令人快樂的戲，小時候常常有，給村子與街路帶來熱鬧，但如今演得那麼少那麼少，幾乎給忘了。不過偶而因爲神的事而演起來，鄰近的幾個村莊的人們便都聚集過來，氾濫在這個地方。

午夜過後，老伯仔好不容易才空了下來走出店仔。兩個同事不知在什麼時候已經不見了。

街路上還有疏疏落落的一些人影。

剛塡平的廟坪，一夜之間便給踩破了。廟裏的香燭仍在紅紅地燃燒著，金銀紙的灰燼堆得老高。老伯仔上了香，雙手合十低低地禱念。

「求求神，把我的眼睛醫好吧。」

「如果醫好了，五牲我是辦不到，不過一定辦好三牲來答謝神。」

趁著四下沒有人，老伯仔奮勇發出聲來禱告。

呢。

「對不起，神啊，今日我沒有供物，眞失禮啦。」

然後，老伯仔燒了備來的一小疊銀紙。紙灰飄到天空中去。那是要給神帶走的銀子呢。

——戇伯仔從土地廟出來，正要回家。那兒是一片水田，好大的圳堤貫串其中，模糊的遠山從竹叢頂上露出了頭。是個有星的月夜。由於白雲蓋住了天空，地上的東西都好像在打著盹。來到圳橋的時候，老伯仔不覺地傾聽起從圳閘溢下的奔流聲來了。就在這時，他感覺到有一抹銀光從頭上往左邊筆直地滑落下來。就在它消失在地底的瞬間，老伯仔清清楚楚地看到了它的眞面目。是月亮。擡起頭看看，月亮不見了。四下忽然暗下來了。次一瞬間，每顆星星都動起來。接著，料不到的事發生了，老伯仔所站著的大地搖起來了。緊接著以可怕的速度沉下去。老伯仔禁不住地雙手搗住面孔，不過心倒是平穩的。臉上顯現出決心之色。就在這時，奇異的智慧掠過了老伯仔的心。雙脚從地球浮起。他掙扎。生命開始搖撼。完了！但得活下去！老伯仔本能地反抗起來。他死死地趴住地球——在痛苦的頂點時他醒過來了。想看看周遭，眼睛却睜不開。用用力，一身倦怠而且疼痛。好不容易地才好像被割開一樣地撐開眼睛，並且支起半身看看，這時老伯仔才確確實實明白過來自己是在乾魚店二樓。同事的鼾聲從隔鄰的牀傳過來。老伯仔忍不了睜著眼。用力地閉上，背靠在橫木上，不知不覺地落入種種思維之中。

五

年關快到，一個禮拜六，戇伯仔得了兩天休假回家。母親阿金婆還是在照顧豬，扒竹葉，不過那滿是皺紋的臉蒼白著，面頰也陷凹下去。

阿足仔大腹便便地在埕子裏曬曬東西，收拾著一些物件，一句話也不說。自從不能到磚廠去做工以後，臉上出現了更暗的陰影，不斷地在嘴裏嘀咕著，搬東西時也總是扔一般地擲下去。

貫世因爲寒冷，瘧疾再發，縮在棉被裏拼命地發抖。太冷太冷了，墊著好多好多的稻草躺在上面。他還因爲臺車相撞，脛骨受了傷。隨便在園裏找了些草，揉碎了敷在上面，好幾天了，皮膚上發出了好幾個疹子。老伯仔用燈盞火察看過，改敷了一些新的草，並用破布包紮住。

屋子裏連白天也暗暗的。尤其是睡房裏，一年到頭都看不到天日。霉與濕土的臭味飄浮在空氣之中。

冬日苦短。靠西的加建房子有阿金婆與戇伯仔的睡房。中午稍過，它的影子就長長地投下來，蓋住了整個埕子，冷風從那兒吹進屋子裏。

老伯仔搬動了貯存香蕉、蕃薯等東西的水缸和半朽的神壇，把屋子裏清掃了一番。如果是暖和的時候，搬動這些器具，便會有鼻涕蟲爬出來，也會有一些小蟲兒慌亂地鑽進泥土裏，可是到了這麼冷的時候，牠們都不見了，鬆土濕濕隆起，用掃把一掃，便出現小地洞。屋裏的土地就這樣，越來越凸凹不平。雞彎曲著脖子，在水缸與牆之間睡覺。羽毛快脫光了，蒼白著眼睛。是患了白喉症的。老伯仔翻滾水缸，牠就吃驚地睜開眼，蹣跚著步子從牆洞鑽出去。老伯仔撿來了石頭，把洞塞住。

好陰鬱的屋子。好比就是一隻破爛不堪的袋子。下雨時，餐桌上也好，牀上也好，都有雨水滴下來；風一颳，好像整個屋子都要給颳走。在這樣的地方，想裝出笑臉，那是不可能的事。人人都祇有擺著冷冷的面孔，說起話來也無精打采。

朔風把埕子也颳得乾巴巴的。園裏的香蕉與鳳梨等畦間，長滿了野莧等雜草。老伯仔穿著好短的短褲子，一塊布條纏在額頭上，花了大半天工夫才除完了草。從葉隙裏透過來的風吹在身上格外地冷峻，老伯仔的肌膚白白地乾燥著，手也凍得都快不能握了。

偶然一看，竹叢裏給踩出了一條小徑。無疑地是他不在家的時候，附近的小鬼們弄出來的吧。老伯仔從那裏鑽過去，出到土堤上。水田一直延伸到遙遠的西邊地平線，在沉鬱的曇天下橫躺著。一輛空臺車駛過去。老伯仔走到土堤的盡頭。從四五棵相思樹蔭下，可以望到村落。那裏正是村子裏的人家聚落的地方，老伯仔年輕時有好多白牆的或磚房，寬闊的埕子裏，一天到晚都可以看到頑童們的笑鬧的樣子。春天來到，剛進了學校的小孩們在埕子裏的芒果枝椏上掛上繩子，盪秋千玩，如今這也看不到了。牆的顏色褪去，屋舍傾圮，原來那麼活潑的人們，都不得不過著寒傖的生活。村子裏，人人都牛馬般地幹著活。他們之中沒有一個人懶惰的，也沒有一個人在想著生活以外的事，或策劃著什麼陰謀。然而，那種晴朗的笑却從他們臉上消失了。他們都變得習慣於用萎縮的、扭曲的面孔來看東西，與別人交談。

中午時分，園裏就乾淨了。是塊小小的園。一早起日頭露了一會臉，不知在什麼時候天空又灰濛濛的，黃昏般的陰暗一直繼續到日暮。日子呢？一天比一天更暗鬱。祇有遠遠的北方天空裂開了一條縫，露出一塊被打磨過一般的澄碧。從那兒颳過來的風儘管冷，但倒也可以吹醒人心，使人緊張。偶而有薄薄的日頭光照射過來，却怎麼也沒法在天空上找到太陽。一天就好像祇有早上與晚上而已。

相距約六公里的新永街郡役所的正午警笛聲，穿過重甸甸的空氣底下傳過來，老伯仔便停止工作。

在一年間有大半時間暑熱的這島上人們，短短的冬天實在是不好過的。太太們懶得到井邊去洗濯。她們在灶邊放一個大水缸，盛上水，用好多天。

老伯仔家的水缸空了。下午，老伯仔在竹製的水管裏打了水，有四五隻脫了殼的蝸牛從管口爬出來。老伯仔想起早上打掃時，在缸底看到鼻涕蟲，不禁感到噁心了。他彷彿覺得自己與這些蝸牛啦、鼻涕蟲啦，豈不是一點也沒兩樣嗎？

不管怎樣掙扎，都是沒法從陰暗濡濕的地方逃開的好長好長的過去呵。

舊曆新年快到了。阿金婆用一把竹刷子沙拉沙拉地洗蒸籠。香蕉的枯葉也洗了。蒸那麼一點年糕，有一點點便夠了，可是阿金婆洗了整整一籃。

年關總得準備。可是老伯仔一家沒有錢，又都是病人，所以過年其實也沒啥好準備。了不起蒸一小塊年糕，把褪了色的門聯換一付大紅的而已。

元旦總算休息一天，穿上稻草編的草鞋，在村子裏閒蹓一整天。一年一度的秘密賭局，老伯仔也從不參加。

大年初二，人們連掃把都忌諱著不去拿的，可是他隨手抓起鋤頭或者鐮刀，便走到園裏去了。可是這也不光是老伯仔一個人如此呢。在那些有錢人換回平常衣服的時候，窮人們的脚闆已沾滿了泥土，衣服也滿是汚垢了。整個村子裏，過得像過年的，恐怕祇有林保正吧。

這就是說，老伯仔的村子裏根本就談不上什麼過年。村人們祇是胡亂地加上了一歲又一歲，胡亂地死去。而今年，好像就要輪到老伯仔了呢。

六

戇伯仔又回到乾魚店，但馬上又回家了。這不是爲了回家團圓，而是因爲魚乾店不要老伯仔了。原本就不必僱老伯仔的，勉強僱了以後，兩個年輕店員工作量減少，不再那麼勤快了。老闆盯著老伯仔的爛眼睛這麼說。在老伯仔這邊，總覺得是自己的眼睛在受著責難似的。這一陣子，老伯仔一空下來就非得閉上眼睛不可，所以受到責難也沒話說。老闆娘還加了一句：這樣下去，兩千圓的虧損可不曉得會這樣呢。買賣實在不好做，所以還是回去當農人比較好，老闆這麼安慰他。想當農人也沒有田啦，老伯仔回答。於是他回到長了跳蚤的稻草屋子。

年過了，老伯仔還活著。六十六歲了。如果眞可以活到一百歲——光這麼想就叫人難受了。

弟弟貫世那蛤蟆肚子越來越大。脾臟腫大，一碰即痛。有時以爲好了些，出到門檻來曬日頭，又馬上被閃電打了一般地抖顫起來。一天，貫世與阿足仔一起在埕子裏時，在一旁晾衣服的鄰居寡婦盯著兩人說：

「嘻嘻嘻，恭喜恭喜，兩個人要一起生嬰仔啦。」

阿足仔咒罵著跑進屋子裏。貫世的腿細得像兩炷香。

「哎呀，我還是死了好。」

貫世在棉被裏呻吟。

「你死了也不會有人哭的。快死好啦。」

阿足仔粗魯地答。

明天就會沒米下鍋了。祇好把臺車以三圓代價賣給附近的金柱。他們祇吃米、蕃薯、蘿蔔乾，所以用度不多。然而，這麼一丁點的錢都沒地方弄到。

老伯仔覺得在園裏做工實在沒意思。不管怎麼努力做，也不能從園裏賺到一年二十圓以上的收益。即使是個沒用的人，如果一年間勞動換不到二十圓，那他一定會厭膩的。老伯仔開始想做別的工作。

還好讓他給找著了。在這村子裏，凡是吃不到飯的人必定會到後山去跑跑。有些人從此一去不回，也有賺了一小部分身家，在人們幾乎忘懷了的時候忽然地回來的。

不過老伯仔跟他們不一樣，他沒有越過山背，祇是每天去到山腰便又回來。他是去批了些竹筍到平地去零售。早上四點便得出門。踩著露珠，穿過天明前的濃霧，渡過顫危危的棧道，來到山坳裏的小街路時，已經近午時分了。在那兒買下大約一百斤竹筍，邊休息邊下山來。回到家都已是漆黑一團了。

一天，老伯仔從山上下來時，看到倒斃在路旁的人。老伯仔認識他，是鄰居竹叢裏的牛母仔。這人每天都來到山上買豬糞。兩隻裝豬糞的籠子扔在地上。「村子裏的人們都是這樣死去的」——老伯仔想。回家後通知牛母仔的家人，然後告訴阿金婆。

「偏偏揀那個牛墓的旁邊，眞是呵。一隻腿掛在扁擔上，一手還抓著籠子，把面孔埋在草堆裏。」

老伯仔一面脫草鞋一面說下去。

「把臉翻過來一看，嘴巴和鼻子還噴著黑黑的血泡。我這才哭了。」

阿金婆從廊上的壺裏抓來了一把蘿蔔乾。老伯仔開始吃微微發酸的蕃薯飯。

從鄰房傳來阿足仔的鼾聲和貫世的低沉的呻吟聲。

阿金婆下了廊子，過加蓋的屋子去了。不久，老伯仔也下去了。可是因爲眼睛發疼睡不著，儘在牀裏胡思亂想。

第二天早上天還沒亮，老伯仔又挑起了籠子，走過闃無人聲的村落，並用路邊的石頭擦著因露水和泥巴而重起來的草鞋，爬往那座已經沒有了屍首，祗剩下扁擔的有牛墓的故鄉的山。

——本篇原載《臺灣文藝》第二卷第七號，一九三五年七月出版

殘雪

李永熾　譯

一

那天晚上，林春山又來到常去的喫茶店「愛登」。他對排排坐的女侍們不加理睬，看見入口附近角落的廂座空著，便停下往裏走的脚步，在那個廂座坐了下來，雙手交叉，伸長雙腿，傾聽目前正在流行的舒伯特未完成交響樂。不久，唱片停了。他撫一下臉，張開眼睛，一個過去沒有見過，年約十八歲的新女侍，正畏畏縮縮佇立在眼前。他簡短地說了一句：「咖啡。」他想，這女孩一定是新來的，看來實在不像女侍。

「要不要加奶油？」她把咖啡放在他面前問。

「今天才來？」他沒有回答她，却這麼反問。

「是，今天早上才來，請多指教。」

她把椅子拉過來，拘謹地坐在他旁邊。趁她垂下眼睛的時候，林迅速地從頭到脚打量了一下。

——這樣的女孩怎麼會做起女侍來？

「可以再來嗎？我一個人。」不知何故，他頓然失去內心的平靜，起身後竟然說出自己也意想不到的話。

「歡迎，歡迎再來，明天一定要來呵。」她站起身，不加思索，立即以甜美的口氣回答。

「嗯，我會再來，你的名字是——」

「喜美子。明晚十點，等您！」

這到底是怎麼一回事？走出門外，林不禁覺得滿腦子火辣辣。雪仍下個不停，夜晚的新宿一片白皚皚。距深夜還有一段時間，路上已經人疏影絕，祇有汽車和電車接連不斷，疾馳而過。一列電車行至站前，停了一會，又循原來路線奔馳而去。他立在站前尋思：回到原來路線到底是什麼意思？這時，突然有一輛疾奔而來的汽車，在他跟前猛然刹住，車掌從窗口向他揮揮手，他反射般動身穿越馬路，回到大久保附近的公寓。

——眞可說是沒有技巧的技巧。這麼說來，她的話是無須相信的。可是——

是不是該在約定的時間去？林在房間裏踱來踱去，遲疑不決。可是一到第二天晚上十點稍前，他已走下樓梯，穿上靴子。

——如果這是她的惡作劇，那就祇好自認愚蠢，已經受了好幾次騙，到最後竟然還相信女人！不過，今晚並不能說是被她釣去的。我祇要置身人潮中，遠遠望著她，傾聽音樂，於願足矣。這樣，即使她忘了自己說過的話，對我毫不在意，又有什麼關係？

尋思之際，已不知不覺走到紛雜的霓虹燈市叉口，可明顯辨知「爱登」字樣的地方。

——在我心中，她確實留下了難以拂拭的影像。

林突然覺得碰到了東西。仰首一望，原來是喜美子站在眼前，手上提著皮箱。「我辭職不做了。」喜美子穿著美麗的洋裝，莞爾微笑。林莫名其妙地望著她。她又說：

「我已經離開那爿店。」

「爲什麼？」林終於理會，仍然不知其故。

「到你家去！」她領先起步。

「祇我一個人哪！」他彷彿被狐狸迷住，不得不這樣說。

「沒關係，我馬上就要走。」

——眞的嗎？不過，仍然很意外。一個艷麗的女人，呵，不，一個艷麗的少女竟然自動要到我住的地方。這難道是眞的？

「我那地方可什麼都沒有喲！」

林拼命以不願讓她到自己住處的口吻說話。

——呵，如果她現在轉身說不去，我將多麼沮喪！

這時，他突然覺得渾身血液回流，心如撞鐘，眩暈了一剎那。然而，她卻沉靜地說：

「我昨天才第一次從北海道到東京，對東京的事情一竅不通。」

——她說到東京這兩個字，語氣這麼強烈。

「眞的。你很喜歡東京？」

「嗯，從很久很久以前，我就嚮往東京。但是，我爸爸總不讓我來。」

「那你是離家出走的嘍。」

聽了這句話，她突然退後一步，「啊呀，不是這樣的。你怎麼這樣想呢？」

「看來滿像的。」

「也許吧！」不知想起了什麼，她以旁若無人的高亢聲音，愉快地笑了好一陣子。

——這女孩眞純，純得像雪一般。

他突然掉進昨晚的意念中，清醒後又盯著她的側臉看。高聳的鼻子，明亮的眼睛，類似可愛動物的薄薄嘴唇，引人的烏黑頭髮——多麼美麗的女孩。到現在他才發覺她身穿綠色外套。

「我幫你提皮箱。」他彷彿想起似地說，但這時已經到了公寓。

「這兩三天，我要找工作，我住在這裏行嗎？」

他把皮箱放在桌上坐下後，她沒看他，一逕兒地說。聽她這麼說，他突然意識朦朧，目眩心搖。却淸楚地回道：

「這樣的地方，你能夠忍受的話，當然可以。」

她默默不語。

這時，一種意念強烈地沁入他心中。

無論有什麼事情，我絕不能有不純之心。

但這能說是眞純的心嗎？

林無法了解自己的本意，愈發覺得狼狽不堪。

如果敢把她趕出去，那才眞是爲她好呢！呵，不，這是虛僞，甚至可說是僞善。

那麼，該怎麼做才算眞實？

他的念頭凝聚在一點的時候，喜美子高興地說：

「我不在乎。」

什麼不在乎？他似懂非懂。他發覺自己有點優柔寡斷。

「那就好了。」他說，第一次露出笑容，「不過，這也眞奇怪。」

「奇怪什麼？」

「我實在還不很明白！」

「呵，你聽我說，不過，說起來，也眞不好意思。我今年才從札幌的女校畢業。不錯，我是偷偷跑出來的，可是我留下了很詳細的信，爸媽雖然會耽心，我想他們一定能夠了解我的心情。——」

她不願別人誤解她，開始談起自己的事。一面說，一面低垂著眼睛，滿臉通紅。

她確是像自己最先所感覺那樣的女人，再讓她覺得爲難，實在不應該，「其實，事情並不奇怪，我覺得奇怪的是，像你這樣年輕貌美的女孩竟然會在我身旁。」

喜美子沒說什麼，起身脫下外套。

「我很累，想睡了。」

林把替朋友準備的一套棉被，鋪在長方形六個榻榻米大的房間一側，不久，便聽到她的微鼾聲，他也感覺到有點兒累，鑽進了另一角的棉被。

他無緣無故渾身發熱，用手摸摸胸部，胸部不停湧起濕漉漉、怪異的液體。大概是昨晚睡眠不足的緣故。

林用力地猛搖了兩三下頭，硬把全部心思集中在下月初旬上演的戲曲上。

林參加的劇團相當著名，但他加入還未滿一年，偶爾以研究生的名義在戲裏演些小配角。

可是，這次遇上今年度的壓軸大戲，他有機會在兩三場中露面。想來也沒什麼大不了。他希望將來能以導演身分，鳩集同志組織劇團，回故鄉一展身手。他認為這次的演技，關係他未來的前途，所以不能掉以輕心。

——我的前途能像自己所預期的那樣光輝燦爛嗎？

想到這裏，他又猛搖頭，因為他越想平靜，心裏越是動盪不安，這豈不是很像在主人監視下仍然突破檻欄的猛獸？一種意欲——過去未嘗經驗過的意欲——現在豈不是已經掙脫控制，自由奔馳，跋扈囂張嗎？

林是現年二十三歲的蒼白青年。要追回脫逃的猛獸，奔馳的意欲，他的體力看來似乎過於薄弱。

隔著一張榻榻米沉睡的喜美子，突然翻了身，面對著他，四五根柔髮纏在睫毛上，在棉被的一邊，隨著她呼出的氣息微微浮動；雙眸輕闔，宛如貝殼一般。

他猛然覺得，這少女實在是自己過去在心底塑造的女性完美形象。想到這裏，他慢慢落入夢鄉。

二

第二天早上，林醒來時，喜美子已經起牀，忙得團團轉，彷彿在準備早餐。

「對不起，我擅自動手。」看他張開眼睛，喜美子不好意思地說，然後把房間內準備的瓦斯轉弱。

「睡得還好嗎？我夢見你了。」他開朗地說。

「眞的？能不能說給我聽？」

「好，我告訴你。」他伸伸腰，帶著幾分玩笑，繼續說下去：「一片廣闊的原野。你穿著純白的衣裳在那一邊，我一邊呼叫，一邊向你追去。哈，哈哈。」

他哄然大笑。喜美子也笑了出來。

「這是夢啊。」

「很像北歐神話。最後有沒有追上我？」

「眞搞不懂，簡直像北歐神話落到地面上一樣。不管怎麼追，你跟我的距離總是維持不變。」

「哇，夢和神話簡直一模一樣。難爲你做了一場好夢！」

「不要這樣說，好嗎？」

「你確是做了一場好夢啊！」

吃完早餐，喜美子說要找事，出門去了。

——她眞的這麼熱衷於工作？她到底是怎樣的人？這是十八歲少女應有的舉動？她

是天眞?還是無知?呵,一定有什麼非自己所能知的東西在撥弄。

林無意間想起去年的事。

去年盛夏,一入夜,納涼群舞的歌聲,就從各處廣場或空地上響起。在難以入睡的夜晚,街上的人群和著唱片的歌聲,興奮快活地狂舞,舞場四周擠滿了附近的羣衆,形成人山。

幾乎每個晚上,看書看膩,人們熱鬧的哄笑聲滙在一起傳入耳際時,他就緩緩走下公寓,去看這放肆的舞蹈。人們興奮哄笑的聲音,從四丈遠的後院舞場傳到他二樓的房間,有如近在眼前。

悶熱不易消退。所以,納涼羣舞會雖然預定的兩週時間已經到了,但因羣衆的要求,又再延期三天。他仍然跟往常一樣,混在人羣中,觀看靑年男女越來越放蕩的舞蹈。突然,一個臉色蒼白,長髮垂肩的瘋少女與他並肩,傻笑地站了一會。人們似乎事先約好一般一齊退下。祇有他從容地,甚至可說舒暢地繼續站在原地。這時,羣衆與其說在看瘋女,不如說在看他。他覺得很不好意思,便繞到人牆後面,越過羣衆頭頂繼續觀賞舞蹈。突然,他覺得脊樑骨湧起一陣寒意,不由得回首張望,背後夜色微黑。在微黑中他發現一個遠離人羣的妖艷女人。乍看之下,心裏不禁一動,她美得讓人覺得不屬於這個世界。直到十點散會,他回頭看了她好幾次。每次,她都凝眸望著他。他心中已深深烙下與她凝眸交視的印象。當夜，他就這樣回去了。

第二天晚上，她仍然站在原來的地方。可是，舞蹈進行到一半時，一瞥之下，她不知什麼時候已站在伸手可及之處。他暗中仔細觀察，忽然，一個圓臉稍胖的美麗女人走過來輕聲說了一些話，隨即離去。那女人的美遠不及此女，他在心中低語。這晚，他也就這樣回去了。

第三個晚上，他想，她大概不會再來，但他仍去觀看最後一次極盡狂亂的舞蹈。人比以前更多。他有意無意地尋覓著。那女人不見了，美麗的女人畢竟不會留到最後。正在絕望的時候，有人擦身而過，回眸一望，嚇了一跳，是她！她大概要回去了。這麼一想，他便尾隨而去。她沒有回頭。過一會，她開始輕聲哼唱。走進那邊黑暗的胡同，她會出聲招呼吧？他加快脚步，她停下來回轉身。越來越有趣啦！他快步走近她，就在這剎那，背後突然有四五個少年逼過來。

原來如此，他輕聲自語，隨即迅速奔向大街。他剎時恍然大悟。至少當時他是這麼想：那是騙局。呵，也許不是美人計。

——不過，那可能也是自己優柔寡斷所造成的。於今思之，眞希望還有那麼一個機會。

然而，世上的女人爲什麼不更單純點兒？也許正因爲太過單純，才使我們這些男人發生錯覺吧。要是這樣，女人才是最可憐、最值得擁抱的唯一存在呢！

一整天，他幾乎全受自己心境的擺弄，待他若有所悟，喜美子已打開門，走進來。

「啊，你臉色好蒼白哪，有什麼事嗎？」

「沒什麼，想了一下演戲的事。」

「你演戲？」

「嗯，雖說是戲，但演的全是非常差勁的戲。」

「唉呀，別這樣說嘛。有時也會有很精彩的。」

「我可沒有，」接著又說：「有，有，的確也有很精彩的戲。」

「那就對了，不過，好戲大多是悲劇，眞沒意思。」

他想：確也說得是，喜美子又說了出乎意表的話：「我今晚又有工作了。是大森的王子喫茶店。這次也是連吃帶住。」

——怎麼搞的？從昨晚，她就儘說些出我意表的話。現在，我的表情一定狼狽不堪。

「簡直跟蜉蝣一樣。」話剛出口，他立刻硬吞了回去，「戲是剛開始呢？還是已經結束了？」

他發覺自己已在無意間說出譏刺的話，不由得暗吃一驚。喜美子卻僅垂頭喪氣地應：

「唉——」

候，才開口說話。

之後，她一直沒再開口，直到林要送她到外面雪地裏，她表示要自己一個人去的時

「我去了，再見。」在公寓門口告別時，她好不容易才張開緊閉的嘴：「再見。」

林沒有說什麼。循著她消失的足跡望著她的背影。他突然不撐傘，就跑到雪地上。

三

喜美子雖然要他常去找她，但林始終沒有機會去看她。進入十二月，寒冷的日子接連不斷。由於戲曲的排演，尤其是生活上的窮困，他最近實在非常煩惱。他的故鄉在臺灣南部鄉下。雖然業農，却夠得上是中產階級家庭。到東京後，最初兩年就讀於T大法科，每月家裏送來相當可觀的生活費。可是，家裏知道他開始演戲的時候，便不再資助了。不過，他本性向來不追究已經過去的事，這並不是源於「往者已矣」的消極人生哲學，他想由此更往前跨進一兩步。這種不可理喻的心境不時腐蝕著他的肉體，他也知道這種性格非常危險，因爲往前跨上一步往往就是無底漆黑的深淵。就像行走漫長道路，猛然環顧四周，才發現已走到不認識的懸崖邊緣，再跨進一步就是意想不到的地方了，這才使他驚訝不已。他不知道自己曾試過幾次，想從那裏急速抽腿而回，但是，他總是發覺一旦有事，自己總意外地在原地左顧右盼。這大概就是所謂優柔寡斷。這樣說來，

我確是一個優柔寡斷的人。優柔寡斷的人有戀愛的資格嗎？她應該擁抱在更爽直痛快的男人懷裏。瞧，她那毫無邪念睡在自己身邊的模樣：一朵開在荒涼原野上的百合花！如果觸到了那朵花，我最後一定會把它蹂躪得枝葉全無。我看見，紅燈閃亮，掛在她和我之間。如果不理這些，我是否應該驀然穿越過去，我沒有這股勇氣，不僅是我，像我這樣的男人在人生接力賽中大多是殿後的，實在不值得讚揚啊！

林想到大森去看她的那一天，下女告訴他有掛號信，同時把信交給他。看看信封背後，他突然倒抽一口氣，臉色大變。信封上背後寫著「陳玉枝」。還沒拆開信封，三年前的往事已如狂風怒濤般襲湧而來，使他搖搖欲墜。

——十九歲，中學畢業後一年的春天，由於經營米店失敗，有一家人從臺南街上遷到離他家不到四十丈遠的地方。這家的小姐曾進臺南女校，但隨著家庭的沒落，不得不在二年級的時候輟學。她（很久很久以後才知道）是抱養的孩子，父母無意犧牲自己，讓她繼續上學。剛搬到林家附近，她還穿著女校制服，後來才改變了。也許是長久住在都市裏養成的習慣，她與村裏的姑娘不同，穿著清爽的洋裝，她很快就變成全村青年暗中傾慕的對象。她的名字也出現在每個家庭的話題裏。因此林也從母親口中第一次聽到她叫陳玉枝。跟她祇在村中小路上碰過兩三次，兩人就突然陷入熱戀。她，十七歲，發育良好，不管怎麼說，實在是一個不多話的女孩。當時，她常在屋前清澄的小溪邊洗衣服。一天，黃昏時分，鄰近的婦人都回去了，祇有她還留在那裏，這是很少有的。林蹲在那裏跟她談笑，忍不住突然跳到小溪的踏石上，抓起她的手，強拉到自己嘴唇上。她怕被人看見，猛然把手縮回。林放開她的手跳到岸上時，看見她眸中泛著淚水。兩人都喉頭哽噎，說不出話來。

之後，一年之間，他們兩人簡直沒有好好談過一次，感情越高揚，口越沉重。謠言傳遍全村，村人暗中認爲他們的關係已非尋常。

「大概快要結婚啦！」

「哼，年紀輕輕，就這麼傲慢，眞叫人看不慣。」

青年們含著怒氣交談。

「喂，別難過。這叫物以類聚呀！」

玉枝的父母堅決反對他們的婚姻，想把她送到肯出巨款的人家去。

林家就是林家，當然希望娶個有門第的媳婦。爲了讓兒子忘記玉枝，他的父親想出了妙法，要他到東京讀大學法科，取得高級文官資格後，再結婚也不遲。他本來生於禮儀之家，父親的想法並不爲過。還年輕——他心裏想。而且，若到東京，與玉枝的愛一定會更加堅定。由於這麼想——也祇有這麼想——他才肯立即離開故鄉，橫渡廣闊的海洋。

到東京後，林寫了一封信給玉枝，但沒有回音。

——玉枝也走了？

於是，那激越的感情隨著三年的漫長時間緩緩消失。林揚棄權勢與榮耀象徵的高級文官，投身動人心靈的演劇，在不知不覺成爲人生丑角的他來說，實在是理所當然的。

然而，現在手持玉枝的信，他頓時抖落了三年的歲月，三年前的往事鮮明如同昨日。他站著拆開信封。裏面放著一張五十圓的滙票和用熟悉字體小心書寫的信。

春生：

最近才間接得知你的近況和住址。你到東京後，他們就叫我跟臺南的一個富家子弟訂婚。我反抗。父母說，要是我再反對，就要我離開家。我離開了，現在在臺北的喫茶店做事，隨信寄上的滙票，並沒有其他含義。這是我自己的儲蓄，千萬請你收下。

玉枝

讀完信，林想，這到底是怎麼回事？第二天，他寫了回信。

玉枝：

謝謝你的信和滙票。眞高興你康健如昔。我已經完全忘了你。隨著歲月的流逝，記憶已經逐漸模糊，眞遺憾，我對自己該怎麼做，也沒有清楚的概念。錢我收下一半。這也沒有其他含義，因爲我祇想把一半還給妳。祝

身體健康

林春生

從回信後第二天，戲就開演了。這次預定連續演一星期。第一天和第二天，並未客滿。從第三天起，連日大爆滿。

第五天，林從舞臺上看見喜美子也雜在成羣的觀衆裏。十點散場，觀衆湧到街上，雪已經停了，寒氣依然逼人。林雜在人羣中，豎起外套領子，擋著頸項，向銀座走去。不多時，有人從背後追來，接著出聲招呼：

「林兄。」

回頭一望，想不到竟是他中學時低一班的許北山。

「好久不見了。」

林停下脚步，凝視朋友的臉。許北山繼續說下去。

「啊，是許兄？什麼時候來的？」林認出朋友的臉以後說道。兩人並肩行走。

「呵，這個夏天。爸爸無論如何要我讀醫專，所以先在補習班補習代數和幾何。」許北山突然提高聲音，盯著林春生看，「你知道玉枝怎麼樣了嗎？」

「嗯，微微知道一點。……有什麼事嗎？」

「你——你還這麼瀟灑！爲了你，她遭遇到比死還要痛苦的事呃！」

「被父母趕出去吧？」

「趕出去，還算好。被趕出去之前，你知道她受到怎樣的虐待嗎？」

「不知道。」

「我也是聽人說的，無法詳細告訴你。你認爲玉枝將來該怎麼辦，這全是你的責任哪！」

「玉枝說過沒有？」

「沒有，但誰見了都會這樣說。」

「那玉枝已跟家裏斷絕關係嘍？」

「不但沒有斷絕關係，現在很可能已被抓回去了。她的父母怎麼會這樣就放過她？你聽了別吃驚，她的父母並不想把她嫁給富家子，好幾次想把她賣到臺北當藝妓。」

許北山好像很氣憤，聲音顫抖地說下去。兩人已走入霓虹燈一閃一閃的銀座街，在光與人的海底中潛行，林的臉色越來越蒼白。

「我很累，今晚就此告辭，改天再聽你細談。」

林實在已精疲力盡，不能不這麼說。許北山似已察覺，即時停下脚步，「好，以後再談。再見。」

「再見。」

跟許北山別後，林穿過大厦間狹隘的胡同，走進銀座後面八巷的馬路。他本想直接走到有樂町車站，但是太累了，所以走進一家比較靜的喫茶店，想休息一下再走。入口處有各類音樂會和畫展的海報。林因爲覺得很無聊，便每種海報各抽出一張，其中也有自己正在上演的戲劇海報。「羣盜」、「罪與罰」用特大的活字印成斜體，還用紅字印著「大爆滿，空前佳評，再續演三天」等字樣。林雖然已經知道，但仍覺得有點受不了。靠坐在室內沙發上的時候，忽然看見喜美子正微笑地望著自己。喜美子先點點頭，林也輕輕低頭致意，喜美子跟一個半老女人在一起。兩人談了一會兒，喜美子便獨個兒走到林對面的沙發坐下。

半老女人旋即起身說：「我先走了。」抱著包巾走出去。剩下他們兩人，林高興地說：

「你來看戲了！我從舞臺上看到你了。」

「是啊，你爲什麼不等我？害我找你。」

「我也在找你。不是你先走了嗎？」

「從那以後，還很好吧？」喜美子突然改變話題。

「嗯，有許多煩人的事。」

「我也覺得是這樣。」

「不過，那也不算什麼。祇是我個人的問題。」說罷，林似有所覺，「呵，走吧！明天還要演——。」林像催促般先站了起來。喜美子也直起了腰。

「什麼事？」

「我，」走到外頭，喜美子轉臉說道：「我不知道要怎麼辦才好。」

「這……」喜美子呑呑吐吐地說：「我的住處終於被家裏知道了。一定是我叔叔通知他們的。叔叔在警視廳當警察。」

「眞的！這就糟了。」

「我不要回去。我想一個人獨自生活。呵，對了，剛才和我在一起的那個女人，是品川小貓喫茶店的老闆娘。我想近期內搬到她那裏。」

「哦，不過，我想還是回家比較好。」說完話，林覺得自己很庸俗，望了一眼喜美子憂鬱的臉，便緘默不語。

兩人行至數寄屋橋，每次走到這裏，林總是習慣性地倚在橋欄干上望一下深淵般的河水。今晚，林却沒有這個念頭，因爲羅馬競技場似的大劇場已經關閉，却仍然讓人窺視黑漆漆的窗口。這時，高架鐵路上，電車從左右同時開來，彷彿在鐵橋上相撞一般。

「戲演完後，請到我那裏坐坐。」

「呵，一定去。」

兩人分別坐上不同的電車。

四

戲果然贏得空前佳評而結束了。林的演技獲得承認。一天，導演告訴他，他已是正式演員。林認爲從現在開始自己才眞正進入學習的階段。他把一點點錢全部用來購買跟戲劇有關的研究書和劇本，而且貪得無饜地啃著這些書籍。

一月過去，二月也過去了。

在這期間，林曾去過喜美子的喫茶店一次。這喫茶店在八景坂的入口附近，距大森車站很近。

喜美子雜在其他女侍中不停地動著。他一副毫無興趣的樣子，跟往常一樣坐在角落的廂座上，悶聲不響。

當時是一月底，街道上看來一片潔白，林想利用出來的機會順便到夜晚的銀座去蹓躂蹓躂，便買了到有樂町的車票，以沉重的步伐，搖搖擺擺走上階梯。這時，喜美子也慌慌張張走上階梯。

「有什麼忘了說，是嗎？」

林走到階梯口後正止步等待喜美子。喜美子沒有回答，仍往前走，過了一會才說：

「不，我是來送你的。」

上行的電車來了，林不想上去。他一面在月臺上漫步行走，一面對喜美子說：

「我終於當上了正式演員，以後非好好用功不可。」

「眞好，你好好加油！」

「謝謝，一定盡力爲之。這幾年來，我有個野心，想在二十五歲時組織劇團，回臺灣做點事，能不能成功，雖然很值得懷疑，但我想試試看。」

「多美呀！一定可以如意。到時候，我也許會參加你的劇團。」

這時，電車進站停了下來，林不自主地跳上去，不過彷彿有好些話要向喜美子說，想再等一班。就在這時候，自動門咻地關上，好像有意要攔阻他一般，接著電車卡答卡答地動了起來。

電車在有樂町站停下。林却不想下車，就直接搭到新宿。想到新宿晚上的人潮，他頓時意興闌珊，逕回大久保公寓。

一、二月比較暖和的天氣，一到三月，突然又冷起來，晚上還不時下雪。下雪後的第二天早上，天空碧藍如洗，太陽讓所有屋頂都明亮輝耀。雪融後滴落的聲音，雪在鐵皮屋頂滑動的聲音，使林想起：春天已經悄悄來了。

一天早上，他起得很遲，探手把放在枕邊的手錶拿過來一看，已是十點十分，鳥在屋簷下吱吱叫，從窗簾的空隙可以看到陽光像白銀一般照在電線桿上。

這樣的早晨他心裏泛起故鄉的形象。一望無際的綠色田野，竹藪圈裏的家屋，村中的小路，還有清澄的小溪——。

「不行，不行。」

他突然躍起，拉開窗簾，挺胸迎接流瀉而入的光線。

寶塚正在上演「哈姆雷特」，他想去看，匆忙換裝後就出門了。

是星期日，有樂町車站非常擁擠。差點買不到票。他被引到最壞的席次上。

最先演的是「阿夏清十郎」。這齣原著和劇本都給人極強烈印象的戲曲，對他來說簡直是多餘的，因爲他祇想看「哈姆雷特」。

休息時間，他穿過陌生的人羣，隨意行走。看見節目表上載有「文人原稿展覽會」，雖然沒有什麼興趣，但看看也無所謂，便走進展覽會場，想不到在會場中遇見了許北山。

「許兄。」他拍拍朋友的肩膀，「上次實在很抱歉。」

「啊，是林兄？想不到在這裏碰到你。」

兩人離開會場坐在休息室的沙發上。

「我還以爲你到別處去了。我不知道你的住址啊。」許北山一面吐著煙，一面說。

「是的，眞對不起。」

「林兄，怎麼辦？事情不好啦。」

「什麼事？」

「玉枝的事啊。朋友要我告訴你。」

「快說呀。」

「我想你大概也想像得到。這種事情！」

「跟富人結婚啦？」

「也許，但現在還不淸楚。祇知道她被帶回家了，果然和我預言的一樣。」

「這樣不是很好嗎？回家未必會被迫結婚吧。」

「這是你東京人的想法，像玉枝父母那樣的人可未必如此。」

——不錯，這麼說，想必是對的。林想。

這時，鈴響了。人羣又慢慢被吸進大廳。

期待已久的「哈姆雷特」至此也使他覺得很無聊，還未散場，林便一個人先離開劇場，坐上電車到大森。喜美子未在「王子」，他立刻回到品川的「小貓」，那裏也見不到喜美子的芳踪。

——看來是回北海道了？他剎時浮起這個念頭。——不，像她那樣的女孩不可能這樣。一定是在東京的什麼地方徜徉，可是——他想。但這終究是永久想不完的事情。之後又過了幾天。林反覆考慮之後，向導演請了一個月假，想回臺灣看看玉枝的情形，同時也可以見見父母，說明自己的抱負。但他最關心的還是玉枝的事。見她之後，要好好剖白自己的心意。

正在籌思搭船日期的時候，意外地接到了喜美子的信。

春生：

我終於又回到了北海道，是爸爸硬帶我回去的，不過，可能有一天我又會跑到東京來。我是一個糟糕透頂的人。你是一個正經人。但正經人總是讓可以得到的幸福輕輕溜掉。這也許就是幸福吧！北海道還深埋雪中，不過我還可以適應。請多保重。

內海喜美子

林突然想往北海道一行，男子氣地向她表明自己的心，這想必就是喜美子所謂的幸福機會吧！

但，那個玉枝——她現在可能鬱鬱地在農舍屋簷下哭泣。

他突然想起了一個奇妙的念頭：北海道和臺灣，究竟那個地方遠？他記得在地圖上北海道比較近，但他發覺在內心這兩個地方都同樣遠。住在那裏的玉枝和喜美子似乎跟自己遙遙相隔。

既然如此，我不回臺灣，也不到北海道。——他想，打開窗戶望著外頭。昨晚下的雪，可能也是今年最後一次下的殘雪，從頭上的屋頂滑落到眼前的地面，接著又慢慢疊合在一起。

——本篇原載《臺灣文藝》第二卷第八、九號合刊號，一九三五年八月一日出版

羅漢脚

陳曉南　譯

「那條圳溝沒有蓋子，你快去跳好了！」

只有五歲的羅漢脚，被母親這麼一說，立刻默默地縮回小手，垂下了頭，好像兜頭被澆了冷水一般，身子倏地緊縮起來。他一邊窺探母親垂下的眼皮、暗淡的臉龐，一邊反覆地想：跟媽要錢，實在不對——可是，有時看到母親綻出平時難得一見的笑容，總是情不自禁地奪口說：「媽！給我一分錢！」這時，母親的臉色就像暖融融的太陽，突然被飛來的一團烏雲遮住一般，顯得冷冰冰的，接著，一言不發地把那敝舊的錢袋丟在地上。而羅漢脚一看到母親似乎要開口說些什麼時，連忙拔開小脚，跨過橫著兩根竹竿的高高的門檻，一溜煙飛奔出去了。

「還會有錢？沒用的東西！」羅漢脚年紀雖小，聽到這種聲音也有點刺耳的感覺，但他對母親這樣的斥罵，從未埋怨過。

羅漢脚走出包圍著屋子的竹叢外。那裏有一條寬廣的道路，有很多人來來往往，也有輕便車（亦稱「臺車」）通過。這時，他看到那肚子凸得像大鼓似的胖伯伯大搖大擺地迎面走來。胖伯伯只有一隻眼睛看得見，羅漢脚看到他那笑瞇瞇的神色，不覺奪口問一聲：

「阿伯！您要到那裏？」

胖伯伯瞇著單眼，低下頭看他，回答說：

「去員林啊！」

說完，照樣大搖大擺地揮動雙手，向街頭走去。

羅漢脚一直在那裏佇立著，他歪著小脖子，心裏想著：「圓籃」（臺語音同員林），仔細一看，果然遠遠的仍可看到胖伯伯手裏提著一只圓圓的小籃子。

「這個大胖阿伯，怎麼能夠進到那麼小的圓籃子裏？」

胖伯伯是要到約一里（約四公里）外的員林去，但羅漢脚並不知道「員林」是何許地方；當然，他也不知道，他家旱田裏的香蕉和椪柑收成後，他爸爸和哥哥就是挑到員林的市場去賣的。

羅漢脚就在胖伯伯身後跟踪著，走不多久，這條馬路即呈和緩的斜坡，爬過這道斜坡後，可看到一座廣闊的橋樑。羅漢脚吃了一驚，只見這條大河滔滔地流著黝黑的水，它果眞是沒有蓋子！羅漢脚急忙奔下坡來。從他出生以來，他第一次看到這條距離他家約百餘公尺的大河。

羅漢脚一直跑到他家附近的馬路旁的一棵大榕樹下，才鬆了一口氣。現在是炎熱的夏季，許多過路人，把手拿或肩挑的行李放在身旁，坐在突出地面的樹根上歇息。這棵大榕樹不知已有幾百年的樹齡，附近這一帶的居民都說裏面住著神明，並在樹根的空洞處擺著酒杯、燃上線香膜拜著，所以攀登這棵樹被認為是大不敬的事。但是，羅漢脚每當看到兩、三個伙伴攀著樹枝的那種神態，也會手癢癢的，很想攀上去，只是他的手脚不夠長，不忍耐一下也沒法子。在他看起來，那似乎是一種很好玩的遊戲：從地面躍起，抓住不太高的小樹枝，然後上上下下的搖呀搖的，等到手累了，才跳下地面來。羅漢脚很希望自己趕快長大，他現在跳起來只能夠拽下密生在樹枝下的鬚根。

羅漢脚今年五歲，在六個兄弟中排行第五，他爸爸一年到頭不是在田圃工作，就是幫別人做農事，所以他對父親不太了解。他媽媽有時到鄰家幫忙碾穀子，此外如有空，便在家裏忙著編竹笠。他媽媽跟鄰居的太太們一起做碾脫穀皮的工作時，羅漢脚曾經去觀看，但他媽媽總是一邊工作一邊向他瞪白眼，似乎很不高興他在衆人面前露面。如果他母親在家編竹笠、靠近她身旁的話，他母親就會用柔和的聲音說：

「羅漢脚啊！幫我把這竹葉片拉直！」隨著，就拿出一束竹葉片放在羅漢脚的身前。他不知道這是什麼竹子，只聞到整個屋裏瀰漫著有如鴉片煙似的臭味。於是，他就蹲在母親身旁，拉直那些有著黑斑點的細長竹葉片，拉直後就用脚踩壓著。

「羅漢脚啊！你昨天到池塘去了是不？」媽媽邊編邊問。

「是的，阿母，池塘水好淺喲！」

「你可不能再到那個地方去喲。對了，那個水池上面是不是浮著黑色的東西？告訴你，那可是『生蕃』放上去的毒藥噢。如果手或脚碰到它的話，人就會僵在那裏，不能動彈了！」

「不能動就會怎樣？」

「不能動彈的話，那些躲在暗處的生蕃，馬上會跑出來，用鐮刀砍下腦袋，帶回深山去。」

「阿母！是眞的嗎？」

「當然眞的！所以，你再也不要到那種地方去了。」

第二天，羅漢脚想起母親所說的話，就邀了一個朋友到池塘那邊去玩。他仔細一看，池塘的角落果然浮著腐朽的葉片、木片等黑色的東西。

「喂，若進入這個水池裏，可要當心你的腦袋。」

羅漢脚壓低聲音告訴他的朋友。

「爲什麼？」

但羅漢脚却不向他的朋友說明其中的原因，只拉著他的手說：

「我們走吧。到別的地方去玩好了。」

兩個人就悶不作聲地一直跑到「公學校」旁邊來。學校的周圍用尖鐵線圍成柵欄，校園裏有二、三百個學生在遊戲。他倆從柵欄旁的小水溝裏撿起一個瓶子，先是瞇著眼從狹窄的瓶口察看它的底部，然後，折斷一根樹枝勾出裏頭的東西——圓形的黑色物體。羅漢脚把它放在鼻端一聞，只覺有一股無法形容的酸臭味道直衝入鼻腔，他隨即把瓶子和那黑色物體用力摔到水溝裏，同時叫嚷道：

「啊！生蕃的毒藥！」

他的朋友不曉得是怎麼回事，一時竟發起愣來。這時，羅漢脚就逕自跑回家去了。他母親已在準備做晚飯，兩歲的弟弟爬在地上玩，四個哥哥到底到那裏去了呢？他完全不知道。

「羅漢脚呀，你到墓地去領些粿仔吧。」

有一天，母親邊編著竹笠邊說道。

「去那裏？」

羅漢脚一聽到有出門的機會，高興得聲音都顫抖了，連忙跑到母親身旁。

「我也不知道在那裏，不過，隔壁的那個『烘爐仔』也要去，你可跟著他。」

羅漢脚就去央請「烘爐仔」帶路。他倆爬上那條斜坡，經過濁水悠悠的大河，再一直往前走，才抵達墓地。那一天似乎是個大吉的日子，前來掃墓的有好幾批人。羅漢脚緊緊跟隨著「烘爐仔」，人家快祭完墓時，他們就一直在旁邊站著，祭家在臨去的時候，就會分給他們一個「白粿」。正月的節日，大都是用著色的「粿仔」祭拜，尤其是紅色用得最多；只有掃墓是用「白粿」，這種東西看起來總使人有「非人類食物」的感覺，當然，吃起來仍是「粿仔」的味道。

他倆總共走了三個地方，分得三個「粿仔」，已把口袋撐得鼓鼓的，然後各自帶回家去。

「做晚飯時，我再把它溫熱給你吃。」

羅漢脚的母親說著把「粿仔」放進菜櫥內。

又過了一年，羅漢脚六歲了，有些從前他所不知道的事情，他已略微了解，並且他曾好幾次到過水流濁黑的大橋邊。現在，他已知道，河的那一端有非常廣闊的平地，那裏也有人在田裏作活，在更遠的地方，是連綿不斷的山峯……。

這時，他也約略了解自己的名字的意思，那是「無家」或「無賴」的意思，正如「剃頭仔」、「吹鼓吹」這兩種行業的受人輕視，一般人很看不起「羅漢脚仔」，幾乎拿他們跟乞丐相提並論。本來，他在更幼小的時候，也有個比較好聽的名字，當然，羅漢脚自己已全無記憶了。在這條硫磺燻籠似的農村小街道裏，羅漢脚還不曾聽過一個比較像樣的名字，至少跟他在一起的玩伴，取名都很粗俗，怪裏怪氣的。主要的原因，並非他們的家長未受教育，而是他們對人世從未懷抱任何希望，所以也不想替孩子們取個堂堂皇皇的名字。這個村庄，莫說大官，就連小小的「街長」也從未出現過，於是做父母的生下孩子後，也不多加考慮就隨隨便便地取個名字。「羅漢脚」的命名亦復如此，他們雖然自己有房子，但那只是簡陋的茅屋，他父親是個貧農，沒有半點學問，既不會寫，也不會讀，也就沒法替孩子取正大堂皇的名字了。

羅漢脚一向是個默默寡言的孩子，每當他被母親斥罵時，他就躲到庭前的稻穀堆邊。有一天，他又躲到那裏，但因待得太久，無聊得發慌之餘，就胡亂的把手插進穀堆裏，他意外的感到，穀堆裏頭溫暖得像冬天的「火籠」一般，於是就忘神地在那裏取暖起來。這時，他背後突然響起了脚步聲，並有黑影悄悄掩近，羅漢脚幾乎嚇破了膽，回過身來一看，原來是「烘爐仔」正笑嘻嘻地站在一步之外。羅漢脚被嚇得臉色跟樹葉一般鐵青，再也笑不出來了，並且不久後即開始嘔吐，就默默地走回屋裏。

這以後的二、三天中，羅漢脚一直吃不下飯，臉色仍是那樣蒼白。母親憂心忡忡的說：

「你到烘爐仔家去，跟他要一口唾液吃吧！」

據他母親說，如果被人嚇著時，只要吃下對方的唾液，就可治好這種恐悸症。起先，羅漢脚一聽說要吃別人的唾液，覺得好噁心，但最後他還是聽從母親的話，向「烘爐仔」要唾液回來，然後從母親手中吞下。但是經過二天後，仍未治好他的恐悸症，他還是常常顯出戰戰兢兢的神態。到了黃昏時分，母親對他說：

「羅漢脚呀！你跟我來一下。」

羅漢脚跟著母親走進黑漆漆的房間裏。接著，他母親就從米缸掏出一碗米，用一條厨巾連碗帶米都包住，然後用它在羅漢脚的頭部、腹部和身體各部按壓起來，嘴巴同時呢呢喃喃地唸著，羅漢脚一句也沒聽懂，但他知道，那是在向神明祈禱。當全身各處都按遍後，他母親拍拍他的肩膀說：

「好啦！你的病已經治好了，再也沒什麼可怕的事情了，壯起膽來吧！」

果然，睡了一晚覺後，第二天早晨，羅漢脚已和過去一樣，精神抖擻煥發了。

羅漢脚更不想離開母親身側了。雖然母親面色晦暗，但在這不知有多廣大的世界中，母親却是他唯一的依賴。他也依稀了解，母親所以終日不停地忙碌，容色暗淡，都是因為貧窮的緣故。他已經六歲了，每當天氣晴朗的日子，他也常想走出那狹窄沉悶的茅屋，來到馬路上窺看那不知往何處延伸的世界，但他的視野已被那條黑悠悠的大河所遮蔽，大河那邊的情景他始終無從得知。這邊的馬路，雖然離家很近，但是常有農夫或牛車經過，熙熙攘攘地並不寧靜，他也提不起興趣出來玩。嚴格地說，他並不了解自己居住的這條街道，過去，他只是在這條馬路的「外圍」轉一轉而已，對於某一個處所的情形，或許他知道得很清楚，但對整體的輪廓，就沒法描繪出來了。他記得，這條街的中央是賣肉、賣青菜的市場，因爲有一次他曾經過那邊。在他的印象中，那裏就像是大型的豬圈，紅瓴的牆壁上沾滿泥巴，一靠近，就有一股臭不可聞的味道傳來；裏頭還不時傳出一羣餓得發癟等待屠宰的豬，因求食不得發出刺耳的叫聲。許多穿著草鞋的農民，都聚集到這裏來。這個市場，雖然距離他家很近，但在羅漢脚的記憶裏，却覺得很遙遠。

羅漢脚很想找個機會溜到街上走走，尤其想到熱鬧的菜市場去，問題是，街中央有「輕便車」通過，在那裏分出雙叉路，他沒自信能否安全地經過那種雜沓的地方，然而，就是抑制不住想上街的念頭。

他的小心靈裏正在盤算向那未知的世界做最初的冒險時，正好發生了一件事情，意外地使他的冒險得以提早實現。但出發時的心緒，並不像他長久以來在心裏所描繪的那樣快樂、幸福。

那是一個夏天的黃昏，羅漢脚正在大榕樹下遊玩。

「羅漢脚——羅漢脚！」

他聽到母親急促的呼喚聲，隨即循著呼聲的方向——自己的家——快步奔回，因爲他從來不曾聽過母親那種尖銳的叫聲。當他跑到母親跟前時，只見母親臉上顯出從未有過的驚惶神色。她一把拉住羅漢脚的手像旋轉似繞過身，快步通過院子走進昏暗的屋裏。羅漢脚只覺全身冰冷，不知發生了什麼事情。跨過門檻後，母親才停下脚步，一邊「哈、哈」地喘了幾口大氣，一邊掏出五個一分錢的銅幣，塞在羅漢脚手裏，說道：

「你趕快到市場買韮菜和豆芽菜回來；跑步去！快去快回！」

當母親遞給他銅幣時，羅漢脚看到餐桌下一幅可怕的景象：他那三歲的小弟弟，翻著白眼，僵臥在那兒。羅漢脚嚇得說不出話來。稍後，他才注意到地上有翻倒的醬油瓶和溢出的煤油，煤油的臭味瀰漫整個屋子。

「啊！是喝下煤油！」羅漢脚打了一個冷顫：「弟弟也許會死翹翹！」

他手裏抓著銅幣，飛奔出去。市場很近，他買到韮菜和豆芽菜後，就在人、車之間亂闖亂鑽，直奔回家。

母親用顫抖的手將韮菜和豆芽菜絞成汁，倒入弟弟的口裏。弟弟的嘴唇稍微動了一下。

他父親和大哥們還在田裏工作，仍未回家。

母親緊緊抱住弟弟的身子，憂愁地注視著弟弟的臉。四周已很黑暗，但母親並未點上燈火。也許她在感歎：買來煤油本是爲照明用的，現在反倒成爲導致家中不幸的根源。

不久，弟弟將肚裏的穢物吐出來了。母親的手仍在顫抖……。

「好可憐！肚子一定餓壞了！」

母親喃喃地說著，眼睛仍一直注視著弟弟的面頰。

母親的懷抱是溫暖的。終於，弟弟睜開眼睛了。

羅漢脚默默地坐在門檻上。這時，他的父親和四個哥哥也回家了，當他們看到小弟弟的情景時，並未咒罵神明，他們在談論中反而表示，應該感謝神明的幫助，使弟弟能撿回這條小命。

炎熱的夏天快過去了，有一天，羅漢脚的家來了一個陌生的阿姨，她來到後，就從包袱巾裏取出糖菓，分給他們幾個兄弟。很難得的，那一天，他父親和他大哥們也都在家，他母親看到那位阿姨來到家，就開始替小弟弟穿上新衣服和鞋子。穿戴過後，他母親從旁幫著把小弟背在阿姨背上，邊說道：

「乖孩子！阿姨要帶你上街去看戲，馬上就會回來的！」

小弟弟被長長的帶子縛在阿姨背上時，他轉過頭向著母親，雙手搖動、嘴巴蠕動著，似乎想說些什麼，但直到完全地縛好時，他仍沒說出什麼，等到阿姨跨出門的時候，終於嘴巴一歪，開始哭了起來。

「乖孩子！馬上就會回來的！」

母親的話聲，愈說愈低，語尾已含混不淸，她的眼圈也紅起來了。

過後的幾天，小弟都沒回來，他被賣到很遠的地方去了。這事情羅漢脚直到很久以後才知道，那也是「烘爐仔」母親偷偷告訴他的。他也知道，從此以後再也不能和小弟弟相見了。

周遭的不幸，陸續映入羅漢脚的眼簾，它們彷彿是從遠方包圍侵近似的，最後終於降臨在他身上。羅漢脚畢竟只是六歲的孩子，體力薄弱，當他遭遇不幸的那一瞬間，他已意識模糊了。

那是長夏已近尾聲，開始吹拂徐徐涼風的一個黃昏，羅漢脚出了家門，想去大榕樹下遊玩，當他正要走過輕便車鐵道時，一臺載滿貨物的輕便車，未鳴警笛，從斜坡上一直滑下來。等羅漢脚警覺地「啊！」的叫了一聲時，他的身子已被車身帶住，在車夫的厲叫聲中，車子也脫了軌，橫倒在馬路上，貨物散落滿地。

羅漢脚只覺屁股一陣劇痛，但這也是一剎那間的事，他隨即倒在血泊中，不自覺地呻吟起來，以後的事情他就不太清楚了。他恍惚覺得，當時圍著黑鴉鴉的人潮，其中也有他的父母親和大哥們；此外，他彷彿聽到母親痛哭的聲音，但那已不是在馬路上，而是在家裏的牀上。

當醫生在他的脚部紮好繃帶時，羅漢脚目光遲滯的掃視著燈光昏黃的房間，當他看到枕邊放著汽車玩具和笛子時，感到非常高興。

「這個——最好還是把他帶到員林的外科醫院去，在我，這種傷醫治起來較不方便。」

醫生說完這幾句話，就回去了。

第二天，父親背著羅漢脚出門，門口已有輕便車等著，父親抱著他坐下後，車子就緩緩地開動。羅漢脚心想，如果阿母也一道去，該有多好！他心底湧起莫大的喜悅：「我也要到員林去了！」

他終於知道「員林」的意義了，但仍不知道它在何處。

輕便車爬上緩坡，經過濁水悠悠的大河，然後下坡滑行，許多陌生的景色次第映入他的眼簾。這是羅漢脚生平第一次遠離這條小街。

——本篇原載《臺灣新文學》第一卷第一期，一九三五年十二月廿八日出版

可憐的阿蕊婆

廖清秀 譯

一

那個房子座落在人口約有兩萬的中部某古老街上。雖說街上，却是從汽車不斷地「噌，噌」響著喇叭行駛的大馬路拐進三、四條小巷的地方，因此給人有偏僻的感覺。

這一帶不管房屋朝向何處，似乎都亂七八糟地蓋著。那殘存在街上佈滿著彈孔而高聳的城廓如今雖已拆除了，但還是雜亂地留著陰暗蒼老的磚瓦房屋。這些房屋不是進深很淺，就是深得不得了——像洞窟那樣。

阿蕊婆住的就是進深淺的房子，淺得跨進門檻幾乎走兩步便會撞到牆似的，却把它隔成了三處，一處奉祀神明，一處是厨房，剩下來的一處用不著說是阿蕊婆的臥房。

說是奉祀神明的地方，掛在壁上的神像却很陳舊，蜘網纏著它，看不清祂是什麼神呢。但從香爐留著一大堆的香脚看來，阿蕊婆從前似乎也拜神的樣子。事實上，阿蕊婆在年輕時，早晚兩次給神上香，從未怠慢過。但經過幾十年的歲月，阿蕊婆現在已有八十二歲了，與其說她要拜別的，不如說她自己是該受別人膜拜哩。

阿蕊婆的厨房一半被灶佔去，灶有煙筒，煙筒穿過屋頂，仰望天空。阿蕊婆有四、五個孩子，但阿蕊婆一老衰，孩子們就像長大的燕子一樣不知飛到那裏去了。於是，她不需要大灶了，在它的旁邊放著小火爐，燒自己吃的飯。此外，厨房還有：菜刀痕累累的舊桌子，和放在桌上燒水用的鍋，炒菜用的鼎與兩三只飯碗外加筷子而已。

至於阿蕊婆的臥房，夾在奉祀神明與厨房之間，只有咯嗒咯嗒響的竹牀與痰壺。阿蕊婆在家的時間差不多都在這裏過著。在僅容一人躺臥的牀上，她像冬眠的蛇，一動也不動地睡著。人的生活是從早晨開始，但是對阿蕊婆來講，這說法是不適用的。即使早晨來臨，她也懵然不知。而且，正巧不讓阿蕊婆知道似的，早晨的陽光也不會射進阿蕊婆的枕邊。只有一個小小的格子窗而已，何況她還不想張開眼睛呢。山爬到盡頭就要走下坡了，而且還會回到跟出發地一般高的地方。相同的，人生也有坡道，年老以後會恢復孩子的狀態——這些傳聞是眞的。阿蕊婆縮著身子，張開嘴巴，邋遢的熟睡著。

夜裏阿蕊婆有時會醒來，一發覺周圍漆黑，她就摸摸草蓆下的火柴，點亮油燈，在牀上一動不動地坐著。阿蕊婆想做點什麼，但她正想著這些時，世界上所有的東西忽然遠離她而去。阿蕊婆沒有辦法，將視線朝向奉祀神明的地方與廚房兩三次，然後低頭閉起眼睛，那靜靜的姿態，簡直使人不敢相信她還在呼吸呢！阿蕊婆就這樣一小時甚至兩小時都動也不動地保持同樣的姿勢坐著。

無論是那一晚，阿蕊婆都從未關門，不如說她無從關門。只有奉祀神明房間的門還留著厚的門板，但要緊的門閂早已丟了，所以無法閂門；廚房的門早就朽爛了，連它的痕跡也沒有。但阿蕊婆即使不關門，廣大的社會也不會有人來造訪她。夜裏來訪的只有風聲與月光而已。阿蕊婆會跟它們交談：

「多明亮的夜晚呀！

月亮喲，

你從小就跟我要好哪，

跟我要好的只有你呀。」

不知什麼時候窗格子的影子斜著清清楚楚地投射在草蓆上。

「你也要慢慢地睡吧？

人一起來你就睡，我也一樣的呀。

只有你不會拋棄我這個老人麼？」

但阿蕊婆僅有的一個相好，有時也會棄她不顧。這麼一來，屋子裏便突然暗了起來，阿蕊婆會失掉思考的氣力。這時她毫無辦法，只好跟另一個朋友交談，它就是風。比起月光來，它是個更冷更陰暗的朋友。這位朋友趁著廚房沒有門，往往會沒有禮貌地來訪呢！

阿蕊婆的單身生活大約持續了十五年，嚐盡了所有寂寞，她雖不想要朋友，但不能放棄時時想見而不知在那裏的兒子以及孫子的念頭。她在想這些時，飄然來訪的一定是風。

「你是冷風麼？帶走我兒子和孫子的是你吧？可惜我看不見你的姿影，但見不到子孫實在叫人不甘心啊！」

阿蕊婆咬著牙齦嘟喃。這個冷冷的朋友聽了，有時會不聲不響地離去，但有時會向阿蕊婆狹小的臥房更激烈地吹過來。這時阿蕊婆連抵抗的氣力都沒有，只好把蚊帳拉下來，又靜靜地讓她小小的身子躺在草蓆上了。

街上已經有自來水了，阿蕊婆的鄰近這一帶却還使用井水。不妙的是，井水常稍混濁，這一帶的人打起井水後加入明礬攪和，等它澄靜後飲用，只有阿蕊婆沒有那麼做。水是鄰居的男人們替她打來的，起初男人們用明礬攪和，阿蕊婆反而埋怨那種不自然的水不能喝。即使它混濁，阿蕊婆認爲：若是自然的東西，就那樣喝無妨。

鄰居的太太們常常悄悄地來看阿蕊婆家的米桶，當發現裏面沒有米了，便悄悄地從自己的家帶些米放在她的米桶。這已成爲長久的習慣，既沒有人會提起這事，也沒有人會邀功。

「不管如何，讓那位老人家餓死，罪孽實在太深重了！」

「聽說兒孫中也有出息的呀，眞可憐……」

「不，我聽到的是兒子要養家都困難……」

「大概吧，他們都是空著手離開阿蕊婆家的啊！」

「阿蕊婆家有錢時，連一個人都沒有離去呀。對啦，你還記得吧，是地價降得很厲害，阿婆家破產時才離開的呀。」

「不，不僅是這樣！都是那個大兒子不好，隨便把田地亂賣，才會破產啊！」

太太們想起了十五年前阿蕊婆的家運，把它當作話題交談著。那時阿蕊婆是這一帶的財主，現在鄰居們還不厭煩地照料她，雖說是對世家產生憐憫之心，但另一原因是以往頗受阿蕊婆恩惠的緣故，就房屋來說，從前這一帶都是屬於阿蕊婆家所有。她一棟一棟地把房子賣掉，現在阿蕊婆住的是其中最簡陋的一棟。

阿蕊婆要上街時，都從厨房後門出去。這個後門不知爲什麼如此做的，狹小得可笑，要側著身子才能過去。走出門，是潮濕窄長的巷子，眼前有幾乎使阿蕊婆窒息一般的高牆，緜延到巷子的盡頭。走這條巷子的，除阿蕊婆外，只有貓和狗而已。

阿蕊婆拄著比她身子略高的手杖。從巷子走出舖著磚瓦稍爲寬大的街巷，然後再出到更寬大的街道，不到五十步，眼前就可以看到屋頂盤據著龍的城隍廟。

阿蕊婆上街就是要來這座廟。廟前有不太大的石獅並立左右。拄著手杖坐在石獅前的石階，是阿蕊婆每天要做的事。除了極短的冬季和下雨刮風的日子外，沒看到憔悴不堪的阿蕊婆的日子，反而會令人感到稀奇。一天又一天，她沒有改變坐的地方，像生根似地一動也不動在那裏坐著。她的眼睛及頭髮差不多都失去了黑色，臉孔看來像是大岩石的一部分。那簡直是在說：把該看的都看完，該聽的都聽盡，該想的都想過似的。阿蕊婆的臉上既無感覺，也沒有表情，可以說她漸漸遠離人而接近大自然。假如阿蕊婆夜裏沒有回去，蹲在那裏睡覺的話，人們都不會覺得詫異吧。甚至阿蕊婆就這樣停止呼吸，不再動了，任誰也都不會覺得奇怪吧。

一個秋天傍晚，坐在石獅臺階上晒太陽的阿蕊婆不知在想什麼，吃驚地張開眼睛，將滿佈皺紋的臉緊繃著，從臺階迅地站起，急促的動著手杖，跑也似的走去。

「海參呀，等一等，海參！」阿蕊婆揮動手杖大聲喊著。

走在阿蕊婆幾步前面穿西裝的年輕人聽了，吃驚地回頭看她。

「海參呀，你跑到那裏去呢？現在跟阿媽回家！」

阿蕊婆痙攣著嘴唇仰起臉看著年輕人說。

年輕人感到莫名其妙，却乖巧地說：

「我現在要去玩呀，阿媽！」

「你到底要玩到什麼時候？……吃過飯沒有？回家去吃！」

「嗯，我吃過了！」年輕人應著就要走去。

阿蕊婆聽了，慌忙將手伸入上衣下面，從縛在腹部的錢包裏抓出鎳幣來，說道：

「那你就拿這些錢去買東西吃，早點回來！」

年輕人更覺得莫名其妙，但若無其事地拿了她掏出來的兩只鎳幣，向阿蕊婆說聲「謝謝」，便自顧走了。

夜深了。大家都已入睡，阿蕊婆却呆呆坐在牀上等海參回來。海參是阿蕊婆的大孫，別的孫子從沒有回到她身邊來，只有海參每年會回來一兩次，所以阿蕊婆只把這個孫子的臉記得很清楚。

等到天亮雞啼，阿蕊婆就睡時，甚至第二天傍晚她醒來時，海參一直沒有回來。這也難怪，阿蕊婆以爲是孫子海參而給她錢的，其實是陌生的過路人。

離阿蕊婆睡處不到三公尺的地方，有她從前正房的大房子三棟並排著，這些房子遠離街道，完全隱密，不大引人注目，所以現在變成了小街暗巷裏常有的私娼窟。日間像該地的修道院一般靜悄悄的。從另一方面來說，它或許像神秘的靈修道場，也像跟這個世上一切俗念與規定隔絕的幽邃的祭壇一般。令人以爲：連太陽也顧慮著不敢隨便照射在它上面似的。無論是何人，無疑的都想在地上黑暗的角落尋求靈的休息處。可是，這裏靈的休息處就是肉的休息處。夢醒了，因愛破碎的青年人，趁黑暗在那裏出入著。他們充滿希望，期待能彌補自己心靈上的創痕，結果他們的創痕會裂開得更厲害，這從他們蒼白的臉上表情與倉皇的步履便可以看出來。不知人間甘苦的純眞女孩一到這裏來，有錢的少爺便不知從那裏出現了。他從女孩的身上吸盡蜜一樣的甜汁，然後留下苦汁而離去。這麼一來，不幸會忽然一再襲擊那個女孩。純潔的女人，被荒唐男子蹂躪，開始了長久的暗淡生活。說是不幸，不如說是絕望。但縱令陷入絕望，誰會再回顧她呢！況且，爲了苟活，祇好忍辱偷生。

阿蕊婆看到這種可憐的生命已有好幾個了，但現在就像是什麼人都不會來可憐阿蕊婆的生命一般，阿蕊婆也變成不會可憐別人的生命了。抑制的沙沙笑聲以及啜泣聲——有時重聽的阿蕊婆雖也微微聽到，但她已經忘却似的，絲毫不爲所動，阿蕊婆的熱情已經燒光了，她的心僅剩下灰燼而已，灰燼是不可能再揚起火焰的。

阿蕊婆已有兩三天沒出現在街上了，有一位到她厨房來的太太，往臥房一看，發現阿蕊婆躺在牀上，臉色蠟白。這位太太喊阿蕊婆，看她沒有反應，以爲她老衰病重而不能起牀，於是回家跟丈夫商量，請他寫信給在遠地的阿蕊婆二兒子海東。海東就是海參的父親。

兩天後，海參出現在阿蕊婆的枕邊。他已是快二十歲的青年。阿蕊婆聽他叫著「阿媽」，便張開眼睛。

「哦，海參……」她說著坐起來，嘴唇顫抖。「你回來眞好！以後再也不要到別的地方啦！」

阿蕊婆漸漸開口，聲音沙啞。她的眼光悲喜交集，從未如此閃耀呢。手始終要抓什麼似的抖顫著。

「阿媽，今天我是來帶阿媽去的呀！」

「你再也不要去別處，住在家裏好嗎？」

海參的心口幾乎被塞住了！

阿蕊婆的想法固定於某一點上。

「阿媽，不是這樣！我要帶阿媽到阿爸的地方呀！」

「你爸爸現在在那裏？」

她低聲問，才了解過來孫子所講的意思似的。

「那是很遠的鄉下呀。」

阿蕊婆聽到很遠的鄉下，目光恰似看什麼遠處一般。

「我們現在就一起去遠處的鄉下，阿媽！」

阿蕊婆却問起完全不相干的事來。

「你也長大了，娶妻了沒有？」

海參難爲情起來，沒有回答這個問題，作勢要帶走她。說是作勢，其實只是把祖母的衣服放在包袱裏面等東西包好，孫子就牽著祖母的手說：「我們走吧！」

於是，祖孫倆便走出古老的房子。阿蕊婆默不做聲地跟著孫子走。不久，她倆乘坐火車離開這個小鎮，但阿蕊婆長久住慣的那古色蒼然的房子，阿蕊婆即使不住了，也沒有什麼變化似的靜寂無聲。既無任何人來訪，房門也依舊開著。

二

阿蕊婆住在鄉下的生活開始了。起初她從火車下來，被孫子扶著長時地走在沒有人影的鄉村道路。阿蕊婆的心裏感覺是：天空太廣大了！她住在街上時，幾乎沒有把視線朝向天空過，但阿蕊婆現在看見天空無涯地掩蓋著草木、人、房屋以及道路等。而且藍色的天空無限地伸展著，看來那麼寧靜。不只是天空，散落在它下面的房屋、草木看來也都那麼寧靜。這一天，大自然露著微笑迎接阿蕊婆咧。一顆頽喪而垂老的靈魂，雖播種得晚，却感受到自己所屬的偉大的母胎，這實在是可驚的變化，雖然沒有用語言表達，像站在大鏡子前那樣，感到自己的姿影照原來的樣子在草木以及天空中映現出來。而且，這種感覺使阿蕊婆在內心裏回憶青春時代的激動、不安、焦躁、懷疑——為生活而曾經歷這種掙扎的生命，帶來一種看開與安寧的狀態。在那裏既沒有悲哀，也沒有歡樂。過去阿蕊婆也像一般人那樣追求幸福，養育兒女，盼望孩子出人頭地，為此儘管是狂風暴雨——艱苦重重的日子，阿蕊婆總是奮鬥到底，但如今怎麼樣呢？從阿蕊婆身上分離出來的幾個年輕生命，往這裏那裏散去了。而且，這些生命不久也忘了阿蕊婆的存在，阿蕊婆不得不也忘記這些生命的存在。

而現在其中之一的生命就像風一般不知從那裏吹回來，來迎接阿蕊婆。說不定這正是她等了很久，在心靈深處所懷抱的唯一希望也未可知。但阿蕊婆連這些喜悅都無法明顯感覺到，她的手被結實的孫子牽著，什麼都沒想，只是跟著走向漫長的鄉下道路罷了。

他在兒子家的生活有更大的變化。鄰近方面，高高的竹林、香蕉，農屋代替高高的牆和私娼窟。到外面一看，取代喧嘩的街路和廟宇的是：一望無際的水田以及小小的土地公廟。家裏跟日昨以前的孤寂完全不同，可以聽到六、七個人的活動與呼吸、沙沙的笑聲。煮飯時，爐火旺盛燒著，煙霧籠罩整個屋裏。吃飯時一家有七人圍桌坐著。而且，阿蕊婆起來跟孫子玩的時間也增多了，將椅子搬到庭院坐著，以代替有石獅的石階，曬曬太陽。

這年的冬天與次年的春天，阿蕊婆日子就在這樣溫暖的氣氛下消逝了。火燒一般的日間與微風吹拂、青蛙鳴叫的夏天傍晚來到了。常常有驟雨突然來襲，像碎石子那樣打在香蕉葉上。

阿蕊婆倚窗望著，突然向身旁的孫子說：

「你瞧！」

剛懂事的孫子注視著祖母所指的地方，但看到的是：雨點猛烈地打在香蕉葉上，又被彈了回來。

「你沒看見嗎？很多男女撐著打開的傘在街上行走，你沒有看到嗎？」

「咦，阿媽！那不是街上，是菜園呀。」

但阿蕊婆並沒有聽孫子的話，只是凝神地繼續望著。

大白天阿蕊婆裸露著胸部午睡，捲起下襬，可看到蒼白而鬆弛的腿肚，像是冬天散落在花園的花朵，已不再是鮮艷奪目。令人銷魂的色香，以逼人的熱氣凋謝下去似的。阿蕊婆在青春少女時代，不，有生以來一直都生活在街上，不料在她身體的每一部分失去感性的時候，被帶進生趣盎然的大自然——田園中來。春初種植的香蕉，現在像要誇耀青春似的向廣大的天空伸展著葉子。各處的土堤以及路傍的樹林、草叢，它們吸取大地的精華。蓊鬱盎然以耀目鮮明的色彩，跟天空對峙著。但無論怎麼說，不僅耀目，而且感動人心的是那廣大的稻田與菜園！春天時播種的水稻長得一般高，青色一片，那簡直給人在天地上鋪著大張青色絨毯的感覺。而且，從黃昏起，在那絨毯下面這裏那裏開始流出青蛙叫的聲音。牠的聲音跟月亮、星星的光混在一起，會在快活的夏天晚上叫到天亮。這種大自然的景觀和聲音，對一直住在喧囂街上的阿蕊婆來說，是難以想像得到的。跨出門檻一步，有的是：植物以及溪流、家畜和濕潤的黑土。阿蕊婆如果從富有感性的少女時代起在這種田園長大的話，這些大自然的顏色以及香味會滲進她身心，不僅成爲她身體的一部分，也成爲她心靈的一部分吧。但她却在一切都是人爲與粉飾下虛構的都市裏長大。在那裏連泥土都被掩蓋著，既沒有植物，也沒有溪流，有的只是電線桿以及下水道了。但人的靈魂却奇怪地具有所屬性，儘管如何骯髒的土地或醜陋的地方，以自己長久居住的地方爲故鄉，縈繞在他的回憶裏。有時會成爲嚴重的鄉愁，儘管住在如何美麗的地方，也會驅策人焦躁忍受不住哩。年輕活潑且還懷有美麗的憧憬時，人會想從地上的某一角落飛到另一角落去，但失掉活力後，在任何地方都是徬徨著——到了無法感到心安的年代，人會尋找舊巢咧。

阿蕊婆在兒子家過活的半年，起初看來似乎充滿幸福與安詳，但沒有人知道她內心漸漸萌生焦慮與動搖，這連阿蕊婆本人也不知道自己內心的變化呢。

被兒子與孫子包圍的生活，阿蕊婆不會不覺得幸福，但如果坐在像海底那樣的靜寂裏時，阿蕊婆便會想起那空空如也的三個房間，以及太太們的笑聲，屋頂盤踞著龍的廟宇、石獅子，還有在它前面川流不息的男女、「噂、噂」按著喇叭的公路汽車、從車站駛去的火車尖銳的汽笛聲……阿蕊婆竟在夢中看見故鄉街道的這些風景，終於在日間醒來時，眼前也會時隱時現。而且，她種種的幻想有時會變貌出現。有一天——恰巧是中午時分——阿蕊婆突然喊叫起來，海參跑過來一看，阿蕊婆的臉異常地僵硬，凝視著某一點。

「海參！你有沒有看見那送葬的行列嗎？瞧，抬著我躺的棺材……」

海參聽了祖母意外的話，不知如何回應是好。

阿蕊婆繼續說：「瞧，和尚正走過去……敲鑼鼓的走過去……吹喇叭的走過去……海參在走著……我的棺材又過去了……可看見蓋在上面的紅色毛氈……」

海參毛骨悚然，忙從祖母身邊走開。

血液從自己的身上消失到連最後一滴也沒有了，身體像石頭那樣發硬著，不久被放入棺材，從這一世到那一世去——阿蕊婆陷入這種幻想中。

從這一天起，阿蕊婆就一直躺在牀上。本來從來不缺的三餐，從這一天起不吃的次數漸漸多起來。兒子海東請鄉下醫生來給她看病，配藥給她服，但怎樣勸解，阿蕊婆就是不肯吃藥。

正在這時，海東一家的生活像被倉皇的暴風雨吹襲一般，事情的經過是這樣：海東在離自己家不遠的地方開了小雜貨店，那裏另有兩三家同業以及藥店、飲食店等，在這個鄉下形成了所謂「小街」。海東的店比起土著開的雖不能說是老店，但也已有十年了。他從阿蕊婆的懷中跳出來的最初五年，像浮萍那樣被風吹著，然後飄流到這裏定居，但此地是不受一切文明氣息影響的偏僻之地。既有妻兒的他，起初是受純樸農民的資助而開了這個店，從零星還賬，而把所有的債都完全還淸，且在這十年養活著妻兒。但文明這個玩藝兒，也想進入這偏僻的地方。海東一家在它強有力的掌力之下，被打得東倒西歪。從很早開始，就大約以這個地方爲中心，把東西兩個小鎭連結起來，開通汽車路線，設立公司經營——村裏最有錢的人一提出這個計劃，東西兩鎭的有錢人當然也樂於響應了。而且，這一次不僅是計劃，實際上已僱用了很多工人開始修路，爲了拓寬馬路，香蕉和街樹都給砍倒，被堆上泥土。路穿過海東店的鄉下小街，更不幸的是，他的店在拐角對路有妨礙，店不拆除，是不能通車的。有錢人非收買他的店不可，但海東如何也不答應，但令他驚詫的是警察到他家來，告訴他非拆除不可，爲了開發地方的緣故。海東雖知道警察的意思，但不開店，不知如何維持妻兒的生活才好。而且，在他模稜兩可的回答時，對方將買店的錢交給他，店很快被拆除了，被塡平了新泥土，變成了平直的道路。

暴風雨如此襲擊著海東一家，這對以爲自己一家的生活不會改變的海東來說，是一樁莫大的打擊。

既然如此，留在這個鄉下也沒有用，海東心想，如果再住下去一家人不餓死才怪呢！海東不寒而慄，阿蕊婆却想到好辦法似的提議回到街上去，沒有進一步說什麼，阿蕊婆只想回街上去住而已。海東終於想這樣也好，起初以爲用拿到的那些錢重新到故鄉的街上做生意，却十分擔心，雖說是故鄉的街上，夾在很多生意人中，用這一點本錢能不能做得順利呢？最後他想到一個好法子：不要把現有的房子賣掉，將它保留下來，回到故鄉後若生意不順利，再回到這個鄉下來，正如十年前來此地時那般，在破船掛著布帆向生活的海重新出發……

這是夏季將盡的七月底的事。這一天海東在整理家俱，想告別還無法從夢中消失、在此度過工作能力旺盛十年的鄉下，每天都表露著暗淡的臉，此後要過的海，還廣大得很，水平線一帶依然呈現銀白色，回顧過去的海面早被黑雲籠罩，其間只留著一條長長的蒼白色分水嶺罷了。那雖是短短而淒涼的十年，但現在突然被切斷它的連鎖，這對他來說是很難忍受的。他一邊整理東西，一邊不想這樣離開，但他都不做什麼而能留下來嗎？

正在這時，是幸抑或不幸，也許是神要給他思考的時間吧，有一天晚上颱風突然來襲。天色快黑時，吹掠的風，入夜便帶來了激烈的雷雨。從南向北的風發出了怒吼的聲響，使屋頂、屋簷與柱子震動著。竹林被風雨吹打，竹葉「沙沙」作響得很厲害。雨傾盆一般下著，在它聲響下世界密閉了。雨下得更猛烈時，連雷鳴聲也聽不到了。像被老鷹襲擊的小鳥一般，海東一家人在不知是否會被吹走的茅草下，團團圍在一起。好像有大樹倒下去的聲音響著。也有什麼東西裂開似的聲音響著。在這個世界若有什麼暗淡的話，沒有比颱風夜裏更令人的心情覺得暗淡的事了。颱風到了次日還沒有減弱，遮蔽在竹林裏的屋子周圍的香蕉倒下去的雖不多，但未倒的葉子也沒有了，亂七八糟地裂開著。院子有青色的竹葉到處黏著。已經長得相當高的竹筍，斷落在四處。而且，不管是狂風暴雨，有很多孩子跑來跑去，在撿這些竹筍。他們的母親等颱風過後，把這些竹筍醃成醬菜。也有向阿蕊婆說家裏養的鴨、鵝不見了，在無法戴牢斗笠仔的暴風雨中混身濕淋淋地在田間找尋牠們。在外面的香蕉差不多被吹倒了。田裏的水高漲，淹沒了水稻，外面成爲廣漠的海一般。颱風更厲害了。人的姿影、鳥的叫聲——過去在地上活動的生物，都躲得無影無踪，被地上看不見的暴力肆虐著。如果眺望遠處的地平線都被煙雨封閉的世界，誰敢夢想人力能好好地對抗大自然呢？

到傍晚時風向變了，過去一直朝北狂吹的風，開始朝南猛吹著。院子成爲沼澤。從門隙吹進來的雨水，把屋子裏的地上淋濕，阿蕊婆坐在牀上吃飯。

颱風肆虐了四天，其間海東暫停收拾家中的東西，但他們一家人終於不得不離開這個屋子。這一點海東知道得很清楚。他在此寧靜地生活十年中，跟村中的任何人都沒有差別地交往著。本來他像浮萍，在廣大的人間漂流著，他討厭拘泥小事，喜歡把任何事都籠統處理掉。他這種個性雖然跟生長在鄉下的農人們有很大的差異，但奇怪地跟他們却合得來。農人們一有空就到他的店來，跟他談個沒完。他把都市以及汽車、火車甚至輪船的事都告訴了農人們。他們中看到這些的既不多，乘過的更少。但汽車就要到這個村庄來行駛了。他們會在迎神賽會的日子，或是一生的回憶如結婚時心卜卜跳著，乘這些車到都市去遊覽吧，而且，他們會領悟：這個世界意外地廣大，自己還未看到的、還不知道的事，在這個世上太多太多了。海東也想衷心向這些善良的朋友們道別，但這得等到颱風過去才行。

三

世界又恢復了原來的狀態，阿蕊婆的姿影簡直像到昨天為止一直是這樣似的再出現廟前，她再也不需要自己燒飯了，回到街上後她似乎突然精神好起來的樣子，跟她一個人生活時不同，她甚至連街上中心也去走動。街上在她睡牀與坐廟前過活期間，完全變了風貌。路拓寬了很大，日式建築物在熱鬧的街道並立。跟她記憶中那窄小、彎曲、潮濕的街道不同，使她以為自己在夢中呢！那裏的電燈燈光刺眼，連人們所講的話都不一樣。阿蕊婆無意中發覺自己跟這個世界完全格格不入了。而且適合自己的世界就像是泥溝一般的陋巷。

陋巷裏精神異常者較多，在阿蕊婆的鄰近一帶就有三個人。有一個雖是十七、八歲的少女，看來似乎還不到十二、三歲，斜視得很厲害，整天拿竹竿對著鄰居的牆刺來刺去。並且，有時會突然如叫春的貓一般，發出無法形容的聲音來，那聲音說奇怪，不如說陰森森而悽慘。這個少女不管是如何寒冷的冬天晚上都沒有讓她睡在家中，像狗那樣叫她睡在屋簷下。另一個廿四、五歲的姑娘，她被重重的鐵鍊鎖著，這五、六年來沒有仰望過太陽，從未離開過黑暗的臥房。她在二十歲前被稱讚為貌美與有才華，不知什麼緣故，有一天突然發瘋了，現在雖然偶而剎那間會恢復正常，這時她抱住母親，簌簌掉下眼淚說：

「阿母，請別那麼折磨我好嗎？求你，帶我到明亮的地方去呀。啊，我實在太痛苦了！」

母親把她抱得緊緊的，也只是流淚罷了。

剩下的一個人大約是五十歲，雖說是瘋子，却是屬於快活的。她在籃子裏不斷地放著鞭炮與香燭，每天到各地的廟去參拜，將籃子裏的東西往路上扔出來，懇切地說明她到廟去參拜的原因。根據她的說法是：她祈求神還她死去的兒子！

像被時間沖流的這些陋巷不久會消失那樣，住在那裏的人們不久也會死亡吧。縱使不至於死亡，也非被咀咒不可吧。

阿蕊婆曾看見跟自己生活在一起的不少人一個個離開這個世間，比她後生的一些人也比她先去世了。阿蕊婆覺得自己周圍成爲一團而崩潰了下去。

海東一回到故鄉後，起初租個小房子開餅店，但不到一個月，他就知道這樣是無法養活一家人的。這時他忽然想起這些年來連想都沒有想過的十年前的一位朋友來。這位是從前他像浮萍一般生活的患難之友。兩人曾幾乎會倒下去，却集合彼此的力量互相支撐著。後來那朋友到一家醫院去當藥劑生，過了五年後，他帶著新婚的妻子到中國大陸去，聽說現在在那裏開了一家私人醫院。

海東寫信給這位朋友，說他也想到那裏去，不知能不能替他找到合適的工作？他甚至表示：在這裏謀生開始有困難了，他的信簡單地寫了這些。約二十天過後，他接到朋友的回信，信上表明目前雖沒有合適的工作，但會留意幫他找，如果他的生活那麼窘迫，可先到大陸暫住對方的家，幸而對方有幾位朋友，一定會替他找到工作的。海東雖然下定決心到大陸去，但爲難的是他老母親的事。他跟妻、海參商量後，決定稍待一些日子再說。這並不是說等老母親死去，但她生命的火焰明顯的隨時會被風吹熄，所以海東不忍將她拋棄不管，而一家人到大陸去。

不久秋天過去，冬天也接著過去，春天來臨的時候，阿蕊婆竟去世了。她在路上行走的時候跌倒了，閃到腰爲主因而躺在病牀上。過了兩天，她便睡也似的停止呼吸了。她的臨終，看來似乎一點兒痛苦也沒有，像花凋謝一般靜靜的。

遺體沒有被移動仍放在竹牀上。海東用白巾蓋著她的臉，遺體比她活著時看來還小。海東給親戚老友報喪。阿蕊婆的四個兒子都帶妻兒回來。海東的妻子給阿蕊婆穿壽衣，還請鄰居的太太來幫忙，急著縫製葬禮要用的孝服與頭套，棺材運來了，遺體移放在裏面。兒媳及孫兒圍著棺材，「嗚，嗚」哭出聲來。太太們看了這情形，也揩著眼淚。

棺材的蓋子在第二天封釘，道士拿著斧頭將釘子打進去的時候，婦孺們就跟著放聲大哭起來。

和尚唸完了經，午後就開始抬棺了。海參抱著米斗走在棺材前面，子媳孫兒緊隨著棺材，親朋們則在後面走著。婦女有的充滿眞正悲傷，有的却唱歌似的，每個人哭著每個人的音調，跟在男人後面走著。因她們戴著頭套，不知誰的哭法怎麼樣呢？

街上人們對葬禮不會感到太稀奇，但也有好奇心的人站在一旁，看著送葬的行列……。

一走出街上，東邊可看到山，送葬的行列將到那裏去。像紙屑那樣白的東西散見著，那似乎是數不盡的墳墓哩。

到了郊外，多數送葬的人不再前往了，在那裏站著目送棺材。這時海東一直默默跟在棺材旁邊走著，從出發時他的眼簾就噙著涙水，而送葬者減少了，郊外的民房也稀疏了，抬著蓋紅氈的棺材的脚步加速的時候，海東也「嗚、嗚」放聲哭了出來。四個兄弟也低聲哭泣，他們無法了解海東爲什麼突然那麼傷心地放聲大哭。

傍晚時分，海東帶著孩子從山上回來，在剛有燈光蒼然的屋子裏，他早就發現佇立在那裏的他本人的黑影。

——本篇原載於《臺灣文藝》第三卷第六號，一九三六年五月出版

天亮前的戀愛故事

魏廷朝　譯

一

想談戀愛。想得都昏頭昏腦了。爲了戀愛，決心不惜拋棄身上最後一滴血，最後一片肉。那是因爲相信只有戀愛才是能夠完成自己的肉體與精神的唯一軌跡。我不敢說是奇蹟。它正是軌跡。爲的是只有它，也就是只有戀愛，才能夠在這個宇宙間畫出我所尋求的某一個點，畫出能在一切條件上使我滿足的唯一的一條線。如果從這個意義出發，說它是奇蹟也未嘗不可。那麼，在這麼跟你談話時，必需鄭重提醒你：就算夾雜在千萬人中間，我也不過是一個絕對不會引人注意的凡夫俗子。所以，我想把我自己所經驗的事，所想起的事等等，毫不誇張，也毫不歪曲地告訴你。你和別人的情形，我固然沒法知道，但至少就我自己來說，戀愛的開端總是慘痛的。

有一天——對，我想大概是在十歲的時候——在鄉下自宅的院子看見一隻把火紅的鷄冠頂在頭上的公鷄，突然撑開一邊的羽翼，以利爪踢起院子的泥土，隨即保持著那樣的姿勢，漸漸逼近一隻正在啄土的雪白溫順的母鷄。我並不是存心要看而從開頭就看的。委實是那情景偶然刺激到我的網膜。不過，這且不必管它。公鷄簡直是在炫耀「老子的風采如何」似的，慢慢挨近母鷄。把鷄冠的紅色染得更深，撑得筆直，裝出全身忽然充血的模樣。你啊，在那時候，豈只是鷄而已，就是人也會充血哩。請別笑！請別挖苦！因爲我是在一本正經地對你說話。母鷄呢，母鷄像柔順的化身一般，瑟縮著身體，露出到處逃跑的樣子。其實，當公鷄以電光石火的氣勢緊抱她的頸部，準備跳到她的背上時，母鷄是逃跑了。爲什麼逃跑？當然啦，不會說不要不要，因此只好用行動來表示罷了。不用說，公鷄越發兇了起來。像箭一般地追逐母鷄。然後，這回以遠比當初更加兇猛的氣勢撲過去，像子彈一般地騎到她的背上。結果如何呢？剛才還想逃跑的母鷄，不是突然放棄抵抗，彎下身體了嗎？嗣後的行爲，不用說了又何必說呢。就是這個！就是這一瞬間！我忽然想到，人一天到晚要忙碌，更詳盡一點地說，要裝出正人君子一般的面孔，又是股票啦，又是生意啦，又是公司啦什麼的，到處吵吵鬧鬧，歸根結底，如果他們料想中沒有享受這一瞬間的話，我想他們絕不會那樣到處擾擾嚷嚷的。荒唐的念頭？當然是的。我是不成材的人。不過，一開始就跟你約好了，我只是把一切的一切坦白的，毫不粉飾地告訴你而已。你從現在起，由於聽我的故事，會越來越認爲我是荒唐；我縱然愚笨，也可以充分料想到這一點。無論你怎樣看待我，那是你的自由。完全是你的自由。可不是嗎？因爲你絕對不會把我高估到能夠阻止或自由自在地左右你的意志吧。我的意志？不，我並不具備多大的意志，更何況我又有首先尊重別人的意志的習慣。自說自話，很沒有面子，但請你相信，由於尊重別人的意志，結果我心裏面終於弄得跟失去意志一樣了。我到喪失意志爲止的經過，本想告訴你，可是說起它來簡直就沒完沒盡，所以還是先往下面講。話雖然這麼說，從我這樣跟你說話便可知道，我並不是完全喪失意志的。這不是笑話。即使是我，也不想活到完全喪失意志爲止。因此，總而言之，請你只要記住一點：就是我還剩著一小塊意志。

好，回到鷄的故事來。牠把著實殘酷的觀念移植到我身體中，然後滿不在乎地又啄起院子的泥土來。說實話，一直到那時爲止，我總以爲嬰兒這個東西，就像父母所講的一樣，是從石頭縫裏或頭頂上生出來的。但是，我變得認爲沒有那個道理了。從此之後，就持續了一段長期的暗中摸索。暗中摸索的結果，想必你也可以推測，是違反自然，意外地提早帶給我一線光明。你可能知道香蕉的情形，放置不管，它當然也會熟，不過如果要它早一點熟，就得每天把它從甕裏取出來曬曬太陽，不然就把香揷在甕裏，從事所謂逼熟。這樣一來，原來要三個星期才會熟的東西，只要一個星期左右就熟，情形大致如此。三個星期跟一個星期，是相當驚人的差別呢。同樣的，我的少年時代也經過反覆的逼熟。於是，無論願意不願意，我終於早熟了。我幾乎不能相信，在這個世界裏還存在像我這樣早熟的少年。

在那次噁心的鷄事件以後，我目睹過無數次跟它類似的事件。對，我不會忘記，是我十歲那年春天，由於順利通過中學入學考試，要向事前許過願的非常靈驗的神報告，而隨著母親到山上的廟那時的遭遇。拜過了神之後，我獨自走到廟前的庭院。是南風發香，春色無邊的風景。的確的。因爲那是除了說是春天以外，簡直無法形容的季節呀。我的故鄉嗎？說得太晚了，我的故鄉是南國啊。你是北方的雪國吧。如果有那麼一天，厭倦了這都市的生活，想找個美麗的地方去走走，那麼我想，你不妨到有那座廟的地方去。我站在廟的前院裏。忽然看見兩隻鵝東倒西歪地走過我的眼前。我立刻想通，這兩隻鵝一定是一公一母。如果不是一公一母，就不可能那樣親熱地走；的確的，如果不是一公一母，即使一塊兒走，也絕不會那樣走法，我想過。這下子，該到證明我的研判果然毫無差錯的時候了。兩人，不，兩隻走進屋簷底下來了。兩隻中的一隻用嘴啣住另一隻的頸部。被啣的一方乖乖蹲下來。啣住的一方爬到背上。可是這傢伙體積相當龐大，動作又笨得不得了，因此眼看牠一遍又一遍，竟從母鵝的背上溜了脚跌下來。你想跌下來幾次呢？當我發覺應該從一開始就計算次數的時候，已經數不清牠跌下來多少次了，不過光以我數過的來說，就跌下來十九次左右。眞使人吃驚啊，最後連看的人都幾乎著急起來哩。可是，看它並不是一件不愉快的事。因爲牠們流著口水，說眞的呀，流下口水呢，還有，還有……。

還有，我還可以告訴你那更看得出陶醉模樣的蝴蝶的情形。還是我中學二年級末期，也就是十五歲那年的初春，有一天在音樂室彈鋼琴的時候，從大開的窗戶飛進翅膀美麗的鳳蝶，不知道怎麼搞的，就掉在我手指前面的鍵盤上。想到這下可好，正要碰過去的那一瞬間，我看出牠不是一隻，因此把手縮回來。不用說，兩隻蝴蝶正像被釘子釘牢一般，緊緊地貼在一起。兩隻宛如人在酩酊大醉的時候一樣，搖搖欲倒。剎那間，殘酷取代了憐憫，占據了我的心。我這個人，請聽清楚，在少年時代到青年時代的過渡期，那眞是心狠手辣。簡直可以說狂暴就是我，我就是狂暴。可以破壞的，不管是什麼，只想統統破壞。那是由於反叛的意志，在我心裏產生力量的緣故。直到現在，仍然被我看成宇宙的原理而加以相信的矛盾律，不可能把我除外。我生來比較心軟；豈不是正因爲如此，我的行爲才會統統顯得殘忍而刻薄？我做了缺德的事。我把忘掉飛翔，正在拋棄生命的兩隻蝴蝶抓起來。然後，你猜我怎麼弄嗎？縱然閃落到頭上，恐怕也絕對不會分開的兩隻蝴蝶，我開始企圖把牠拉開。不料原以爲沒什麼問題的，却不知道怎麼搞的，怎麼搞的，始終分不開。我用力拉。兩隻蝴蝶竟分開了。我把牠放在鍵盤上。還一直以爲大概會飛走。那知道出乎意料的，不但不飛走，反而兩隻都像越發酩酊大醉似的，不是一面抖動著小軀體和大翅膀，一面互相親近嗎?你認爲看見那種情景的我，會採取什麼對付手段嗎?打死掉?才不呢!我又不是不知道眞正的折磨法，虐待不是處死，而是執拗的刑求。我用兩手抓住兩隻蝴蝶，一隻在東，一隻在西，瞄好最長距離，高高地向空中扭上去。啊，我的殘忍性在這裏達到最高峯。縱然是你，也一定不會認爲我應該以牠們只不過是蝴蝶爲理由，而做這樣殘暴的事吧。我，我，想必或多或少知道，簡直亂七八糟。只要是沒有道理的事，我是樣樣都幹得出來的人。你如果對我有所考慮的話，請特別注意這一點。問我兩隻蝴蝶後來怎麼樣了是不是?當然，醉得一塌糊塗，以被拋上去的空間爲中心，畫出好多個同心圓飛來飛去。好像只能勉強畫出方向不定的曲線。有時候快要掉到地上，各自尋找被拆散的對方，拚命飛來飛去。然而，命運指引牠們走上越離越遠的結果。老是各自朝著相反的方位去尋找對方。然後，突然間，兩隻都好像幾乎同時從爛醉中遽然淸醒過來似的，停止來回繞圈子，而毅然向相反的方位遠遠飛去。嗣後，我不相信在這無邊無際的空間裏，牠們還有再度聚首的可能。

好像把蝴蝶的故事說得太多了。我原想稍微談談那更熱烈的豬，更兇猛的牛，更微妙的蛇的情形，現在還是不談好了。如果你願意聽，我相信可以就每一種生物來談談。比方說那蠶，不，還是不要提這些，繼續談下去算了。我的確有太多該談的話題。我只要把某一天的某一分鐘內所見所聞，鉅細無遺地說出來，恐怕要費三個月的時候。我不一定有這麼多的空。深知你當然也沒有那種閒暇。所以我爲了考慮如何把剛才告訴你的這個故事簡單濃縮，而弄得幾乎神魂顛倒。

我把毫不出奇的事，談個沒完沒了。其實，我想告訴你的正事還在後頭。在開始談正事以前，我無論如何，必須先談這個毫不出奇的話題。

二

剛才已經說過，我只想談戀愛。一心一意只夢到戀愛。只有戀愛才是唯一的熱望渴慕。像我這樣的廢料，自然沒有理想、希望這類好東西。從而，一般人所嚮往的名譽、成功、富貴等等事體，我更是從來沒有想過。不過，我倒是想過要把自己喜歡的唯一的女孩，緊緊地摟抱在懷裏。是的，我只想要這樣。現在也仍舊這樣想。啊，心愛的女子！把那女人用這隻胳膊盡力摟抱，貼緊那甜蜜的櫻唇，然後使這付肉體跟她的肉體合而爲一的時候，「我」這個東西才會體現出完整的狀態。你啊，這個想法一旦在我心裏發芽，立刻就以驚人的速度茁長，不久便在我的五體紮了根。你相信嗎？在這個世界再也沒有像我這樣的偏執狂，我是瘋瘋癲癲的。不過，能變成從小渴望的瘋癲，即使談不上驕傲，也稍微感到滿足。我爲什麼會變成這樣一種人，相信聰明的你不必等我作不厭其煩的說明，單憑剛才告訴你的我少年時代的環境就可以充分推想出來。你說無聊是不是？可是，在我看來，人類思想感情的發生和進展，似乎統統開端於無聊的、帶幼稚氣味、瑣碎的事象。而重要到幾乎可以支配這個人類的一生的瑣碎事象，却因各個人而非千差萬別不可。果眞如此，那麼我縱然從那種邪道的圈內，抽出足以稱爲我的血肉的一套價値千鈞的思想，照理也毫不足怪。可不是嗎？何況，被稱爲邪道的東西，隨著時間的經過，會漸漸有點不像邪道呢！

我希求一個愛人，以苦悶的情緒，以瘋狂一般的心境。我在夜晚上牀的時候，可眞是說著「愛人喲，睡吧！」才就寢的。當然由於沒有名字，不能喊出口，的確感到遺憾。不要說是名字，連住在那兒也不知道呢。因爲，你啊，我一次都沒有遇見過她。還有，偶爾半夜醒來，在我心海中浮現的，一定是愛人的姿容。儘管我不認識她，她却分明站在我的眼前。在含笑中毫不慌張的聖女似的姿容，淸淸楚楚地映入我的瞳孔裏。我立刻以虔誠膜拜的心情閉上眼睛，爲的是愛人的姿容太莊嚴了。我老看見她周圍照射著光環。我會伸出雙手。接著緊緊地抱住。啊，我的大美人！我在這個世界裏最喜歡的你！我充滿著熱情去吻我的愛人。因爲我的唇在熱烈地尋求她。我把愛人的整個身體摟抱。我的胸懷熱得簡直要燃燒起來。由於愛人太可愛，連淚都會流出來。

抱歉，因爲不知不覺興奮起來……。我的胸膛眼見就要裂開。你大概也知道，所有的肌肉就像抽筋發作一樣地顫抖。因爲是你，我才敢厚著臉皮說這些話。如果是別人，我絕對不會有說這些話的心情。請聽一聽，在你面前，我不在乎自己變成什麼樣子。請留心，直到現在爲止，我無論怎樣受到逼迫，也從來沒有這樣把自己的眞面目暴露出來過。可是你，看起來單純而善良的你，請看穿我內心的深底吧。我是野獸。如果聖賢的路就是人的路，那麼我是分明走岔了路的，活該被看不起的存在。請看不起我好了。可是只希望你不要嘲笑我。因爲野獸即使應該看不起，却不應該加以嘲笑的。何況又不是什麼值得嘲笑的東西。關於這一點，我想啊，如果這地上再一次到處充滿野獸，那該有多好！請不要生氣，因爲我並不希望人類絕滅。我的意思是要現在的人類忘掉他們的生活方式與一切文化，再一次回到野獸的狀態。說實話，我看見，比方說，與其說是爲了禦寒，倒不如說是爲了誇耀而把那花幾百塊錢買來的圍巾掛在肩膀前面，就會感到莫可名狀的厭惡。它一點都沒有發揮重要的禦寒的功能，這只要看它不是圍住脖子而是懸在背上，就可明瞭。看到那種情景，難道你還能無動於衷嗎？我簡直想吐。還有，例如那收音機，這個東西實在受不了。不管在街上行走，或在室內靜坐，那不斷地向鼓膜衝過來的噪音如何呢！實在無法忍受。那樣子，人類竟也能不發瘋，我覺得簡直不可思議。我如果在這個城市內再住兩年，那我必定會發瘋。我自己淸楚得很。因此，我想再過一年左右，換句話說，在還沒有瘋掉以前隱居鄉間。如果在那鄉間也從早到晚聽得見廣播的聲音怎麼辦？當然，要搬走。如果新搬去的地方也同樣的話呢？你還不如直截了當地說，如果頭上到處充滿廣播的聲音怎麼辦？果眞那樣的話，不用說，我只有發瘋。大致想得到的結果好像除此之外無他。再說，想起市區電車、汽車、飛機這些，我就禁不住毛骨悚然。市區電車這傢伙雖然像鼻涕蟲一樣慢慢爬行，不是老相撞啊，追撞啊什麼的發生車禍嗎？眞是糟透的傢伙！再想想它肚子裏的東西看，該裝進棺材比較適合的酸梅一般的老太婆，一大早就滿臉蒼白並且拼命坐著打盹的中學生……此外，這傢伙的毛病還多得數不清。說起汽車這傢伙它的劣跡更是臭不堪聞。在並不寬敞的馬路上，難道非那樣猛跑就會來不及送死嗎？像疾風一般——不，疾風，對這傢伙來說，是過分排場的形容，因此改爲像鼠疫一般，的確像鼠疫一般，掠過衣袖和下襬，倏地跑過去。後面只留下厭惡和沙塵。要縮短生命，這是最好不過的方法哪。還有，這種情形如何？想除掉它，特地靠到路邊立定的時候，飛快跑過來戛然煞住，從窗子探出臉來喊一聲「老爺！」等等。不管是脾氣再好的人，碰到那種作法，相信大概也會跺脚捶胸吧。最後要說到飛機，這個東西，早上才聽到什麼太平洋橫斷飛行、大西洋橫斷飛行的新聞，到了晚間就一定會有墜機的消息傳來。那裏談得上壯舉呢！多方聯想起來，我覺得自己似是一個完全不適於生存的人。這是眞的。我老早以前就一點一點地感覺到我是一個不適於生存的人。這種感覺要到什麼時候才會達到可怕的毀滅的頂端呢，那連我自己也不清楚。大概不會在那麼遙遠的將來吧？不過，我的毀滅，是跟你毫無關係的事。連對我自己，也是無所謂的事……。

對不起，說話離題了。好像變得好冷哪。門外說不定已經在下雪呢。對了，今年眞難得，還沒有下過一次雪哩，儘管眼看後天就是聖誕節，對，對，提起聖誕節，據說我正好生在聖誕節這個節日前後的半夜裏。所以，明天就是我的生日呀。問我幾歲是嗎？啊，你問到了傷心事。到了明天的半夜，我就滿三十歲了。後天早上醒過來的時候，我已經不能不把自己的年齡算作三十一了。今天是我三十歲的最後一天，我完全忘掉了。現在意外地得知這個值得驚歎的事實，我又是高興，又是傷心！啊，我的青春已經過去了，消失了，今天就此宣告結束了。你十八歲是嗎？咦，你爲什麼要告訴我？你大概不知道你剛才這一句話多麼刺傷、挖痛我的心吧？可是我要告訴你：你剛才這一句話正完全對我的生命刺上最後致死的一劍！我的青春從此拉下最後的一幕。對我來說，青春熄滅的生涯不能算是生命。正好在你這年紀的時候，我就抱著這種思想。我還沒有把我十七、八歲時的情形告訴你吧？其實，我想告訴你那時候的情形。我打算一步步告訴你，請你仔細聽聽吧。那時候，我嚮往著戀愛，渴望愛人。即使在夢寐中，也不會忘記：「我心愛的女子啊，出現吧！」這就是我靈魂的呼喚。就是在現在這一瞬間罷，只要這位女子出現，我一定隨時準備用盡全身心靈的力氣，把她抱住。只要一分鐘，不，只要一秒鐘就行了。在那一秒鐘之內，我的肉體可以完全跟愛人的肉體融合，我的靈魂也可以完全與愛人的靈魂緊緊地貼在一起。此外我無所期待，無所需求，而且希望「我身何妨直消逝！」就是到現在，我仍舊在焦急地等待那一秒鐘。我以爲在三十歲以前，那一秒鐘必定會來探訪我的青春，並且深信不疑。可是如你所已經覺察到的一直到現在這一瞬間，它還沒有探訪我的意思。我已經對自己發誓過，如果到我三十歲的最後一刹那爲止，那一秒鐘還不來探訪我的話，我絕對要中斷生命；作了堅定的決意，絕對不要再活下去。請不要笑！因爲我自己也知道這是愚蠢透頂。不過，我只想說出這一點，請你讓我說出來，那就是：凡是世上的人，統統毫無例外的，都是被比我更愚蠢透頂的想法所糾纏，尤其在當他將要拋棄生命那一瞬間，非到達毫無道理的愚蠢的極點，絕對不可能斷然實行。請不要誤解，我並不是在指責。我寧願正由於這一點，而幾乎要稱讚他們。他們要是不能夠以這種方式各自解開人生的困境，我想我無論如何也不會對他們有一絲一毫的情誼。不過，我的人生計劃，剛才也已經說過了，現在就要到達大團圓的境界了。現在，我多年來的種種演技，統統已經成爲無聊的、空虛的了。無論如何也沒有人會相信，它能在此後僅餘的三十小時左右之內，忽然轉變成有意義的，充實的。它遵循那令人戰慄的概然律，那應當唾棄的慣性律，連最小限度的可能性都沒有。

你啊，還處在青春頂峯的你啊，正像那芳香的酒變成了教人皺眉的醋酸一樣，我精神內部對人世所抱的至高的愛，如今就要完成發酵作用，正在逐漸變成激烈的恨。縱然我的人生和青春在悠久的歲月中幾乎等於零，我確信這無窮小的恨，也必能跟無窮小的恨一起對宇宙發生破壞作用。

三

話是這麼說，我也曾經感受到滿像一回事的戀愛，也曾經遇見滿像一回事的愛人。回想起來，那是我中學四年級那年深秋的事。放學後，我跟朋友照常到公園附近的一家館子吃甜不辣去。我們天天到那兒去吃甜不辣，一天也沒有缺席過，的確一天也沒有！當放學的鈴聲響遍校舍，我們同時就會感覺到甜不辣的香味一股腦兒猛撲鼻孔。那時候如果還有繼續講課的老師，我就會跟朋友互相眨眼示意，同時在肚子裏相罵，不久，起立敬禮一過，立刻一溜煙跑出去。每次總是我最先開始行動。好幾次由於老師還沒有答完禮，換句話說，老師的脖子還在彎的時候，就開始行動，結果被迫重新敬禮。還有那種卑鄙的事嗎？跑進宿舍，丟下書包，脚自然就邁向甜不辣店。我和朋友的步伐，總是不期而一致的。從學校到甜不辣店，走得快一點，來回要三十分鐘。關門時間是五點。我們在校門碰頭。

「喂，幾點啦？」我問朋友。

「四點半了。」朋友回答。

「好，走吧！」

就是這個樣子。要是只有二十分鐘的時候，就跑步去。短於二十分鐘時候，就不得不放棄。那時候，採取另外一種方式。到了九點，熄燈，大家睡得靜悄悄之後，兩人就爬越四周的圍牆出去。你啊，夜晚的市街，才眞美麗呢！有一次，深夜裏從甜不辣店回來的路上，被腦筋死板板的漢文教師發現了，那傢伙向校長密告，弄得被勒令停學一週的時候，好高興喲！因爲我家就在同一條街上哪。每天從早到晚就跟朋友一道在甜不辣店度過啊。世上到處都是莫名其妙的事。打算不讓我們吃甜不辣而作的處罰，反倒給了我吃甜不辣的自由哩。好笑不？不好笑嗎？如果覺得好笑，就請隨便高聲笑一笑吧。你爲什麼不笑呢？談吃沒意思是嗎？那眞抱歉。我還以爲只要談吃，可以有數不清的話告訴你哩。

那麼，我來告訴你，我們，也就是我跟我的朋友，由於怎麼樣的原委而發現彷彿像是愛人的女性吧。情形是這樣的。是在星期天。我們一早就在逛街。朋友是個哲學家，他仰慕叔本華。並且認爲這個世界是值得悲觀的，值得慨歎的。我？我什麼東西也不讀，換句話說，是個廢料。那時候，朋友自己說他正面臨著精神上的蛻變期。他對我說：

「我是何等愚蠢呢！我從今天起不搞哲學了。」然後，引用某一位哲人的話來說明他的心境。那就是「哲學家好比在沃野吃枯草。」他還加上了一句話：「我從今天起拋棄哲學，開始談戀愛。」這樣，朋友就聲明從哲學家轉變為戀愛者。我反正從來沒有對學問這個東西下過工夫，所以馬上就回答「這樣比較好。」表示贊同的意思。朋友陰鬱的臉頰開朗了。他老是過充滿陰影的生活，所以這個變化重重地刺激了我的心。我們很快活。我們跳華爾滋，跳那自街上的舞廳偷看，而靠迷迷糊糊的記憶學會的華爾滋。我們穿過開始有落葉的噴泉公園，選擇最熱鬧的馬路走過去。那條馬路上有百貨公司模樣的大店鋪一間間排列著。我們就穿著寒酸的制服邁大步。結果當來到一家布莊前面的時候，忽然看見兩三個女子，那個女子在裏邊買東西。發現的人當然是嬉皮笑臉的我。因為朋友儘管口裏說不要做哲學家，但由於長期的習慣，老在凝視地面。退一步說，就算不是老在凝視地面，漂亮女子的姿容等等，也不可能正確地映入他戴眼鏡的眼中。我輕碰朋友的肘。沒有說話。沒法子說話。擔心這樣會被女子們發覺。朋友立刻發覺了。他微微一笑，並且突然低聲喊道：

「機會來了！」

我了解他的意思。我們在一棵樹下站定。接著在經過大約五分鐘的協議後，斷然決定打衝鋒。首先由我站在前頭，趾高氣揚地闖入了布莊。掌櫃的疑神疑鬼地向我們瞟了一眼。啊，穿制服的中學生！為什麼被那樣輕視，到現在我還無法了解個中理由。他們並沒有向我們說「請進」或打其他的招呼。不過，那倒也無所謂。我們不過是由於踏入只有婦女進門的店舖而感到難爲情罷了。女子們回過頭來。哦，其中的一位！穿淺紅色的衣服，年紀大約在十八歲左右的女性！那正是我們在夢中描寫的故事裏面的女主角。當從正對面看她臉蛋一眼的瞬間，我就淸淸楚楚地感到這一點。她有著著實柔軟的腰和優美的脚，我的熱情立刻達到沸點。啊，十七歲的穿制服的中學生，好慘喲！

她們不久就走出布莊。我們也走出去。隔著十步左右，我們跟踪她們。走到那兒，跟到那兒，像兩條忠實的狗一般。寒風吹過馬路，排樹颯颯地顫動，靜靜地把葉子搖落。葉子暫且隨風飄舞，不久便留下輕微的聲音，躺在地上。我悄悄地傾聽自己心臟的聲音和大自然所製造的若有若無的聲音。那是完全出乎意料的。你不覺得奇異嗎？人在最激動的一瞬間，平時完全感覺不到的這些微小的音響，竟突然成爲唯一存在於天地間的音響，來支配我們的這個事實？

她們走進婦女用品店。那是一間窄小的店舖，因此我們就在隱約可見她們身影的樹下等候。三個女子經過了頗長的時間之後，才各自在雙手提著幾乎要掉下來那麼多的貨，從婦女用品店走出來。她們把美麗的女子夾在中間走過去。只有美麗的那位，約莫回過兩次頭看我們。我們已經平靜下來了。她們逐漸從繁華的馬路拐彎到僻靜的馬路。這樣跟踪差不多有半個小時吧，當幾乎沒有行人，路旁成列的房屋快到盡頭的時候，女子們忽然失去了踪影了。在轉眼間不見了。朋友氣得直跺脚把眼鏡拿起來擦。可是我的確看見了，看見淺紅色的衣裳飄一下，接著美麗女子的臉在偷看我們這邊，雖然只是一刹那。我告訴了朋友。朋友差一點正要掉下眼淚。他取下眼鏡，因此在我看來是如此。他慌慌張張地戴上眼鏡，結果沒戴好，掉下來。我在空中把它接住。我們弄齊步伐向前走。女子的家鴉雀無聲。我們一時茫然呆立在門檻。

「有人在家嗎？」這樣招呼的是朋友。沒有回答。從縱深很長的房屋中傳來了回聲。「有人在家嗎？」我用跟朋友相同的話招呼。然後我們就像完成了責任的人一樣，默默地站著。聽到有人走出來的聲音。

「有什麼事？」是個二十五歲左右，瘦長型，朝氣蓬勃的青年。

「不，沒有。」我回答道。青年悠閒地走過來，站在我們旁邊。那從容不迫的態度，立刻使我們輕鬆起來。

「不，有事。」朋友否定了我的話。

「什麼事啊？」青年一面笑，一面用彷彿向老熟人說話的口氣問過來。

「哦，剛才走進貴府的小姐……我想確實是走進貴府……」朋友露出一本正經的臉色說道。

「啊，確實是走進來了，有什麼……」

「不，沒有。」我插了不必要的嘴。朋友撇開我而說道：

「請問，小姐是不是已經出嫁了？」

青年大聲笑了起來：

「不，還沒有，可是明天就要出嫁。因此，如你們所看到的，今天出去買嫁粧。她是我妹妹。」

我們戞然碰壁了。一會兒，朋友用尖銳的聲音說：

「原來如此。」接著以極低的聲音對我說：「喂，回去吧。」

我向他輕輕點頭，表示贊同，左思右想，我不知不覺地說：

「令妹眞是一位漂亮的小姐！」

青年愉快似地笑了起來。我一定是滿臉通紅了。趕快跨過門檻，走出門外。朋友留在那兒說道：

「請別見笑。」

這一來，青年好像更愉快地笑著說：

「不，這不算什麼。你不必在意。年輕的時候，誰都會這麼做。」

我們向青年鞠個躬，分手了。

啊，那位青年多麼值得懷念！兩個穿制服的中學生又多麼寒酸！

你啊，這就是我的初戀。你不認爲慘痛嗎？我們在可悲的戀愛的出發時遇到挫折，過後有一個月左右，吃都幾乎吃不下去，而陷入深淵一般的憂愁裏。哲學家朋友露出簡直令人不忍卒睹的憂鬱表情。不過，我們一聲不響地熬過了這番考驗，關於我們共同的失戀，一句也不交談。

四

我五年級的時候，也就是我十八歲的時候因爲暑假而回家。假期快要結束了，季節已經進入八月下旬了，陽光漸漸柔和，樹木剛開始颯颯作響，馬路開始刮風，天空在樹木上面慢慢增加高度了。想必從前到現在也一直被敲響的寺院鐘聲，第一次把它的音響傳到我的耳鼓裏。大自然所製造的微妙的音響，在我心中復活著，我就要作上學的準備了。

在這段期間中的一天，我青梅竹馬的鄰居女孩班上的朋友，到她家來玩。她向同學介紹我。晚飯後，她們到我家來。大家在我的書房談許許多多的話打發時間。我的魂都被那位同學勾去了，完完全全迷住了，非常愛上那位女孩。於是，我們倆兒的交談漸漸變得不對勁了。當我的女友覺察到我的不安時，她狼狽地對那位女孩說要回家。接著，她們就走出我的房間。臨走時，我的女友當著她朋友眼前輕輕擁抱我。這對我們來說，絲毫不算是不自然的舉動，可是我生氣了，憤怒了。

由於憤怒，到了第二天，我喜歡的女孩要回去的時候，我也鬧彆扭，不要送她。多傻啊！那樣勾住魂魄的女孩自己要離開，我竟躺在牀上。還有那種糊塗蟲？

我懊悔了，被強烈的悔恨之情所罩住了。不過，幸運得很，我知道她的住址。那總算是最低限度的安慰。

返校後，兩個月過去了。在這期間，我繼續不斷地想念那位女孩，追求她的花容月貌，一刻也不能忘掉。於是，入了十一月，在某一個吹著淒風的星期天，我決定獨自暗訪她家。我搭上火車，坐了一個鐘頭光景然後下了車，是個冷清清的鄉村車站。我爲了抑制跳動的心房，暫且站在車站的出口，欣賞那兒的田園情調。啊，這就是她所眺望的風景呢！這裏就是她上下車的車站呢！那實在是個可愛的聯想。你明白這項事實吧？人類的欲望，其實只是一點點而已。我不抱任何野心。只要能得到她，我衷心打算選定那冷清清而引人哀傷的田園爲永居之地。我開步走。她家很快就找到了。我遲疑不決，可是想想與其來到那樣渴慕的女孩的家而回頭，倒寧願死掉了的好。於是鼓起勇氣，敲了她家的門。四十歲上下的風采端莊的女人替我開門。

「請問，是那一位？」

我報出名字，那位女人毫不驚訝地說：「那請進來吧。」我進去，跟那位女人相對而坐。

「老實說，我是因爲令嫒的事，想請求您才來的。」我開口道。

「我家的女兒對我提起過你。請不必客氣地說好了。」

我愛人的母親用出乎意料的懇切的言詞對待我。那一定是由於我手足無措，要設法安撫我心的緣故。我呑呑吐吐。事先準備好的種種言詞，一下子就衝到嗓門來。我不知道該選擇其中的那一種才好，傷透了腦筋。許許多多的話在我的聲帶下面擠來擠去，堵塞住了。而且那時候我才知道，這些話統統不能用。我陷入了困惑。這時候，突然浮出一句全新的話，它以驚人的氣勢，推開正在擠來擠去的許多話，從裏面的聲帶飛出來：

「伯母，請把令嫒嫁給我吧！」

喊那句話的，並不是我，是話本身憑自己的氣勢迸發出來的。不管怎麼樣，它的確是了不起、是很高明的話。雖然不幸並沒有產生應該有的功效，但是直到現在，我仍舊認爲它是我一生中所能發出的唯一的漂亮話。

伯母用低沉的聲音回答道：

「說起來眞對不起，她有未婚夫在家鄉。承蒙你看上小女，實在感激，不過由於這種情形，沒辦法滿足你的願望，眞抱歉。再加上她父親在大約一個星期以前去世，我們必須在近幾天內回到家鄉去。」

伯母的聲音，也許是由於我的主觀吧，變得有點黯然。聽到她父親的凶耗，我吃了一驚。我把眼光移到隔壁的房間。線香的煙，在覆著簇新的白布的遺骨壺前靜靜地上升著。突然，我傷心起來了，於是說道：

「她父親去世了？我一點也不曉得。我想致弔，請讓我上香吧。」

這時候，從餐廳紙門中間出現了穿女子中學制服的年輕女孩。啊，那正是我連夢裏一直描繪的幻影，想念不已的愛人的姿容。她用帶著微笑的眼睛，注視我一會兒，但又馬上失去蹤影了。那是因爲怕母親發覺的緣故。我的心臟撲撲狂跳。可是她母親站了起來，我不得不跟在後面，走到隔壁的房間。她母親替我點燃香火，我恭恭敬敬地在故人的靈前行拜，低下頭很久。忽然感覺到熱熱的東西沿著腮子流下來，不禁用手把它抹去。手背上有一道，從手腕濕到食指的指甲。啊，我是在哭嗎？不，不，我絕對沒有哭的道理。只覺得有什麼東西在緊迫胸膛。只覺得忍受不住沉重的東西壓在我的心上。我站起來，回到隔壁的房間抓起帽子，用舊了的、破了洞的帽子，擠扁了的、掛有薄薄的金屬徽章的帽子。

「打擾了。伯母，再見！」我往門口跑出去。伯母吃驚地從我後面追來。我一往直前地跑到大門外面，然後回頭看。她的臉從走下踏脚石的伯母背後出現。

「伯母再見！」我再喊一次，可是對方恐怕沒聽見。因爲喊了，只是自己的認定，它並沒有變成話。

你啊，善良的你，這就是我的戀愛，就到此為止。從那時起，再也沒有遇見過她。因為嗣後大約四個月光景，我就從中學畢業了，她也從女子中學畢業了，她的同班同學，也就是我鄰家女友也畢業了。大約到了四月底，我聽鄰家女友說，她跟母親一起回到遙遠的家鄉了，那樣就結束了。時間一點點地把她的影像從我心中抹去。我把她忘得一乾二淨了。再過兩年左右，得知她結婚的消息，可是我並沒有感受到衝擊。知道那個消息，是從鄰家女友跟母親不動聲色的交談中覺察出來的。

你想，她後來怎樣啦？連我也不知道。然而奇怪得很，自從我不再見她數起，第四年的某一天，我收到一封她的來信。上面只寫她的名字，卻沒寫地址。直到現在，我仍然記得那封信的文字：

「分手後，在夢中度過了四年，暗懷你逐日深印我心版的英姿，偷偷打發時光。啊，儘管如此，你我遠隔山海，無法測知是否能夠抱著緊迫我身的焦思，同難忘的你一見。如今，留在身旁的唯一回憶，就是思念往日你離開寒舍時憂傷的神態而感到心碎的情景。侵蝕胸懷的苦悶只是恨自己那一天為什麼沒有跑過去，向你和盤托出這顆寸斷的心？這段悔恨的回憶，只怕畢生也不會褪去。既然如此，現在並沒有什麼怨言要對你說，只是想奉告你，我青春的時代已經過去了，從往日在你房間第一次見到你的時候起，我就偷偷地仰慕你；

始終沒有向你傾訴，完全是由於自己軟弱的緣故。歸根結底，我只是弱女子，我已經無力掙扎。我又清清楚楚地憶起你的風采。

再見，再見，你年紀還輕，但願你千萬把我忘掉吧。我寫給你這最後的書信，完全是爲了奉告你這一點。再見！」

你啊，這就是她的來信，我已經燒成灰燼的心，有一部分差一點就重新燃起。可是，一切都保持沉睡的姿態走過去了。

你啊，還非常年輕的你啊，剛才告訴你的，就是我到今天爲止的戀愛的一切。我當然只不過是廢料而已。但是對於這麼深切地尋求戀愛，這麼熱烈地盼望愛人的我，上帝竟一秒鐘都不曾賜與過，我無論如何不認爲是有理的。啊，青春在消逝著！它正在飛快地消逝著！

你啊，很耐煩地熱心傾聽我又長又臭的故事，好心的你啊，天又好像開始亮了。請把那件上衣遞過來。我必須在天亮前回家，因爲公司的上班時間是七點。何況，我現在還不能不搭那慢吞吞的電車，搖晃一個鐘頭左右，先回家整飭一番，對，對，有緣或許會碰頭也不一定。第一次到你這兒來，馬上就要說這些話的我，在你看來，反正是不像樣的男人吧。不過，如果我對你說，我沒有一個可以談這些話的朋友，相信你也能多少原諒我的無禮才對。你一定從幾十個，不，從幾百個男人口裏聽到同樣的話題吧？不過，遇見像我這樣意志與行爲極端分裂的男人，今夜怕是第一次。啊，我整個晚上躺在你身旁。我多麼希望摟住你啊！可是我不能那麼做。我不但不以此爲榮，反而覺得很羞恥。歸根結底，可以說，像我這種窩囊廢畢竟只有被瞧不起，才算獲得應有的評價吧。

啊，我想擁抱你！用我兩隻胳膊全力抱緊！不，我沒有這份福氣。啊，不行，不行！請把那頂帽子遞給我。下次來的時候再說好了。到那時候我一定會提起勇氣給你看的。現在可不行！因爲我還有一肚子該說的話，難過得很。下次如果有機會來一定特地再談那些話。現在，我心裏還很難過……。咦，你哭了嗎？爲什麼呢？到底是爲了什麼呢？請不要哭。就算爲了讓我輕鬆一點好了，請不要哭。被你一哭，下次我再來找你，會使我的心變得沉重，脚變得遲鈍。眞正善良的你！請不要哭。再說，如果你答應在我下次再來以前，願意一直就你自己和我的命運認眞地想一想，那麼我就答應下次一定再來找你。

天要亮了。我非趕時間不可。請送我到那邊門口吧。對不起，善良的你！請露出你的笑容，讓我看一眼。謝謝，這樣我就可以放心回去了。再見！再見！

——本篇原載於《臺灣新文學》第二卷第二號，一九三七年一月卅一日出版

憶夭折的俊才翁鬧

楊逸舟

翁鬧是臺中師範第一屆畢業的高材生，名列全級第六名。翁姓是不多的，但是如莎翁（莎士比亞）、托翁（托爾斯泰）却是膾炙人口的芳名，所以翁鬧是很喜歡這個姓氏的。至於熱鬧的鬧字，他覺得太俗氣，不愛這個名字。

翁鬧的特長是會寫很通順的日文，且會作些詩詞。我現在都忘了他所寫的日文詩，只能記住一兩行如下：

春日麗うに輝く，
鳥は千代（ちよ）と鳴く。

這兩行似乎是讚美四月二十九日的天長節的詩句吧？

翁鬧的缺點是看不起臺灣女性，而對於日本女性却是盲目的崇拜。有一個日本女教員比普通的女子也都不美貌，但他却寫了好多詩詞去賞美她。完全是一種幻想的美吧。

此事經過吳天賞（基督徒）和我給他說破了，他才如夢初醒。

翁的個性很倔強，他原來與我是合不來的。譬如在晚間七時至九時的自修室裏，學生們都應靜肅地自修，惟翁鬧却在時間內，奇克奇克地作響，攪亂人家的讀書。對於這種故意的搗鬼，我覺得極不愉快，可是沒有人敢去阻止他。

到六年級快要畢業的那年（一九二九），因爲一個流氓體操教員小山，亂罵臺灣學生爲支那人、淸國奴(chiang ko-ro)的當兒，我和翁鬧才交談起來。

當時的師範畢業生，須要服務五年的義務教員。如果不服務，便要賠償總督府六年的補貼金，共七百二十圓。因此翁鬧畢業後，也乖乖去任教了。

有一次，禮拜六，他來到我教書的龍泉公學校來玩。正好有一位名醫陳以專先生來訪，翁鬧却躺在牀上不起來，用白眼瞥了瞥，毫不理睬陳醫師。

後來陳醫師對我說：「你那位朋友好像是狂人吧。」此言雖不甚恰當，但亦不遠矣。翁鬧如此一點都不在意人情世故。

以後，他單戀一個不値錢的日本女子，爲她落淚，性格變得更怪異。

有一次，他寫了一封情書給日本女教員，大家傳說她將告上郡督學，他便有點慌了。我便陪翁鬧去見中師校長大岩榮吾，以免萬一懲戒革職，實在是一件大事。此時，翁鬧在校長官舍的玄關却很畏縮而謹愼的站立著。

大岩校長對他說：「你寫情書的癖性，應該多多修改。」大岩並答應將去州廳教務課打聽打聽。後來證實所謂告狀一事，只是謠言罷了。眞是虛驚一場。

翁鬧遵照規定服滿了五年教員後，也渡航前來日本東京留學。起先在一所私立大學掛名，穿了私大的制服，對他倔強的自尊心，當然很不滿足。有一次他在銀座散步的時候就說：「在銀座遊蕩的這些衆愚的頭腦集中起來，也不及我一個。」雖是說笑，也可窺見他的妄大。

翁鬧住在東京高圓寺時，曾與一個四十六歲的日本婦人同居。當時翁鬧是二十八歲，與那婦人相差將近二十歲。那個日本婦人曾嫁給俄國人，後來離婚了，在高圓寺街頭擺麵攤，專供薪水階級吃消夜。

吳天賞是一個基督徒，他在青山學院就讀英文科。我和吳天賞覺得翁會墮落，所以便去勸他與那個日本婦人分開。他也就淡然與她分離了。

後來，翁鬧去應考內閣印刷局的校對員，竟給他考上了。校對員的日本名稱是「校正係」，月薪爲九十五圓。當時東大畢業生的初任級爲七十圓，高考及格者的初任官月俸爲八十五圓，所以翁鬧的待遇實在太好了。

翁鬧考取了這樣好的職位，實在難能可貴，不知他的心情如何？因爲那時我已搬到了靠近大學的雜司谷區，後來又搬到了大塚窪町，愈來愈與他疏遠了。

翁鬧在職時，又寫了「情書」給陌生的日本女子。他自認爲自己的日文詩可打動日本女子的心扉，可是自第二封信起，那女子就把他的情書原封不動地退回給他。翁鬧不死心，還繼續寫，那女子只好告訴她的父親。

翁鬧想和日本人希求平等，這種心理我們都能夠了解。可是如果站在日本人的立場而言，臺灣是日本的殖民地，臺灣人倘若乖乖地順從，當然沒話講，但是萬一要太出風頭，便會惹起麻煩。

那女子的父親索性就向印刷局長告狀，望他制止翁鬧的盲動。那位局長也不查問，就把翁鬧撤職了。從而，翁鬧便失去了高薪和愛情，眞是雙頭無一兜了。

翁鬧被撤職之後，很失志。且本來他就不努力，只想靠才取巧，所以無職之後，他就把書籍拿去當舖借錢過活。他有一部英文學叢書，從來沒讀過，也拿去當掉了。後來，連衣服、被單都提去當掉。

冬天氣候奇冷，翁鬧睡在亂七八糟的報紙堆裏，就這樣凍死了。

二十八歲的青年，年富力壯，怎麼不肯勞動掙錢，而白白給餓死。對於這點，我不甚了然。他自稱是養子，對於親生的雙親一無所知，因此自暴自棄也說不定。

——本篇原載於《臺灣文藝》九十五期，一九八五年七月出版

楊逸舟　一九〇九年生，原名楊杏庭，日據時代評論家，著有〈無限否定與創造性〉，戰後旅居日本，發表有自傳《不堪回首話生平》。

關於翁鬧

張良澤

多情才子多情恨

楊逸舟先生自敍傳《不堪回首話生平》大作中，〈憶翁鬧〉一文，提供了臺灣文學史上一位頗爲重要的作家之背景資料，彌足珍貴。

我自摸索臺灣文學以來，即甚喜愛翁鬧的作品，可是苦於無從知道他的身世背景。今讀楊文，始知他的文學正如其人：熱情奔放，感情纖細，洞察入微。

他爲人倨傲，不阿世俗，放浪不拘，愛寫情書，不善營生，種種「劣跡」，在學者風範的楊先生筆下，難免有「微詞」。但翁鬧之所以會成爲作家，也是這種氣性使然。當然不一定所有的作家都要有浪漫性格，但至少翁鬧之所以成爲翁鬧，且在臺灣文學史上留下不朽足跡，終至凍餓而死，恐怕也非常人所能模仿的。

我本非學者（如今爲了混飯吃而冒充「學者」，可恥之至），自幼多愁善感，愛寫情書，「劣跡」很像翁鬧，但我沒有在二十八歲時凍餓而死，所以無法成爲「翁鬧」。不過，翁鬧的多情善感，憤世疾俗而未得倩女青睞，終至抱憾而死，其心境我可理解一二。

文壇地位

楊文中，只提到翁鬧學生時代的詩，使人以爲他只是耽溺於女色的幻想者。其實他於情書之外，也創作了不少小說與詩歌。如果今日能再找到當年他所寫的情書，加以彙集成册，則可能比美於《少年維特之煩惱》，而成爲不朽之作。可惜當年的日本女子未具慧眼，沒有接納他的奔放如火之愛；而他的友人也沒有珍惜他的奇才，替他保存那些激情的書簡，終至埋沒了臺灣青年維特。痛哉！惜哉！

雖然翁鬧留傳的作品不多，但時至今日，臺灣文壇仍尊崇備至。

一九七九年七月，臺北遠景出版社出版了一套《光復前臺灣文學全集》，蒐羅了戰前所有重要作家作品。其第一卷至第八卷爲小說集，由當代臺灣文學巨匠鍾肇政、葉石濤主編；第九卷至第十二卷爲詩歌集，由當代臺灣詩壇主將陳千武、羊子喬主編。二者都採收了翁鬧的作品如下：

《光復前臺灣文學全集》第六卷：

①〈音樂鐘〉，（原發表於一九三五年六月《臺灣文藝》第二卷第六號），魏廷朝譯。

②〈戇伯仔〉，（原發表於一九三五年七月《臺灣文藝》第二卷第七號），鍾肇政譯。

③〈殘雪〉，（原發表於一九三五年八月《臺灣文藝》第二卷第八・九合併號），李永熾譯。

④〈羅漢脚〉，（原發表於一九三五年十二月《臺灣新文學》第一卷第一號），陳曉南譯。

⑤〈天亮前的戀愛故事〉（原發表於一九三七年一月《臺灣新文學》第二卷第二號），魏廷朝譯。

《光復前臺灣文學全集》第十卷：

①〈在異鄉〉（原發表於一九三五年四月《臺灣文藝》第二卷第四號），月中泉譯。

②〈故里山丘〉（發表於一九三五年六月《臺灣文藝》第二卷第六號），同人譯。

③〈詩人的情人〉（原發表於一九三五年六月《臺灣文藝》第二卷第六號），同人譯。

上述兩卷中，都附有作者簡介，彼此大同小異。茲抄錄如下：

翁鬧，彰化縣人，一九〇八年生，畢業於臺中師範，曾擔任教師，後赴日本，就讀日本大學。翁鬧生活浪漫，不修邊幅，無拘小節，類似現今的嬉皮。他曾以小說〈戇伯仔〉一作，入選日本「改造社」的文藝佳作。在日本與張文環、吳坤煌、蘇維熊、施學習、巫永福、王白淵、劉捷等人組織「臺灣藝術研究會」，並創辦《福爾摩沙》雜誌。一九四〇年左右，病歿在日本。（第六卷）

翁鬧，彰化人，一九〇八年左右生，畢業於臺中師範，曾擔任教師，後赴日本就讀日本大學，加入「臺灣藝術研究會」，並創辦《福爾摩沙》雜誌，一九四〇年左右，病歿於日本精神病院。（第十卷）

此套全集的「編例體制」（張恒豪、林梵、羊子喬三人執行編輯）曰：「凡是當時的傑作佳篇皆盡力地予以蒐全編入，其性質一如時下的《世界文學名著全集》，並非是廣義的良窳不分，照章全收。」可見各家作品皆經過一番的精選。試觀第六卷所收同時代的各家篇數如下：

楊逵　四篇

郭水潭　一篇
徐玉書　二篇
陳瑞榮　一篇
徐瓊二　一篇
藍紅綠　一篇
陳華培　二篇
邱富　一篇
翁鬧　五篇
廢人　一篇
一明　一篇

以上計十一人二十篇。以臺灣文壇響叮噹的楊逵作品之多，本卷才收四篇，而翁鬧爲全卷之冠。可見翁鬧出道雖比楊逵爲遲，但其成就在當今年輕評論者眼中，並不遜於楊逵。憑此一點，即可證實翁鬧在臺灣文學史中所佔地位之重要。

作品簡介

茲就前舉小說五篇，簡介其內容梗概如下：

〈音樂鐘〉（原題〈歌時計〉）

我在東京的住宿處，某天早晨醒來，聽到何處傳來音樂鐘唱出的很熟悉的音樂。想起那支歌曲正是祖母家的音樂鐘的歌曲。

童年時代，最愛去祖母家把玩那個音樂鐘。

中學一年級暑假，祖母家大拜拜，各方親戚都聚來，也來了一個從未見過的漂亮女孩。

是夜，小叔（大我三歲）、我和那個女孩被分配於同房。

「喂，你跟她一塊兒睡吧。」等到女孩睡著了，小叔這麼說著，輕輕撞我的身體。

「不要，小叔去跟她一起睡好了。」我羞得在黑暗中感到臉頰發燙。

一會兒，我慢慢開始伸手過去。只想碰一碰女孩的身體。當然，只要女孩和小叔沒發覺，我未嘗不想輕輕摟抱她一下。

可是，時間過了很久，我的手始終未觸到女孩的身體。整夜都在伸手過去，可是音樂鐘開始唱歌時，我的手還未到達女孩身邊。天色已亮了。

遙遠的故鄉，遙遠的往事。那女孩如今嫁到何處呢？

此篇描寫少年情慾初動，意境美妙，令人如臨其境，而又不免歎青春之易逝。

〈戇伯仔〉（原題戇爺さん〉）

戇伯仔今年六十五歲，未娶妻。上有老母阿金婆，下有弟弟貫世及弟媳阿足仔。八年前，一家人住在山上，種了些茶樹。自從瞎眼的老爸死了以後，他們搬回鄉下老家。開闢了一塊荒地種香蕉，曾得過香蕉品評會的一等賞。可是好景不常，南部興起的鳳梨罐頭業打垮了香蕉業，戇伯也改種鳳梨，但土地不合，鳳梨收成不佳。農村經濟凋蔽，戇伯仔只好做些散工，扒掃枝葉，供老母煮猪菜餵母猪。

弟弟貫世得蛤蟆病，肚子一天比一天大，推臺車掙些生活費。他娶了「火車母」，大臉厚唇，毫無表情，但在磚窯工作，象脚咚咚踩響大地，搬運磚頭屬第一。

戇伯仔積了一點錢，爲了醫治快要失明的眼睛。在清水街的厚仁醫院接受手術。但不久，那眼科醫生不知何故被巡查逮捕。

貫世兩眼細得像兩炷香，但肚子却比阿足仔懷胎的肚子更大。終日呻吟牀上。老婆阿足仔說：「你死了也不會有人哭的，快死好啦。」

鄰居的「牛母仔」每天上山買猪糞。一天，戇伯仔路過，看到「牛母仔」死在路邊，手裏還抓住裝猪糞的籠子。

生活沒有任何改變。第二天一早，阿足仔的鼾聲和貫世的呻吟聲中，阿金婆起來餵猪，戇伯仔挑起籠子，走向沒有屍體的山路。

這篇小說沒有故事，沒有高潮，用沉悶筆調描寫「村子裏，人人都牛馬般地幹著活。他們之中沒有一個懶惰的，也沒有一個人在想著生活以外的事，或策劃著什麼陰謀。然而，那種晴朗的笑却從他們臉上消失了。他們變得習慣於用萎縮的、扭曲的面孔來看東西，與別人交談」的殖民統治下的生活。環繞於戇伯仔一家人的生活環境，有臺灣民間習俗、英國神父的傳教、農村經濟的蕭條種種。而作者對於殖民統治的反抗，若隱若現於字裏行間。

〈殘雪〉（原題）

林春山出生於臺灣南部的中產階級農家。來東京就讀T大法科，每月家裏寄來生活費。但林拋棄文官仕途，立志從事戲劇工作，並決心數年後要組團回臺灣演出。家裏反對，不再寄錢，林過著貧苦生活。

某日，林在新宿的咖啡屋，奇遇了一美貌女侍名字喜美子，強求林帶回宿處。兩天的共同生活，始知喜美子家住北海道，高中畢業即離家出走，隻身來京謀職。林爲全神貫注於演戲，勉強壓抑慾念。第三天，喜美子找到新工作，便離開林而去。

其後，林一邊猛練戲劇，一邊後悔自己的優柔寡斷，失去了一朶開在原野上的百合花。一天，正想去找喜美子，突然接到署名陳玉枝的來信。

那是十九歲，畢業中學那年，陳家經商失敗，搬來鄉下附近。陳家養女陳玉枝原先就讀臺南女中，現已輟學，但仍穿女中制服，十七歲，發育良好。林春山與她偷偷交往一年，謠言傳遍全村。林家爲了制止兒子娶了養女，便送他到東京讀大學。如今，陳玉枝才打聽出情人住址，也知道他生活困苦，便寄來五十圓滙票。並說她爲了反抗養父強迫與一富家子弟訂婚，便離家出走，到臺北的喫茶店工作。

林的舞臺演出頗爲成功。喜美子也來捧場。導演決定採用爲正式演員。每有演出，喜美子總來鼓勵。林頗愛她。但又遇中學朋友許北山，從許口中得悉陳玉枝已被家人尋覓，即將被迫成婚，後果不堪設想。

林春山決定請假歸臺，正籌思船期之際，突接喜美子來信稱：已被父親尋著，強被帶回北海道。

林春山又想去北海道，男子氣地向她表明愛意，抓住輕輕溜掉的幸福。但是玉枝可能在農舍屋簷下哭泣。

他不知要回臺灣還是去北海道？究竟哪邊較遠？他覺得那頭都很遙遠。最後他不想走動。打開窗戶，昨夜的殘雪從屋頂上滑落下來。

這篇小說描寫了兩個造型不同的少女，一個是鄉土之親，一個是異族之情。就義理上而言，男主角應該回臺探望；就感情上而言，他又嚮往北海道的野百合。且男主角又抛開不下他的藝術工作。其心理之矛盾，或可看出當時翁鬧的苦悶。

〈羅漢脚〉（原題）

羅漢脚今年五歲，在六個兄弟中排行第五，他爸爸一年到頭不是在田圃工作，便是幫別人做農事，所以他對阿爸所知不多。他阿母有時則到鄰家幫忙碾穀子，或在家忙著編竹笠。

羅漢脚有時向阿母吵著要一分錢去店仔買糖果，阿母就罵他說：「圳溝沒蓋蓋子，去跳水好了。」羅漢脚只好去大榕樹下玩。樹頭凹洞處，有小酒杯、線香供奉神明。他跳攀低垂的樹枝，吊著搖到手麻才下來。

有時去池塘玩水，阿母說水裏有生蕃放毒藥，碰了水，會直立不動，生蕃便來砍頭。羅漢脚怕得不敢去玩水。

正月時節，阿母要他跟鄰居烘爐仔哥去墓地領些粿仔回來。羅漢脚果然去墓地看人家祭掃，人家便分一個白粿給他。這天領了三個白粿回來，阿母很高興。

羅漢脚六歲那年，始知自己的名字不太好聽，和「剃頭仔」、「吹鼓吹」甚至和「乞丐」差不多。但村子裏的小孩子大多類似這樣的名字。

有一天在稻穀堆裏取暖的時候，被烘爐仔嚇了一驚，兩天不吃飯。阿母向烘爐仔要些唾液回來給他喝，也未治好。阿母用厨巾包住一碗米，在羅漢脚身上各處按來按去，口中唸唸有詞。果然第二天就精神煥發了。

有一天，三歲的小弟弟因爲肚子餓，喝下了煤油。阿母急著大叫，叫羅漢脚飛跑去買韮菜和豆芽菜回來，搗成汁，灌入小弟口中，不久，小弟吐出許多穢物。阿母把他抱在懷裏取暖，顫顫地說：「好可憐，肚子一定餓死了。」

不久，有一個陌生的阿姨來了，分給小孩幾個糖果，阿母給小弟弟穿上新衣新鞋。阿姨背了小弟弟要去哪兒。阿母說：「乖孩子，阿姨要帶你上街去看戲，馬上就會回來。」小弟弟被長帶子縛在阿姨背上，不時轉頭看阿母。等送出門口，阿母就哭起來。

烘爐仔的母親後來偷偷告訴羅漢脚說：小弟弟被賣到很遠的地方去了，不會回來了。

這篇小說片片段段描寫羅漢脚仔的生活，平實地展現臺灣農村的景物和人情；尤其是貧農生活的悲苦，透過小孩天眞的眼光，雖無特異奇突，但叫人讀來不禁欲哭。

〈天亮前的戀愛故事〉（原題〈夜明け前の戀物語〉）

想談戀愛，想著昏頭昏腦。爲了戀愛，決心不惜抛棄身上最後一滴血，最後一片肉。只有戀愛才是能夠完成自己的肉體與精神的唯一軌跡。

像我這樣的廢料，自然沒有理想、希望，從而一般人所嚮往的名譽、成功、富貴等事體，我更是從來沒有想過。我只想把自己唯一喜歡的女孩，緊緊摟抱在懷裏。把那女孩用胳膊盡力抱住，貼緊那甜蜜的櫻唇，然後使這付肉體跟她的肉體合而為一的時候，「我」才會體現完整的狀態。

今天是我滿三十歲的最後一天。最後的青春，只要一分鐘，不，只要一秒鐘就好，我的肉體可以跟愛人的肉體融合，我的靈魂可以完全與愛人的靈魂緊緊貼在一起，那麼我死也無憾矣。

妳才十七、八歲吧，妳是出身北海道的可人兒。讓我告訴妳南國熱帶一個早熟孩子的故事吧。

大概十歲左右，我在庭院裏看到一隻公雞追母雞，公雞爬到母雞身上，幾次滑下來，最後牠們都流著口水，氣喘吁吁。

中學二年級時，有兩隻蝴蝶連在一起，飛到我眼前。我把牠們拆開來，可是兩隻仍然顫抖著相看。中學四年級時，我和朋友在街上跟踪一位貌美的小姐，至其家，始知小姐明天要出嫁。這該是我的初戀，也是第一次失戀。五年級時，愛上一個女學生，苦戀了兩年，最後她屈服於家庭的壓力，同別人結婚了，再兩年後，她突然來信，坦陳這四年來對我的愛慕之心，並要我忘記她已逝的青春。

啊！說不完的故事。我總覺得這世間的所謂文明，無非是虛偽的面具。處於這種環境，我幾乎要瘋狂了，人類應該回到野獸時代。

天快亮了，我該走了。如果妳願意認眞地考慮妳和我的命運，那麼我下次再來。請妳送我到門邊，露出妳的笑容，讓我再看一眼。再見！

這篇小說是翁鬧最直截地表達了某種人生觀和戀愛觀的作品。這篇之後，再也沒看到其他作品，可能他眞的瘋狂了，或可能他已走上自我毀滅之途了，後人不得而知。

筆者讀此篇，想起一顆熱情而孤獨的靈魂，不禁百感交集。

事蹟待考

翁鬧的作品除了上述五篇小說之外，尚有詩、隨筆、短評等多篇，於此不及一一介紹。

現在，關於翁鬧的生平事蹟略作考察如下：

一、關於生死年月

《臺灣文學全集》第六卷記翁鬧生於一九〇八年，第十卷記生於一九〇八年左右。楊逸舟文中未明記。考之楊逸舟先生誕生於一九〇九年，則可能與楊同年或長一些，即一九〇八年或一九〇九年。

又全集第六卷稱「一九四〇年左右，病歿於日本」，第十卷稱「一九四〇年左右，病歿於日本精神病院」，而楊文稱：「二十八歲凍餓死於報紙堆中」。若二十八歲可靠的話，則死年爲一九三六年或一九三七年。至於死所，若在精神病院，則楊逸舟必定知道。且「外地」（殖民地）學生若被發現精神病，必先通知臺灣家人領回療養。故翁鬧可能於家人不知、親友疏離之下，孤獨地死在自己的寓所。後來傳言也得了精神病，才使人連想到他死於精神病院吧。

天才與瘋子，祇是一線之隔。世人往往自認爲自己是天才而非瘋子，或裝瘋子以假冒天才。其實眞瘋子何其寥寥哉。

二、關於文學活動

全集卷六卷十皆稱他與張文環等人組織「臺灣藝術研究會」，並創辦《福爾摩沙》雜誌。此項恐與事實不合。

查當年日本特高警察密探追踪所記下來的文獻《臺灣總督府警察沿革誌》第二編，當最可靠。據該文獻稱：東京留學生籌組文化團體始於昭和七年（一九三二年）二月，由王白淵發起，經過多次聚商，前後露名者有：林兌、吳坤煌、葉秋木、張麗旭、張文環、林衡權、翁廷森、張水蒼、吳遜龍、謝榮華。但於是年九月一日即被迫解散。隨即籌組「臺灣藝術研究會」以避政治壓力，前後開會三次，露名者有：林添進、魏上春、巫永福、柯賢湖、吳鴻秋、吳坤煌、張文環、莊光榮、陳某、王白淵、蘇維熊、施學習、陳兆栢、王繼呂、楊基振、曹石火。最後於昭和八年（一九三三年）五月十日，選舉人事如下：

編輯部長　蘇維熊
　部員　張文環
會計部　施學習、吳坤煌

並決定發行機關雜誌《フォルモサ》（福爾摩沙）。

至此，翁鬧之名，從未出現過一次。如果「翁廷森」（日本大學）是翁鬧的化名，則亦屬於「藝術研究會」之前的胎動時期，並未直接加入研究會，更遑論創辦《福爾摩沙》。

再根據最近巫永福與吳天賞的座談（發表於一九八五年二月《笠》雙月刊），也都未提及翁鬧參與其事。

三、關於入選佳作

看了多種翁鬧的介紹文，其中必提到：翁鬧曾以〈戇伯仔〉一作獲得「改造社」的文藝佳作。

按〈戇伯仔〉發表於昭和十年七月《臺灣文藝》（張星建編輯兼發行），其文末加註「三四・一二作。三五・五改作」。則此篇創作於一九三四年底，投寄雜誌社，則必揭曉於一九三五年。故筆者特地調查《改造》雜誌全部，果然於一九三五年四月的《改造》第十七卷第四號上，刊登「第八回懸賞創作入選發表」啓事。其入選名單如下：

第一等入選：（缺）
第二等入選：小說〈火焰的記錄〉作者湯淺克衞
佳　作　：小說〈尼克拉伊黑夫斯庫〉作者三波利夫
選外佳作　：小說〈序文〉
小說〈接觸面〉
小說〈姊〉
…………

按，選外佳作共二十二篇，未具名，無〈戇爺さん〉之篇名。翁鬧絕不可能把佳作的題目改掉。故可證未入選《改造》佳作。

但當年改造社另發行一刊物《文藝》。有可能是應徵《文藝》的小說徵文。可惜手邊資料不全，有待日後追查。

不過，《臺灣文藝》該期的編輯後記稱：「本期創作欄的〈戇爺さん〉爲《文藝》的選外佳作，已迫近入選圈，今由作者細心改作的作品」云云，似乎可信。但未找出證據之前，筆者寧可保留。

翁鬧的處女作

前文中，筆者考證翁鬧並未參加「臺灣藝術研究會」，亦未參加創辦《福爾摩沙》的另一旁證是：《福爾摩沙》的創刊號（昭和八年七月十五日發行，編輯兼發行人蘇維態），裏面有翁鬧的一篇詩作，題目〈寄淡水海邊〉，其題目之下，編者括弧稱「投稿」。並於編輯後記稱：「謹向本期的投稿者楊行東、翁鬧（誤印爲翁閑）致謝。」可證《福爾摩沙》創刊時，翁鬧還是圈外人。至於「楊行東」是誰？尚待考證。但就該篇投稿「對臺灣文藝界的期待」的文脈看來，很像楊杏庭（楊逸舟）的口氣。此事有待其本人出來證實。

我爲什麼如此大膽推想？因爲吳天賞是《福爾摩沙》的同仁，亦於該創刊號上發表小說〈龍〉。根據楊逸舟自敍中稱，他曾和吳天賞去勸導翁鬧勿可墮落。由此交情之深，則吳天賞加入《福爾摩沙》，豈有不拉同志入夥或鼓勵朋友投稿之理？

至於翁鬧發表了〈寄淡水海邊〉一詩，是筆者目前找到的翁鬧最早期作品。除了學生時代的習作之外，姑且認定此篇爲翁鬧踏入文壇的「處女作」。可惜這篇「處女作」並未被選入《臺灣文學全集》，故特選譯於下，以資紀念。

寄淡水海邊

翁鬧 作
張良澤 譯

海風輕爽地吹來
西天燦耀著玫瑰色與銀光
如同無數的小白兔
浪潮不斷湧來
我握著妳的手　眺望著
妳的淡桃色的姿影令人難忘

妳住在那個大都市的—區域的
暗黑小巷裏
我和妳走在舖石路的夜晚
高樓的平臺屋頂上的滿月
比平時顯得紅暈些
在妳的房間裏
有一天早晨我醒來的時候

透過屋頂的玻璃小窗口
投射進來的陽光
造出悽愴的明暗
妳的傢俱—圓桌、衣櫥
藤椅甚至睡牀上
我偷偷地掉了眼淚

如今還常常襲擊我心的憂愁
那未滿十六歲的花蕾
不得不出賣肉體的妳！
妳現在還在那陰暗寂寞的小屋裏嗎？
在那島上的岬角上的砂丘
同妳佇立而做夢的日子呀！

餘話——楊逸舟的一篇論文

在我翻查翁鬧的資料之際，赫然發現了《臺灣文藝》第二卷第六號（昭和十年六月）上有一篇重要論文排於卷首。題目是〈無限否定與創造性〉，作者為「楊杏庭」！楊逸舟先生原名楊杏庭。此篇論文主要評介黑格爾、海湼、謝斯托夫三家哲學的異同，並就無限的自我否定，探討藝術創造的無限性。內容精深，非我淺輩所能理解。綜觀當年的臺灣文壇，寫文學評論者不乏其人，但多停留於直觀式或主義式的評論。就純粹哲學的立場剖析生命的藝術論，恐怕此篇是開河之作。難怪編者以顯著地位排於卷首。

此篇論文的末尾，作者附了三頁的「後記」。說明自己苦讀英文、德文、法文的經過，以及閱讀各國文學書、哲學書的心得。由此可見楊先生之治學精神之嚴謹。

這些經驗，希望在今後的自敍傳中，不斷地寫出來。故我不必在此多嘴。

唯在其「後記」中，楊杏庭先生說了一段話，大致如此：「我還沒有資格論談文學。一年也不過讀十數篇作品而已。臺灣人的作品之中，我認為較好的作品是呂赫若的〈牛車〉」云云。

可見當時楊先生對呂赫若的評價高於自己的友人翁鬧或吳天賞。這是很公允的。

順便一提。與楊杏庭的論文同期出現的翁鬧的作品有：小說〈音樂鐘〉，詩〈故鄉的山丘〉、〈詩人的情人〉、〈鳥之歌〉，共四篇。

楊與翁兩人同在東京，同樣看到此期同時刊載彼此的作品。不知兩人有無交換過意見？或彼此有何批評？

這些問題都是引人興趣的「軼事」，也是文學史上的「逸話」。希望楊老及所有前輩們多多記下點點滴滴。

——本篇一九八五年二月廿八日成稿，原載於《臺灣文藝》九十五期，一九八五年七月出版

張良澤　一九三九年生，臺灣埔里人。成大中文系畢業、日本關西大學中文研究所碩士，一九七九年赴日在筑波大學任教。著有文學評論集《倒在血泊裏的筆耕者》、回憶錄《四十五自述》、小說集《生存的條件》等書，編有《鍾理和全集》八卷、《吳濁流作品集》六卷、《王詩琅全集》十一卷、《吳新榮全集》八卷等書。

翁鬧小說評論引得

張恒豪 編

篇名	作者	刊(報)名	卷期(出版者)	出版日期
1.《臺灣文藝》の鄉土的色調	楊杏東	臺灣文藝	二卷十號	一九三五年十月
2.輓近の臺灣文學運動史	黃得時	臺灣文學	二卷四號	一九四二年十月十九日
3.顧慮なく評す——臺灣新文學創刊號作品評	藤原泉三郎	臺灣新文學	一卷二號	一九三六年三月
4.臺灣の文藝運動に關する二三の問題	河崎寬康	臺灣新文學	一卷二號	一九三六年三月
5.讀んだ小說から	莊培初	臺灣新文學	一卷八號	一九三六年七月

6.翁鬧作品解說	羊子喬	光復前臺灣文學全集 卷六—送報伕	遠景出版社	一九七九年七月
7.臺灣藝術研究會的成立及創刊《福爾摩沙》前後回憶一二	吳坤煌	臺灣文藝	七十六期	一九八二年二月
8.憶夭折的俊才翁鬧	楊逸舟	臺灣文藝	九十五期	一九八五年七月
9.關於翁鬧	張良澤	臺灣文藝	九十五期	一九八五年七月
10.阿憨伯的形象	巫永福	臺灣文藝	九十五期	一九八五年七月
11.幻影之人—翁鬧	劉捷	臺灣文藝	九十五期	一九八五年七月
12.《臺灣文學史綱》（翁鬧部分）	葉石濤	臺灣文學史綱	春暉出版社	一九八七年二月
13.《臺灣現代文學簡述》（翁鬧部分）	包恆新	臺灣現代文學簡述	上海社會科學院出版社	一九八八年三月
14.《臺灣小說發展史》（翁鬧部分）	古繼堂	臺灣小說發展史	文史哲出版社	一九八九年七月
15.呂赫若的一生	葉石濤	走向臺灣文學	自立晚報社	一九九〇年三月

翁鬧生平寫作年表

張恒豪　編

一九〇八年　1歲　彰化社頭人，爲窮苦的農村子弟。

一九二九年　22歲　畢業於臺中師範。在員林國小教書兩年。

一九三一年　24歲　在田中國小教書三年。

一九三三年　26歲　詩〈寄淡水海邊〉發表於《福爾摩沙》創刊號。

一九三四年　27歲　前往日本東京留學，起先在一所私立大學掛名。

一九三五年　28歲　住東京高圓寺，與一日本婦人同居。

二月，出席臺灣文聯東京支部第一回茶話會，參與者另有張文環、楊杏庭、雷石榆、吳坤煌等人。記錄發表於《臺灣文藝》二卷四號。

四月，〈東京郊外浪人街―高圓寺界限〉發表於《臺灣文藝》二卷四號。

感想〈跛の詩〉發表於《臺灣文藝》二卷四號。

詩〈在異鄉〉發表於《臺灣文藝》二卷四號。

五月，譯詩〈現代英詩抄〉發表於《臺灣文藝》二卷五號。

六月，小說〈音樂鐘〉發表於《臺灣文藝》二卷六號。

感想〈詩に關するノオト〉發表於《臺灣文藝》二卷六號。

詩〈故里山丘〉發表於《臺灣文藝》二卷六號。
詩〈詩人的情人〉發表於《臺灣文藝》二卷六號。
詩〈鳥之歌〉發表於《臺灣文藝》二卷六號。
七月，小說〈戇伯仔〉發表於《臺灣文藝》二卷七號。
八月，小說〈殘雪〉發表於《臺灣文藝》二卷八、九合併號。
十二月，小說〈羅漢脚〉發表於《臺灣新文學》一卷一號。

一九三六年　29歲

二月，詩〈石を運ぶ人〉發表於《臺灣文藝》三卷二號。
四月，評論〈新文學三月號讀後感〉發表於《臺灣新文學》一卷三號。
五月，小說〈可憐的阿蕊婆〉發表於《臺灣文藝》三卷六號
六月，評論〈新文學五月號感言〉發表於《臺灣新文學》一卷五號。
八月，出席文聯東京支部座談會，參與者另有劉捷、吳坤煌、張文環等十七人，記錄〈臺灣文學當面の諸問題〉發表於《臺灣文藝》三卷七、八號。

一九三七年　30歲

一月，小說〈天亮前的戀愛故事〉發表於《臺灣新文學》二卷二號。

一九三九年　32歲

中篇小說〈有港口的街市〉發表於《臺灣新民報》新銳中篇小說特輯，由黃得時策劃，特輯中另有王昶雄的〈淡水河之漣漪〉、呂赫若的〈季節圖鑑〉、龍瑛宗的〈趙夫人的戲畫〉、陳垂映的〈鳳凰花〉、中山智慧的〈水鬼〉、張文環的〈山茶花〉共九篇。黃得時於〈輓近臺灣文學運動史〉說：「（專輯中）最富於潛力的翁鬧，以本作品爲最後作品而辭世，眞是本島文壇的一大損失。」故推算其死年應在一九三九年或一九四〇年。

巫永福集

台灣作家全集

赤裸的原慾
——巫永福集序

張恒豪

巫永福，生於一九一三年三月十一日，南投埔里人。一九三二年加入「臺灣藝術研究會」，並與張文環等人共同創辦《福爾摩沙》雜誌。一九三五年畢業於日本明治大學文科，同年返臺，並進入《臺灣新聞》社擔任記者。一九四一年加盟《臺灣文學》雜誌，發表小說、新詩作品。一九四二年任職於臺東信託公司。

戰後，一九五〇年擔任臺中市政府秘書。一九五六年擔任中國化學製藥公司總經理，一九六三年擔任新光產物保險公司副總經理。現為《笠》詩刊同人，以及《臺灣文藝》發行人。

巫永福的小說，計有：〈首與體〉、〈黑龍〉、〈河邊的太太們〉、〈山茶花〉、〈阿煌與父親〉、〈眠い春杏〉、〈慾〉，另有劇本〈紅綠賊〉以及詩作多篇。一九八六年，他出版詩集《愛》、文集《風雨中的長春樹》，一九九〇年，一連出版了五部詩集《時光》、《霧社緋櫻》、《木像》、《稻草人的口哨》、《不老的大樹》，都由笠詩社刊行。

巫永福的小說，帶有懷疑、內省、耽思的現代色彩，善於捕捉微妙的心理變化，透過外在複雜的人際關係，追索人類陰暗的原始層面。在〈黑龍〉中，對於少年自我耽溺的陰鬱幻想、戀母情結的乖異性格，有深刻的解析和探索；〈山茶花〉則呈顯了一男二女內心的糾葛衝突；〈慾〉挖掘了人類貪慾的本性，預示了戰後在工商掛帥下更為繁複糾纏的男女關係，以及企業人物在利潤掠奪爭逐中野心勃勃的心態。

巫永福是個注重人性道德的人道主義者。在文學思想上，他深受杜斯妥也夫斯基、屠格涅夫、狄更斯、巴爾扎克等寫實大師的影響，而在表現手法上，如同翁鬧一般都不難找到感覺派橫光利一、川端康成的遺緒。在三〇年代的文學思潮中，他之所以傾向「感覺」而沒有走向「普羅」，或許他認為「社會的改造」，必須植根於「人性的改造」，「人性的改造」則是一切革命或改革的根本。人文的關懷，究竟是超越國界、階級、性別的終極關懷吧。

首與體

李鴐英　譯

「他是個外表善良、實際邪惡的傢伙。也就是所謂『口蜜腹劍』的那種人。」S靠在我的肩上這麼說。

「那裏，那傢伙正好相反，外表看來很壞，實際上却是個老好人哩，是屬於『口劍腹蜜』的一型。」我直截地提出異議。

「也許是吧，誰知道？」他低語，算是勉強接納了我的意見。迎著強勁的朔風，兩人同時都拉高了衣領，戴緊帽子繼續前進。

「再走一會兒吧？」我們走到富士見電車站，我才開了口。他沒有回答，於是我們又邁開沉重的步子走下九段坡。

昨天學校放假，我跟S兩人結伴喝了酒。我們都不喜歡甜酒，所以酤了一瓶一升裝的辣味白鷹。隨便買了點酒菜，在我住的宿舍二樓開懷暢飲。S的酒量不大，才喝不到半瓶，就醉倒了，直挺挺地在榻榻米上躺成一個大字，於是兩人就和衣躺下睡了。前天S到我住處玩紙牌玩到深更半夜，他說：「我乾脆在你這兒過夜算了。」二人昨天起牀時已經超過十二點二十分。這一天學校開會，所以我就沒再去學校，我提議要不要去喝酒，於是兩人在二點多的時候就去酤了酒，胡亂買了些下酒的菜，回到二樓据案喝將起來。

兩人閒閒地聊著，一邊吃菜，一邊細細品啜著杯裏的酒。兩人經常有這樣相聚的時光，可是不曉得爲什麼今天兩人的興緻似乎都特別好，正當我們酒酣耳熱，意興正濃之際，S就醉了。

S既然醉了，不一會兒就鼾聲大作，我一個人獨酌也沒什麼意思。我想我必須把他先安頓妥當，於是先收拾酒菜殘局（不過是收到能睡覺的程度），鋪了牀讓他睡了。不知不覺間，我自己也感到迷迷糊糊的有幾分醉意，頭腦、眼皮都沉甸甸的，不一會兒也朦朧睡去。

也許是昨晚七點就睡的關係，今天早上六點就睜開了眼睛，但還未能完全驅逐迷糊、惝恍的醉意。S也在棉被裏翻來覆去，被我叫起來的時候已經八點。

二人到聯隊前漫步。來到階行社前，我特別注意到那個獅子的頭。每天上學却不曾稍加留意的這個獅子頭是朝著聯隊的方向張大著口，其中含著噴水口，一雙厲眼圓睜。

噴水口流出微量的水，冷冷地發著寒光。我們迎著扯人欲裂的凜冽寒風繼續前行。

這平日吼聲震天、威風八面的猛獸，如今爲什麼會衹剩下一顆頭顱塑在階行社的外牆上？這顆百獸之王的首級在寒風中肅然昂挺究竟含有什麼意義？看來這眞是一個很有意思的問題。獅子是治理森林王國的動物之王，自有其威嚴、權勢及懾人的氣魄，階行社跟獅子的首級之間的確有某些調和、相似的地方。

如果要牽強附會，或者可以說獅子的首級是在護守靖國社，代表聯隊的強盛、壯大。衹是這一瞬間觸發的這個怪念頭猝然掠過腦際，最後印象裏衹留下獅首昂然咆哮、意興風發的英雄姿態。原先在心裏描繪的叢林之王種種威武雄姿，竟像孩子們劇烈的爭逐、喧鬧，驟現復又消失，溶入腦海深處。

過了階行社，他依然沉默無話。我自己却獨自馳騁在對方一無所知的獨想世界中，任由想像海闊天空地翺翔。沉緬於自由遐想，以內省的心情檢視自己變成獅子的種種模樣，並反觀昨天、今天所發生的種種事情。而他似乎也被我感染，終始三緘其口，默默地逆著風挪動脚步。

「喂，聽說今天帝國飯店的東京座開放觀賞，是演出契訶夫的『櫻園』吧？」朋友拉起衣襟遮著嘴，轉過頭來這樣問我。

「呃。」被他突如其來這麼一問，我的思緒驟然被打斷，匆忙中衹得毫無自信地這麼含混回答一聲。可是馬上感到自己的回答是何等的牽強、敷衍了事，憑著反射作用，抓住他的話尾又再補充一句：「哦，是『櫻園』。」

蛇的身體一旦被砍斷爲二，就再也無法恢復原來的樣子。我也無法再回頭想我的獅子頭，兩人談著今天參觀的事一路談到駿河臺。

單憑想像跟期待，我們兩個對契訶夫不甚了解的人，祇是像談論茶餘飯後瑣事一樣，東拉西扯做一番沒有什麼自信的淺論。身爲文學青年，對於能接觸到偉大作家的戲曲，自然感到十分的興奮跟欣慰，平常上學總是無精打采的，今天却不管風大，一路談笑著到學校。

眺望著光禿的行道樹、寂寞的街頭風景。戲是在放學後一小時開演，我在三省堂面前跟二、三個同學道了別，爲了消磨時間，兩人便徒步走到日比谷，一方面運動，一方面也可以節省電車費。通過帝國劇場前的濠溝，朝著錦町河岸的方向往日比谷走去。濠溝中的水迎著風輕蕩漣漪，可以看到水底的水草也隨著搖曳不止。

看到柳枝乾枯，深深感覺冬日寂寞，也愈發感受冬的嚴寒。比起那冰凝的濠溝微波，高揷入灰沉沉雪空的枝枒似乎將一份更刺骨的寒意直貫入人體內。我們兩人都不說話，因爲彼此熟悉，沉默並不會讓我們感到難過。我們彼此了解對方的情意路線，能夠當即掌握對方的心意動向。所以才會各自走各的路線，有如分離的兩條線必相交一樣（絕不會是平行線），任意交叉然後分離。彼此間隨時可能遇上一致點。雙脚把溫熱、泌汗的一種微癢感覺傳遍僵冷的身體。經過濠溝，再走過電車站交叉口，來到日比谷公園警衛崗哨站的時候，我們已經忘記了寒冷，甚至內衣底下已微微汗濕，不過手指、脚趾依然凍得發疼。

進入美松並非誰的意思，而是近乎無意識的，彼此間意志交感，脚步自然挪向美松。皮膚首先感受到暖氣的溫熱。這溫暖像金屬類的熱傳導一樣，瞬間快速地傳遍身體內部。在感覺溫暖的同時，情緒也馬上安穩、平靜下來。

我知道朋友在爲某一樁大事在煩惱著。我們是中學以來的朋友，在大學裏雖不同科系，但還是每天都能見面。我也知道他之所以跟我一起到日比谷，祗是爲了想跟我在一起。今天一放學，他就一直跟隨在我身邊。他是個對文學非常熱衷的青年，所以經常跟我談論著有關文學的事情，他之所以會在最近讀契訶夫的作品，便是因爲某一天我倆在放學途中發現了一本契訶夫的全集才開始的。

就像今天，也是數天前他提到想去看帝國飯店演出的「櫻園」而有此行。我打算由學校直接去，他却說要另外買票自己去。後來又改變主意要跟我一道走，說是爲了排遣滿肚子煩惱，順便也好到東京座見識一番。我們二人在一起，心頭自然而然充滿溫馨感，獲得喜樂妙諧的慰藉。友情在我們中間發榮、滋長，把彼此的心靈平撫得自在、舒貼。

說起來，友情的確是人生中的一大慰安。

泥土中偶爾萌生翠綠的嫩芽，不起眼的小草時會孕育秀美的蓓蕾，垃圾堆積的牆角也時會飛來優秀的種子，在過路行人未曾留意間，逕自綻放美麗的花朵。同樣地，我們也是很自然地湊在一起，甚至我們的父母也不曾預期有這樣的遇合，他們如果知道，或者也會覺得驚訝吧？

他的確是一個氣質優雅的男孩，有勝似蜜糖的甘美性格。由於是早產兒的關係，父母對他始終照顧得無微不至，同樣地，他的心也一直繫在父母身上。又因爲自小體弱多病，所以感情纖細，能敏銳反映父母的心意。長大以後身體是強壯起來了，可是心靈卻依然比一朵波斯菊的花朵或枝幹都更纖緻、更脆弱。

最近他在煩惱著的是首跟體的問題。我們到美松來，主要並不是爲看女店員的美目盼兮，也不是爲瀏覽琳瑯滿目的商品，溫暖的空氣才是我們共同的目的。我們還沒有上二樓、三樓，脚就已經痠了。

我抬頭望他，見他正眉頭深鎖著，見我瞧他，便回我一個寂寞的笑容。然後就走下樓梯。

我實在想休息一下，可是他却逕往前走。他步出美松時，我還在一樓的樓梯上。

我在想他的事情。原想去看劇展紓解胸中鬱氣的S，到底是美松店裏的什麼東西刺激了他，觸動了他的心頭鬱結？

我百般思索並沒有得到任何結論，但却由衷地同情他的境遇。想對他講幾句安慰的話，脚下却不急著上前追趕他，因爲我知道，有時安慰反而會成爲痛苦的根源。

當我走出美松，他却已經跨越馬路，走到公園門口佇立著，與其說他在望我，不如說他是在望著美松的屋頂；哦，不，是在眺望屋頂的上空更正確些。我也隨著他的視線往上看，灰蒼蒼的天幕除了雲雪之外什麼也沒有，那麼他究竟是在望什麼呢？

可是，我到底還是忍著不去問他爲什麼。因爲他經常會有這樣突如其來的動作，而且我想事情到後來總會見分曉。我追上他與他並肩而行，兩人依然保持沉默。朝內幸町的方向走。

猶勁的寒風把我們的外套都翻捲起來。我扭轉頭避風，就在我急轉身的刹那，我撞上了厠所前的洗手臺，出現眼前的是一個羊頭。

長而彎曲的一對角深深嵌入頭裏面，這顆羊首同樣張大嘴噴吐著水，溜溜地滴進盆子裏，水滿了便靜靜地溢出盆外。

這時候我又猛然想起獅子的頭。溫馴的羊跟威猛的獅子在我腦海裏構成了奇異的圖象，錯愕之中，我想到要從這奇異的對象上面尋找根據。雖說要追索解釋的出發點其實有許多途徑，但是我當時的想法却是這樣，想在羊跟獅子這兩個對象身上找出某種解釋線索（不管解釋爲何，都能讓我從中獲得自我滿足、體味牽強附會的妙趣）。

「時間還早呢。」朋友說。同樣避著風走在我旁邊。我這才捨棄那牽強附會之想——其實算不上是捨棄，更適切地說，根本就是把它擱在一旁。如果說千思百想都沒有辦法獲得具體結果、達到目的，便祇是徒然勞思傷神罷了。明知自己旣無法斷然割捨本身的意念，祇有讓自己的頭腦陷入茫然空白的狀態，一直要等到能擺脫自己的意念那時候！

「啊！」我含混地回答，驚覺於自己的聲音曖昧含糊，便又抬頭看看他——因爲他個子比我高——。

他的臉被帽簷及衣領遮去大半，看起來他遮掩著的臉比眞實的臉更能顯示他內心的眞相，我再次感到黯然——彷彿他的心念波動正在跟我進行著無言的溝通。

事實上，我知道我們近期間就要分別了，可是他却不願意離我而去。這是首與體的相反對立狀態。因爲他自己想留在東京，可是他的家却要他的「體」，一封接一封的家書頻頻催他「返鄉」。理由是要他回家解決重大的結婚問題。所以他想留在東京。

我勸他暫時還是先回家解決了問題再說，祇要想說別離祇是暫時的，也就沒什麼困難了。

風再次把我的外套翻捲起來。我們橫越過車道，來到帝國飯店的裏門。戲是在下午一時開演。

而就在這時候，我碰到了四、五個學校的同學，他不認識他們，我就跟他們道別了。自然我也就忘了獅子頭跟羊首的事情。今天我心裏思想的重點都在他一人身上。而我的想法自然也跟他的不謀而合。我終於諒解了在美松發生的那件事情。說起來其實祇是偶然的靈光一閃，我突然想起張貼在美松三樓的那張和服布料的廣告畫來，對了，那模特兒的笑靨簡直像極了他戀人的側影。

由於還有時間，我們又在飯店旁的巷弄裏隨便走了一陣。我之所以跟他提這個，當然祇是跟他開個玩笑。不祇爲了消磨時間、排遣無聊，更爲了擺脫那些緊緊盤旋在腦海裏的意念。

「譬如說，一個人四小時收費二圓的話，三百個人一共是多少呢？一分鐘究竟值多少呢？每個人兩圓，乘以三百人再除以二百四十分鐘──」

「這個──」他顯得興味索然，繃著臉想了一會兒，然後才笑著回答：

「你想想看嘛，一個小時是一百五十圓，那個一分鐘自然就是二圓五拾錢囉。」

他笑問我：「爲什麼會想到這麼怪異、離譜的問題？」我很高興自己能不按牌理出牌，提出這麼一個問題，竟然打動了他的心。他已經許久沒笑了，至少是許久不曾笑得這麼開心、暢意過。

「今天的戲不是一點開演嗎？通常都是演到五點散場，豈不是演出四小時之久？假設觀衆共有三百人的話，我是隨便提出來問問看。」我笑著仰起臉望他。

「這麼說來，劇場內的一分鐘報酬是滿高的嘛。而平日我們絕不會想到什麼劇場價值、觀衆時間價值等等問題。」我的視線挪向自己的靴尖，繼續述說著我突然觸發的意念。

時間終於到了，我們進了場。

我們出了劇院的時間大約是五點半左右。外頭已經籠上淡淡的一層暮色。也許是要下雪的關係，今天的天色迥異於往常，除了片片的斷雲、層雲，天光反而較平日亮些。彤雲除了顯示時候已是黃昏，並沒有使暮色更深，相反地反倒給人比白天明亮的感覺。

「我想回家，看著戲我便一直想，想著父母的事情。」才一走出劇院，朋友便開了口，可以聽出是充滿愁惱的聲音，他或許在想著父母跟自己、還有戀人的事情吧？「我想還是解決了那個問題以後再來。我希望能順從父母的心意再貫徹本身的意志。到底結婚的確是人生大事。不過，孝親跟愛情之間會不會起衝突呢？」

我早就料到他可能會回去，這麼一個軟心腸、善良的人，他絕不肯坐視讓父母替他操心或違抗父母的心意。

我默默地向電車站的方向挪移腳步。想到以後生活中的一部分就要暫時告缺一段時日，心中不覺有些落寞。除了落寞之外當然還有一些其他的成分。祇是一提到這兩個字，落寞當眞就兜滿胸懷。

「搭電車回去吧？」

在錦町河岸換了車，第二次要在駿河臺再換車時，他提議：「肚子餓了，找個地方吃東西吧？」然後問我：「今晚去逛逛神保町的夜市怎麼樣？」但似乎又覺得自己的想法有些突兀，又說：「也許腿要走不動了。」

夜市已經開始。因爲天剛黑，人也就逐漸多了起來。這麼冷的天氣，這些人居然還敢出門，眞是精神可嘉。而那些生意人更令人同情，這麼冷的天氣還得——。

「到哪家喫好呢？」

「須田町還是茉莉？」

「這兩個地方都有飲茶嗎？」

「你還想喝酒嗎？省省吧。」

我們上了茉莉的二樓。點了鰻魚飯跟佃飯。我順手拿起桌上的鈴搖了搖，我看看鈴，再次想起獅子的頭。女店員來到旁邊，我却忘了鰻魚飯和佃飯，後來還是由朋友代我點了。

「怎麼啦？」服務生離去後，他注視著我問。「沒什麼，祇是胡思亂想罷了。」我隨即回答。

「我在想一件偶然的事情。剛才看到這個鈴臺，眼前便浮現滿頭鬃毛蓬飛的獅子頭（我把鈴拿給他瞧）。也想起早上看到的獅子頭，就是階行社牆上的。在二個獅子頭中間還出現過羊首。所以我一時愣住了。」

接著飯送上來了，我們的談話因此中止。我把盤旋腦海中的意象稍加整理，這麼說，也許我的朋友會諒解吧？

有獅子頭、羊身；跟有獅身、羊首的二頭怪獸以加速度疾馳過來，猛烈地衝撞成一團。我忍不住眼睛一閉，眼前立刻出現埃及的史芬克司（人面獅身獸）。二頭怪獸還沒有決勝負，倒出現了史芬克司，不由得讓我有些張惶失措。

無意識地把湯匙送到嘴邊。

我整個腦海裏都是史芬克司。爲什麼會有史芬克司呢？曾經有個國王拿史芬克司出了一道謎：有兩隻動物合而爲一，在不明底細的軀幹兩端各接著獅子頭跟羊頭。——這指的是人嗎？

我們走出茉莉。寒風砭骨。迷離的燈火給人不眞實的寂寞感覺。想到往後我們就要各奔東西、自闢新的天地，不免又念頭一動：或者再到酒館喝兩杯，算是餞別？

黑龍

林妙鈴 譯

一

他虛歲十二，但到十二月三十一日才滿十歲。他是除夕出生的獨子，格外受到父母的鍾愛。他的家中並不匱乏，祖父留有遺產，所以還能過一般人的日子。

由於出生得遲，他一直到十歲時才上公學校。他非常厭惡學校，但又不像別人家的孩子那樣地撒嬌著不去，性情剛烈而彆扭，他總是固執著不願上學，以此來爲難母親。

一日，年長兩歲的父執之子在上學途中，聞說他不願上學，突然笑著低語說：

「嗯，到一個好玩的地方吧！我帶你去。」

少年的母親幾度帶著他來過家中，他是十分淸楚對方的。他一直猶疑不定，他並不喜歡少年，但也不算討厭。

「上那兒？」

「跟我來準沒錯的。」

說著，少年向他的母親招呼：

「伯母，早安……我和黑龍上學去了……」

母親由衷地感激著這個孩子，若不是他，兒子已經磨菇了一個小時，還不知要折騰到幾時呢？她笑著說：

「好孩子，去吧！」見到自己的孩子還按兵不動，不禁又說：「小心點喔……一切拜託阿淋了。」這樣好容易才看見孩子悻悻然出門而去了。

黑龍不喜歡和學校裏的小朋友們一塊兒玩，而且也十分畏縮，他總是一個人躲在校園的一角。越是接近學校，他越是擔心阿淋將會讓自己和三年級的小朋友們玩，於是略感不快地問：

「到底要做什麼？」

黑龍的意思是想早些明白是要做些什麼遊戲？是在校門前分手？抑或兩人一道去玩？

「反正你跟著我就是了。」

阿淋得意洋洋地說著，黑龍則默默不語。學校就在眼前，阿淋心慌地催促著：

「快，快，別讓人家看見了……」

說著，他倆往右邊繞了過去，黑龍知道右邊將通往河畔。

他想起每天下課時，總有同學在這交叉道上引誘他，他不答應，同學們就譏笑著他，逕自向右折去。

清晨就往河邊走，黑龍並不感到奇怪，這毋寧是開小差的最佳方式。不久，阿淋開始雄壯地吹起口哨，步伐也活潑得像踩著進行曲，這些舉動迫使黑龍重新估量眼前這並不熟悉的少年。「好極了！」他喃喃說著，也想吹起口哨，但卻無法做到。不知不覺地，落後了老遠老遠。

「快些啊！」阿淋快步跑近，笑著惡作劇地拖拉黑龍。

一向喜好幻想的他從未如此被人拖拉過，因此感到張惶失措。他用力甩開阿淋向前奔去，奔跑之間突然對阿淋產生了莫名的好感，於是他忘我地叫著：

「我們來賽跑吧！」

也不知爲什麼奔跑，他追越阿淋之後沒命地跑著，阿淋也忘却了口哨不住地追，兩人忽前忽後，跑得氣喘如牛。

一整天，兩人就在校外盡情地嬉戲。在河畔撿拾美麗而光滑的石頭，在水中跋涉，爬到樹幹上比賽投石。笑聲始終沒有間斷過，黑龍甚至笑得掉下淚來。

黑龍並不是陰鬱的少年，但卻喜歡沉溺在美麗的幻想中，這是他的缺點同時也是他的優點。他原是個性溫和的孩子，在雙親的驕慣之下，卻變得固執而矯情。

從此，他每早會主動說著：「我上學去了。」丟下站在一旁驚訝著的母親，飛快地奔出家門，來到家人看不見的街角，更是一口氣跑到河邊。偶而睡遲了，連早飯也來不及吃，拾起書包就離門家門，使得母親困惑不已。（當學校裏的老師來告訴她：『士林最近很少到學校讀書，到底是怎麼了？』之時，她的驚訝更是不在話下。母親多次在心中嘀咕著：「這孩子怎麼會這樣？總叫人擔心。」想著竟頻頻歎氣。）

黑龍偶而到學校去，有不熟的同學前來邀約，他也會在放學後和他們一起到河邊遊玩。

「我爲什麼不和他們一起玩？他們也不錯呀！」他想著笑了起來，回家的時間也就越來越晚。一回到家，說是肚子不餓，明天還需早起，忙不迭地躲到被窩裏去。黑龍如何也不會忘了次日的計劃：與三、四名同學在河邊集合，然後一起去遠足。儘管母親苦口婆心地叫他起來吃飯，他還是相應不理，母親祗好佯稱他已經吃飯上牀去了，以瞞過素來嚴厲的父親。

揉揉眼睛一看已經九點，黑龍不相信地再看了一回，短針確實指向九，於是忿忿地向母親哭訴：「九點了，不去上學，不去上學了。」事實上，母親早在八點以前就喊過他，黑龍起牀後不久又昏沉沉地睡去。

「你還生氣？八點以前就喊過你，自己不肯起來，還要發這麼大的脾氣。」

「妳沒有喊我，我才起不來。妳明知道我一定要在八點鐘到校的。」他哭了起來，想到今晨的約會（母親不知道遠足的事），他不禁悲從中來，頓足捶胸，哭得震天價響。

「媽媽沒有喊我起牀，害我遲到了。……老師會罵我……我不去了……不去了……。」黑龍的哭聲使母親想起他已許久沒有上學的事，她流著淚沉默了下來。

「哭什麼？」父親聞聲從屋裏走出來怒斥著，黑龍平生僅怕父親，慌忙躲在母親身後。

母：「好了，乖乖地上學去吧！」

子：「不去，不去。」

父（斥責）：「大清早哭個什麼勁？（看鐘）九點了，還不上學去？」

子：「不去……」

父（咳嗽）：「怎麼不去？去！去！」

母：「嗯，乖乖地上學去吧。」

母親說著，帶他到另一個房間低聲撫慰著。他仍堅持「頭痛」不肯上學去，整天把自己關在房裏。

他的父親脾氣雖壞，但却是個好人；雖嚴格但也不失愛心。他升上二年級時，父親却因感冒引起肺炎併發症死了。父親死後，家道中落，母親隨後也死於肺病，那年他十二歲。

二

黑龍是他的暱稱，他的本名叫士林，戶口名簿上寫的也是「士林」，學校裏的老師也叫他「士林」（他的友伴稱呼他黑龍，父母及親近的老師也如此稱呼他。）

他從小就脾氣反覆無常，頑固而又彆扭，父親戲謔他是一條「黑龍」，就此變成他的小名。有些同學以爲他本名就叫黑龍，聽到別人呼他「士林」時，常訝異地問道：「誰是士林？」

他的個性經常困擾著父母，對於有興趣的事是那麼專注，不喜歡的事却連甩也不甩。父親曾多次勸誡他：「世間的事不如人意者十常八九，誰都有喜惡，但你不能完全摒棄自己所厭惡的事。」黑龍的母親不似父親一樣嚴厲，嘴裏雖不說，背地裏却時常爲他的事流淚。母親相信黑龍有可取的一面，但却又深知黑龍個性中的柔順早已變成偏頗不堪，她深深擔心著一旦自己撒手而去，年輕的黑龍勢必淪落不幸，這也是她時而暗地飲泣的原因。

「你怎麼會這個樣子？」父親偶也會黯然地歎息著：「你應該是個感情豐富的孩子啊！」

父親總想著要矯正他的偏執，不停地勉勵他按時上學（這點却失敗了），並設法促使他從事掃除工作，父親雖一再監督他做些自己不喜歡的事，工作中的黑龍却一邊微笑，一邊如夢遊者般地神思恍惚。黑龍不時地陷入夢想的世界中，工作時如此，不工作時亦復如此，使得父親無計可施。

父親想到將他寄託在老師家中，接受嚴格的教育，沒幾日黑龍回來了。他頭髮蓬亂，眼露兇光，雙頰削瘦，呼吸急促，原來一絲不苟的老師並不能獲得黑龍的愛戴，他甚至批評自己的老師是「大猩猩」。在黑龍心目中，父親所請的老師根本是言語枯索的傢伙，他雖曾盡力忍受（母親曾流著淚殷殷勸說，要他不可違背父意，父親在這以後數日果然死了），奈何却感到：「與大猩猩相處，總有被咬的一天。」以是惶恐得不知何以自處。離開老師家，他在野外流浪了兩三日，才抱著受責的心情回來。當時他已深深感受到父親的瀕臨死亡，見到父親呼吸阻塞，臉孔通紅，他不覺想到：「父親快死了，我會替他向媽祖祈福的。」

記得是他七歲時的事。祖父死了，選定吉日準備安葬，他原應以長孫的身分，捧著祖父的牌位，坐在轎中送祖父的靈柩還山，然而黑龍不知何故非常討厭坐轎，竟予以峻拒，身處狹隘昏暗的轎中，會使他有喘不過氣來的感覺，何況他又如此不願受人擺佈，於是他嚎哭著拒絕了。發葬時刻迫在眼前，人們焦急不堪，最後祇得由父親捧米斗，黑龍步行（或被抱在懷裏）結束了葬儀。當時父親已經把他的性情看在眼裏，又是告誡又是打罵，自從知道打罵對黑龍絲毫無效後，父親也死了這條心。父親鞭打黑龍時狀至痛苦，好似在鞭打著自己。黑龍一動也不動，父親狠下心來不肯稍移鞭子，祇有母親儘在一旁哭泣著。

事後父親總是原諒了他，並且表現出「這樣做全是爲你好」的模樣。父親一向抱持著「嚴父慈母」的觀念，爲求兩者均衡，他對黑龍的管教方式毋寧是十分嚴厲的。黑龍既是恐懼，一方面却又千方百計地要討他歡心。

他對食物與穿著有著極強烈的喜惡，並且老是堅持己見，動輒以破壞或丟棄來要脅母親，母親在這種情況下總是順從著他。

母親與父親都死了，他偶而想起母親無助地哭泣的神情（雖然他也時常地不以爲意），便會難過得捶胸頓足。

「母親眞好。」他哭著，眼淚不自覺地流了滿臉，母親的一言一行也陸續地浮現腦海。「母親如果是天使，我就是小天使。」他不停地想著。其實黑龍在乖順的時候倒眞是個好孩子，但從小他心中所存留的影像就祇有父親，黑龍對他又敬又畏，對母親却是疏忽大意，並且時常抱持著殘忍的想法——「母親對他所做的一切是理所當然的，盡她本分而已」。然而黑龍的生活卻大部分與母親連繫在一起，母親的死比父親的死更令他悲傷，也令他花費更多的時間去回味。如今想來，當初離開學校一方面固是厭惡上學，一方面也是無法摒棄母愛所致。

三

父親感冒臥牀已經超逾兩週，父親承繼了祖父的財產後就不事生產，每天恍惚度日。父親多病，長年飲藥維生，臉色蒼白，精神不濟。父親幾乎是沒有收入的（除了部分利息），祇是一味地消耗著他的財產，所幸他生活撙節中度，極少產生大的破綻。

有限的物質財產在祖父死後五年已經所剩無幾，今年的情況變本加厲，父親的疾病所費不貲，他們老想設法爲黑龍留下一些財產，盡力節省衣食所需，但卻力有未逮。

黑龍偶可聽到父母親在商量著變賣土地及家計困難的事，不久就聽到他們兩人低聲地哭泣著。父親常猛咳著說：

「沒有人會了解我們的困難並且伸出援手的，情況這樣不景氣。土地也變得不值錢了。這種日子實在過不下去了……除了這個家之外，我們可以說一無所有了。……我在想……我爲什麼連留給黑龍的一份也保不住？我們如果死了，那孩子一文不名，祇怕會淪落街頭，但是不賣掉又能如何呢？……賣了也許可以治好胸疾，病好了我可以出去工作，拼命賺錢來養活妳們。唉！事到如今，祗有賣了吧！」

「是啊！」母親答道。

「妳願意嗎？」

「還有什麼法子呢？」父親又死命地咳過一陣，繼而變得十分興奮。

翌日有一名黑龍不認識的人過訪，陌生人走時，母親無精打采地跟在背後，黑龍明顯地看出母親衰老了很多。

黑龍深深地察覺不幸已經來臨，他發覺自己像個精壯的少年，精力充沛，充滿著鬪志。但黑龍仍不想去工作，他多麼希望或許兩年、三年、五年以後，能夠闖出一番轟轟烈烈的事業來。（黑龍雖厭惡工作，但他祗要想到各種使自己不能工作的理由，便無由地興奮起來。）於是他開始沉溺在幻想之中。（他已經忘却家中的貧困及窘迫，甚至不曾想到工作以解危機。）

「到十八歲，一切都可好轉了，那時我將擁有自己的田圃（他忘了田圃已經賣掉），可以捲起衣袖努力耕作。（黑龍想到工作時，快活得好似看著別人工作一般。）每天揮著汗工作，兩年之後田地收成，蔬菜青葱翠綠，家境就可以好轉了。」

一轉念，他又墮入了其餘的幻想中。

「十八歲時（他時而想像十八歲的自己身強力壯，這種觀念牢不可破），我必做出驚天動地的事。也許有一日，我無意間走入荒山，山中曾有土匪埋伏，金銀遍地，燦爛奪目。……我走累了，倒在繁茂的樹下休息，金銀在雨水沖刷下，呈現在我的眼前——我不知它們是金銀——我疑惑地用手挖掘他們，啊！無盡的財富竟然全屬於我。」

他興奮狂喜，眼中浮現淚水，那是悲哀的眼淚。黑龍明知幻想不可能成眞，加之眼見家中光景慘澹，滿腔的熱情迅速化爲灰燼。

黑龍沉浸在「金銀悉爲幻想」的思慮中，英雄式的氣魄及對父母的孝心，卻迫使他想到「他們對我愛莫能助」一事上，於是懷著悲愴的心情開始踟躕於屋內。他搓著雙手，想起昨日那常去的小河竟然發現一具屍體。怎麼死的？他不知道。儘管父母百般阻止，黑龍的好奇心卻驅使他走向河邊。那是個二十二、三歲的男子，頭髮硬直，近耳處微鬈，原是淺黑色的面龐變得青紫。倒在河灘之旁，翻著眼白狀似窒息而死，手足扭曲，口角歪斜，身體向後仰。

究竟是怎麼死的？死者身上沒有他殺的傷痕，據推斷是臨時性的疾病發作，求救無門，窒息而死。

黑龍初見這個男子時，毫無憐憫的感情，祇是深深地感到憎惡，就好像看到殘酷的動物死去一般，惶恐地逃了回家。

死去的男子令他聯想到美麗的小河，昨日他曾渡過小河去看男人的屍體。河面上陽光普照，黑龍多想委身幻滅與迷妄的幻想，在其中找尋快樂。我的身體不是小而且輕嗎？（黑龍的想法危險而又天眞）縱使躍入河中也會浮起來吧！（他不諳游泳）那我就是仰天而臥，觀察天際的雲彩變化，隨波逐流，好不痛快！

他開始覺得有關金銀的幻想眞是再陳腐也沒有了，水流的思考却能給他新的震盪，他興奮地叫著：「哦，太棒了。」繼續沉溺其中。

「某個晴朗的午後，薰風吹來，精神爽快。河岸（必須是自己常去的河川下游）一大宅邸中走出一名神氣的大人物，那人的舉止動作就像所有的有身分地位的人一般。黑龍遲疑之際，他已經下令僕人備船，準備泛舟河上。身著絲絹華服的僕人們從自家的船舶處划出船來，在和風麗日、青空古樹的陪伴下順流而行，大人物悠閒自在地眺望各處的景致，心中喜悅地自語著：『我眞是最偉大的富翁。』恍惚之間，來到自己所有地的左方一帶，他得意地望著刻有花紋的划槳。

那時我正忘我地仰臥水中，望著萬里無雲的天際，不覺間觸及他的船。我突然嘶聲地抓緊他的船，不住地叫著：『救救我，救救我吧！』不！我還是若無其事的隨波逐流，船夫發現我的存在，他發狂地叫著，彷彿船即將顚覆一般。大人物受了驚並且也見到了我，他那時心情恬適，或許會發出惻隱之心幫助我。（這些事必須在極自然的情況下進行）我成了他的孩子。（他無子，見到伶俐高尚的我就決定收養，這也是我的幸運。因此我搖身一變而爲巨富的幼子，父母親受到庇蔭衣食無虞，這都是我細心策劃所成。」

黑龍想到這裏，不禁高興得坐立不安起來，事情彷彿就要呈現眼前一般，使黑龍更爲深信不疑。

黑龍繼續想像著華厦玉樓，如宮殿一樣的父家。庭園深黝，林蔭潮濕，動物自由出入飛翔，花香鳥語，漂散整個宅邸。百花盛開，無分四季，無論睡眠與夢想均是那麼恬適，那兒多的是……黃金之光、黃金之水、黃金之頂……黃金之……。

他扭絞著雙手，但覺血氣貫頂，下肢與胴體的血液全都湧聚頭上，使他感到目眩。走了兩三步便覺頭痛萬分，黑龍忍耐著奔離屋中，向著大街、學校而去，腦中一片空洞。

他忘我地跑著，直到聽見了喚聲，仍無力氣回答。他的手臂被老師緊緊抓住，他想哭，魯莽地掙脫著。

「怎麼啦！跑得這麼上氣不接下氣？」老師關切地問著。

「怕挨罵嗎？」老師笑道。

「……」

老師望著他的面孔。

「怎麼臉色都變了？是你父親打了你？……今天放假……你是不是做了什麼不禮貌

的事？」

黑龍感到老師的手鬆弛了，忙不迭地甩開了它，背著老師，緊咬下唇回到家中。他是徹底地清醒了，也失望透頂了，他急急地鑽入被窩中，任憑淚水匍匐滿臉。

從賣了土地，家人除現居之外一無所有之日起，父親就因急性肺炎病情惡化，於數日後過世。父親死時是那麼瘦削蒼白。

四

姨母的家中並不富裕，本來就是貧窮的農戶，膝下有五名子女，每日在工作與喧嘩中打滾。姨父三十六、姨母三十五，孩子們分別是十五歲以下的男孩兩人，女孩三人。

母親死後，黑龍投告無門，葬儀終了，就被姨母帶回家中。母親生病時，姨母常來照顧，頗給黑龍好感。其後黑龍輟學回家照顧母親，姨母與咳嗽不止的母親常在一起閒聊。母親的病看來十分沉重，憔悴不堪，眼圈烏黑，頭髮蓬亂，雙頰瘦削，嘴唇青紫，目光柔弱，白天時雙頰常呈現紅斑，藥物並無法改善她的病情。母親彷彿知道距離死期不遠，總以不安的眼神望著姨母，企圖託付獨子，正欲啓齒，雙唇却不由自主地顫抖不已。

她竭盡了一切力量與生命相搏，要求妹妹代理家中財物。姨父偶亦來探病，表弟們也來，但都感到害怕而匆匆離去。

最後，母親實在無力再與頑強的生命抵抗了，她使出僅有的力氣，一字一淚地說著：「一切拜託妳了。」那是夜裏十一時，昏暗的燈光照著母親的臉如石膏一般地僵硬，母親的眼睛微睜著，氣若游絲。

他整整地哭了一晚，並且死命地叫著：「母親死了，母親死了。」哭累了就靠在母親的牀沿，苦苦地挨到天明。從這時起，他時常回想著父親在世時的母親及死時的母親。

「母親究竟是到天國還是到了地獄？這兩個名詞我時常聽到，但母親究竟到了那裏？」他有時會想著。

他想起母親生前，自己是那麼恣意任性，爲所欲爲，有時還殘酷地故意去傷害母親，心中便覺痛苦不堪。

與表兄弟們一起送母親的棺材還山（家中貧困，葬儀的形式極其簡單），見到母親的棺材一部分一部分地被泥土掩沒，卒至完全沒入土中時，黑龍悲慟地昏了過去。

患病期間，姨母的孩子們對自己都非常親切，姨丈雖冷淡但也不至於視而不見，但黑龍總深深察覺姨父對自己的敵意，並且想著：「他們自然沒有義務對自己好。」他時常遏止不住思念母親的情緒，幻想著母親的靈魂長相左右，將使自己免除災難，腦中浮現母親於死前兩三日說過的話：「即使死了，我也不會離開你。」

他開始像夢遊病患般地思念母親。

自日，他走出庭院，望著青翠的水田，幻想著母親淪落地獄的場面，痛苦得不能自拔。「這樣好的母親，死了也該變成天使的。」他幻想霞光萬道之下，玉皇大帝等人出迎母親，想像中母親的王國裏有更廣大更華麗的花園，終日笑聲不絕，但她並不快樂。

他企盼能再度見到另一個世界中的母親，想像中，有時忍無可忍，他會步行一里半之遙，去到母親的墓旁。

「母親一定會開心的。」他想著，但又無任何供品（他不曾告訴姨母）。他想起母親在世時有時給自己一些零用錢去買點心吃，他就利用這些錢買了紙錢和一些餅乾（他記得母親喜愛的餅乾祇有一種），跑向母親的墳墓。半途上紙錢或餅乾掉落，他就折返拾取，然後再匆匆向前跑去。紙袋裝的物品容易掉落，他決定把它包在手帕中再行趕路。

最後他發現自己竟然忘了帶火柴，眞是失望極了。他仰著頭，跪在墓前，讀著「汪媽三代」數字，但又不知「皇妣」二字何意。他知道母親已被埋入土中，此生是再也無法見到了，於是決定供上餅乾，燒了線香和紙錢，長跪在墓前。黑龍遍尋不著火柴，祇好以小枝挖土埋下携來的供品，其後失神地儘在墳墓四周徘徊，直至歸來之前。

從他開始外出起，姨母的孩子們便無由地唾棄他。十五歲的吉源老是臭著一張臉，白眼相向。十三歲的吉清最是厭惡他，祇要黑龍上了飯桌，他就一語不發地捧著飯碗到庭院裏吃。吉清的態度每換來姨母的怒斥，衆人便把過錯都推向黑龍身上。黑龍忍耐著，祇與對自己友好的琴英遊玩。八歲的琴英在五人中最爲可愛，靈活的雙眼尤爲黑龍所鍾愛，她的溫柔與母親略似，她的姊妹錦花和秀英雖不厭惡黑龍，每見到他與琴英遊玩時却老是白眼相向。

黑龍知道除琴英之外的表兄妹們並不歡迎自己，因此也極少理會他們。黑龍長得白皙秀氣，但却無法贏得姨父的歡心，其原因有二：父親在世時，姨父曾向他調借現款，當時父親患病，家中生活拮据，就沒答允他的要求，姨父以是懷恨在心；其二，姨父深覺食指浩繁，多一個黑龍，肩上的擔子似更沉重。

他知道自己的孩子無法與黑龍相處後，對黑龍更加刻薄。某個晴朗的早晨，當黑龍被一個老人帶回時，他怒氣冲天地掌摑黑龍，不顧一旁的陌生人，同時說著：「走了最好！」便漲紅著臉匆匆離去，趕著牛下田耕作了。

他認爲黑龍對自己不滿因而逃家，在外頭必然四處傾訴著所遭受的非人待遇，冀望獲得他人的同情，這對他不啻是一樁難堪的侮辱。

黑龍羞恥得面頰通紅，臉上的刺痛使他欲哭無淚。「太太。」老人撫慰著黑龍，一面向姨母解釋道：「太太，你家的孩子跑到那邊的山（他指著，那是黑龍母親的墳墓所在。）去了，他看來非常疲倦，靠著墓碑就睡著了。一直到太陽昇起，我要進城時才發覺。……他睡死了似地，好容易把他喚起，他却不住地喚著『母親，母親』，好似夢魘一般，他不願回答任何話，祇說回家令他感到羞恥……。孩子總難免犯錯的，他對自己的過錯感到羞恥，那已經值得原諒了，所以我才跟著他一起回來。原諒他吧！如果他有錯，也請看在我這個老人的情面上。」他牽起黑龍的手說著：「聽長輩的話，知道嗎？」說著笑道：「我要到城裏去了，再見。」

「進來喝杯茶吧！」姨母致謝著，老人却帶著微笑走了。

姨母緊盯著黑龍，她不明白黑龍何以會離家出走。是受到衆人的唾棄嗎？自古以來常有受虐待的孩子被逼死的故事，她想黑龍是在父母的墳前哭訴了一夜吧！他的母親死了，孤兒的悲傷與寂寞是可想而知的，然而自己不也是盡心盡力在照顧他嗎？他竟能露宿一夜，向母親哭訴不幸？

她想起黑龍與自己的丈夫、孩子都合不來的事，並且明白了其間的嫌隙。離家出走，露宿母親墳旁，她簡直不能忍受這種侮辱，然而她對黑龍畢竟還存有憐憫之心。依戀母親的可憐孩子，女人纖細的感情受到觸動了，她甚至憧憬著來日自己死了，孩子們也能時常到墓前探望。

「你爲什麼要露宿野外？」她幾乎不能抑制脫口而出的慾望，但黑龍始終緘默著，她祇好召喚他進屋休息。

黑龍也不明白自己何以會睡在母親的墳前，他百思不解。「記得黑暗的竹林與稀疏的星光遠遠向我招手，犬吠聲清晰而恐怖，梟在林梢嘶叫，我覺得孤苦無助（那時恐怕已經八點，家人都已入睡），彷若即將窒息，不覺間就睡著了。今早有一老人喚醒了我，太陽當空照耀，老人微笑地注視我，並且領我回家。啊！我是在母親的墳前睡著了，眞是在母親的墳前睡著了，一直睡到今早。」他……「怎麼會到那兒去的？彷彿不曾觸及沿途的水田泥沼、小川、樹林，就到了那裏，我並不清楚墳場的去向啊，是母親指引我的吧！這眞是不可思議，如果我完全清醒，或許還可記得蛛絲馬跡吧？既是母親領我回家，我不是曾看見母親了嗎？」

他沉溺思緒中，企圖化解謎一樣的昨夜，然而這依舊是個解不開的謎。

——本篇原載於《福爾摩沙》第三期，一九三四年六月十五日出版

河邊的太太們

李鴛英　譯

「今天天氣眞好。」那一個年紀約三十左右，身材肥胖、精力充沛的的太太笑著跟一起在河邊洗衣的女伴們說話。「這眞是洗曬衣物的大好天氣。妳們瞧，我都洗出了一身的汗。」她敞開胸膛，撩起衣袖子擦拭額上的汗。然後絞乾剛洗的毛巾，挺起背脊在胸前擦將起來。她的乳房特別的豐滿，從衣服底下露出圓鼓鼓的一大片。

「嗯，天氣是眞不錯。」其中一個女伴笑著應答，一面雙手奮力地搓洗著衣物。河水在日光下畫著紋樣發出粼粼波光，流過脚邊，再慢慢地擴展開去，流到激處，紋樣四散，閃出星光。那些女人的身影映在水中，隨著水波搖曳，肌肉結實的小腿，在水中曲折成兩截。

「今天洗這麼多衣服呀！」胖太太把髒衣服泡進水裏，一邊回頭跟其他的女人搭腔。她笑咪咪地，臉上浮現同情跟逗趣的兩種表情，跟今天晴朗的天空一個模樣。

「這麼多，洗一個早上也洗不完吧？」

「嗯，今天是特別多一點。昨天我有事沒出來洗，前天又下雨，所以積了這麼一大堆……加上小孩子又多。」洗大堆衣物的婦人歎了口氣，不甚起勁地回答。一副被家務事、被孩子磨得筋疲力竭的樣子。

「照顧孩子可眞不容易，才一下下沒看見，衣服立刻就弄得髒兮兮。」說話的是一個年輕少婦，年方二十七却已經養了五、六個孩子的削瘦女人，被孩子折磨得一副形容憔悴的樣子，她這麼抱怨著。

「是不錯，孩子的確很煩人。總是愛玩泥巴，玩得一頭一臉，全身泥髒。」胖太太自己沒有孩子，對人家一下帶五、六個孩子是由衷的感佩，基於傳統觀念，她自己當然也渴望能養孩子。

「就是說嘛。實在是……。」洗很多衣服的女人似乎有說不完的牢騷。

「不過雖說如此，有苦還是有樂呀。等長大了，求得好學問，有了非凡的成就，那該是多麼令人欣慰的事呀。」那個三十出頭的胖女人這麼說，臉並沒有朝著任何人。

「話是這麼說，可是我家裏也沒有多餘的財產供給孩子去上學，把孩子養大就已經很勉強了。我丈夫雖然天天外出工作，可是收入微薄，而且也得存點兒錢準備不時之需呀，養五、六個孩子實在是不容易……。」瘦女人頻頻搖頭，叨叨述說她的苦衷。

「嗯，是很不簡單。」

大家沉默了好一會兒。

四個女人撩起衣角，或面對面，或肩並肩，在淺瀨中彎腰滌洗衣物。水清見底，水底的石頭歷歷可數。河中央水流稍深，呈靛藍色。洗衣的汚水跟肥皂泡沫在洗衣石周遭呈濁狀沉積打轉，遷延了好一會兒，才逐漸擴大圈子，捲入中央的清流中沒逝無踪，嘩啦嘩啦的水聲跟槖、槖的擣衣聲、七彩的水花、蕩漾的人影加上灩瀲的波光，組成一幅凌亂又生動的畫面。大家埋頭搓洗衣物，又揉、又絞，累得滿頭大汗，滾圓的汗珠無聲地掉落水中。

「熱死了。瞧我也全身是汗。」迄今不曾開口的中年寡婦直起彎曲的身子，拿起正在清洗中的布擦臉，並用手指把凌亂的頭髮梳攏整齊。她的臉隱約浮現水蒸氣，汗水淋漓且紅撲撲地，顯得容光煥發。「這樣躬著身子洗大堆衣服，腰都直不起來了。啊呀，痛死啦。」

在此之前，她始終默默不吭聲地拼命在洗衣服，好不容易才都洗完了。從一大早開始，她就洗了二大籃滿滿的衣服，看來像是專靠替人洗衣營生的。她也剝開上衣的鈕子，擦拭身體。她的個子矮小，但也是圓敦敦的豐潤飽滿。

「妳們聽說了沒有？」和善的胖太太向大家笑著說。她故意提高了音量，好像突然想起來似地，無形中加強了許多效果。她嘴上說話，手裏可始終沒有閒下來。「妳們知道嗎？關鳳已經生了。」

「已經生了嗎？這麼快？才剛聽說她結婚就生孩子啦？」有六個孩子的婦人對別人生養孩子還是挺感興趣的。「這麼說是婚前就有了嘛。難怪。」

「是什麼時候的事？我都不知道，是男孩還是女孩？」受雇替人洗衣的婦人問。

「前天生的。是個男孩哩。」胖太太以平靜的口吻回答。

由這個話題開始，這些婦女們每天來河邊洗衣服時談論鎮上逸聞、鄙事的閒話又展開了。這條河旁邊唯一的小鎮風俗習慣就這樣在這些女人的口中流傳著，生生不息，根深蒂固。

北門那對賣水菓的夫妻昨天夜裏吵架吵得天翻地覆，丈夫的塌鼻子被太太揍得直淌鼻血。另外，同樣住在北門的陳婆婆被她的獨子遺棄，生活陷入困境。她們談著，一面嘲笑那被妻子打得鼻青臉腫的丈夫，一面稱頌那妻子勇敢、壯烈的行為。這在她們之間自然是非常愉快的話題。

「可是，總嫌太過分點兒吧？夫妻吵架就打人的鼻子，不痛死了嗎？」三十左右的胖太太笑著說。

「要是換了我，怎麼也下不了手。」瘦女人話中夾棍帶棒的。

這個男人喜歡在外頭拈花惹草，這回正好替大家製造了一個引人入勝的話題，逗得大家爭相發表意見。

對於老婆婆那件事，她們大罵那個兒子禽獸不如，是心肝被狗喫了的夭壽、是忘恩負義的孽障。大家都認爲養這樣的兒子還不如養頭豬，那小子一定會遭天打雷劈，同時也都對那老婆婆深表同情。

然後，她們的話題轉到了一個禮拜前才由別的鄉鎮娶來新媳婦；也就是住在西門的鎮上最有錢人家——林家——少爺的身上。這位林少爺是甫從大學畢業的留學生，長得溫文有禮，氣宇非凡，看來就是一個親切、有教養的紳士。新娶的少奶奶也是一位嫻靜、溫婉的大家閨秀。這些女人也有她們獨特的感性跟道德觀念。因此，她們對生在富貴人家却能善待她們這些窮人的林家少奶奶特別具有好感，也因此對這位並非貌若天仙，但却是富家小姐出身，有豐厚粧奩、陪嫁的林家少主婦由衷生歆羨之情。看到這麼精緻的刺繡，這麼奢華、雅麗的傢俱，燦爛奪目的珠寶首飾，在她們來說都還是頭一遭。在這個鎮上，這或許也是絕無僅有的一次。

「那還稱不上多，另外還有更多的呢。不過，在這個鎮上大概算得上拔尖兒的罷？」這位來自外鄉的寡婦，多少帶點誇耀本身見識的口吻，提到了一些她家鄉的事情，說完，道聲：時候不早，我得趕緊回家。便別了同伴，自行先走了。

但是她的離去並沒有影響同伴的談興。些微反對的聲音，反而使她們談話的內容更活潑、豐富起來。她們一一翻撿鎮上發生的大小事情，鉅細靡遺，成爲生活中最根深蒂固的部分。

這些逸聞、謠傳豐富了她們，成爲她們生活上的一大慰藉。自然交流的談話使她們貧瘠的知識偶爾也迸放燦爛的火花。但她們在臧否人物、歆羨嫉妒、批判議論之餘，總不忘繼續工作著。

在這樣的談話中間，各人的敏銳感覺、思想意念或工作照樣進行無礙。各人祗要循著自己的思考線路說話便行了。因此，當那三十左右的胖太太站起身來，提高洗滌衣物，引得水珠四濺，那話題也立刻隨之扭轉。她們決無須擔心有一天會「絕」了話題。

「唉，這會兒好不容易洗完了。」胖太太舒了一口氣。「聽說南門吳姓米店老闆的次公子訂婚啦。妳們聽說了沒有？據說女方也是有錢人家的千金小姐哩。」

「是眞的？我倒是頭一回聽說。」六個孩子的母親反問道：「眞有這回事？在什麼時候？」

「三天前呀。」

「奇怪，我怎麼會不知道？」

「我幫妳洗好不好？」胖太太洗完最後一件衣服。「我的已經洗好了。」

「哦，謝謝。」孩子多、洗的衣服也多的女人向胖太太道了謝，臉上的笑容却是寂寞的。「妳已經洗完了嗎？好快啊。」

「我的手脚比較快，而且今天衣服也比較少。」胖太太不由分說，由對方還堆積如山的髒衣堆中，抓取一件就自顧自搓洗起來。

「眞不好意思，讓妳來替我洗衣服。」

「難爲妳洗這麼多，洗完背都要駝了。」

「我們家孩子多，還得加上我跟我先生、我婆婆的。」

「如果阿珍姊肯幫忙的話那才好哩，她那個人手脚才眞叫做快。」有六個孩子的憔悴母親略帶嗔怪的口吻。

「可是妳不能指望她呀。她回去晾了衣服，馬上又要到其他各家奔走蒐集未洗的髒衣服，其實她也滿可憐的，我們不能怪她。」胖太太一副大公無私的凛然表情。

這下大家都沉默下來不再說話了。她們口中所稱的阿珍姊，便是那個受雇替人洗衣的寡婦。「說的也是，阿珍姊實在是個不幸的可憐人。」洗一大籃衣服的女人懶洋洋地結束了話題。

晚夏的天空總是異常的晴朗。風吹得竹林子鎭日依——呀作響。竹林的峯頂上，太陽穿透白雲射出耀眼的銀輝。河水在日光下靜靜地流，遠處傳來牟——牟——的牛叫聲。

大約是被農人抽鞭子，那聲音聽像發怒的哀鳴。牛車軋、軋地從橋上駛過。

「大家早。」一個年輕的女人形容疲憊、步履蹣跚地走過來，但是大家並沒有注意到她。年輕女人站定，有好一會兒，靜靜望著大家在河畔滌洗衣物。她滿臉疲倦的病容，臉色蒼白、憔悴，身子搖搖欲倒的樣子。她依照習俗，在河岸邊連踩二、三下，才要下水（在岸邊踩踏是鄉下人的迷信，據說不這樣做，日後便有中風的危險，於是她下意識地便照著這個說法做了。）

聽到聲音，每個人都吃驚地回過頭來。

「鬮鳳，妳怎麼啦？」胖太太滿臉吃驚的神情。「鬮鳳，妳，妳要洗衣嗎？」她慌忙起來阻止鬮鳳。彷彿發生了天大的事情。「這怎麼可以呢？傻孩子。」

「今天我來晚了。孩子一直在哭。」鬮鳳氣如游絲地說，人卻被推回岸上。

「妳不是最近才做月子嗎？怎麼可以說下水就下水呢？不行的呀！」胖太太的語氣充滿了同情與關懷。

「沒辦法啊。」

鬮鳳在岸邊坐了一會兒，隨後便躬屈著身子，把籃裏的髒衣服放在水裏浸泡。

「才做月子就泡冷水，妳不怕泡出毛病來嗎？」胖太太目不轉睛地瞅著鬮鳳看。她是個熱心腸的老好人，動不動就會流眼淚。

「可是有什麼辦法呢？我生產的第二天就起來工作了，照樣也洗衣服。」六個孩子的母親趁機吐苦水，臉上找不出一絲笑容。「不碰水？哼，那對我們來說根本是不可能的。再怎麼樣懷孕、做月子，還不是照常工作，照常碰冷水？」她說得像理所當然似的，頭也不抬，繼續賣力地搓洗著衣服。

「可是這樣不行呀，身體會搞壞的。」胖太太堅決反對。「關鳳，妳別下水，我來替妳洗。」

「謝謝妳。可是這也不成啊，又不是祇一天、二天的事。」關鳳一副認命的樣子。

「我說不行就不行。反正今天我替妳洗定了。」胖太太的語氣斬釘截鐵。一看就知道是個古道熱腸的人。

「可是……。」

「聽我的沒有錯。」胖太太走到關鳳身邊，提起她的洗衣籃，走回自己的位置，又囑咐道：「妳到那坡上歇歇去。」

「眞不好意思。」關鳳十分過意不去，但也祇好勉爲其難拖著沉重的步子走上草坡坐了下來。

「我今天正好空著，所以沒關係的。我一定替妳洗得很乾淨。」胖太太滿臉漾起笑，開始在衣服上塗抹肥皀。

「唉呀，妳就讓她洗嘛，妳看來是這麼虛弱的樣子。」洗大堆衣物的女人眼見原先幫自己忙的胖太太轉移目標去幫別人，似乎有點不高興，所以語氣冷冷的，有揶揄的意味。

「這幾天感覺怎麼樣啊？」胖太太關切地問。

「眞是謝謝妳。」關鳳有點不好意思地舉手撫著額頭，勉強露出一絲笑容：「祇是夜裏有時會睡不好。」

「我說嘛，本來就是這樣。不過，這也是無可奈何的事。」六個孩子的母親擺出個中行家的口吻，話裏不帶任何感情。

「或許吧？」胖太太的聲音小得祇有她自己才聽得見，但緊接著她又問：「眞會是這樣嗎？」由於本身沒有生養孩子的經驗，所以對這方面的事情了解不多。她老早以前就渴想要有個孩子，可是始終未能如願。她自嘲是命運捉弄，她實在非常鍾愛孩子。

「我是很想生個孩子，就是生不出來。而阿秀倒是一連生了六個。沒有孩子實在太寂寞了。」

「雖說如此，可是生養孩子可不是輕鬆的事喔。有財產的話，那還沒什麼問題。要是像我們這樣，要靠一雙手工作養家活口的話，孩子就成了縛手縛脚的大包袱了。家中鎮日是孩子哭鬧、爭吵的聲音，要不然就玩水、搗蛋，簡直煩不勝煩。」被喚作阿秀的是有六個孩子的瘦女人，她始終發牢騷、抱怨不已。

「我常常想，註生娘娘是不是腦子有問題？要不然怎麼不要孩子的家庭生了一大堆孩子，而想要的却一個也盼不到呢？養育孩子既然這般不容易，孩子又不能生在好家庭，却硬闖入貧窮人家，得不到妥善的照料，說起來也挺可憐的。」這個洗很多衣服、名喚秀英的女人已經洗好了，語調自然顯得輕快許多。

「或者我的孩子過繼一個給阿梅姊吧？」阿秀這時候倒是笑嘻嘻地對胖太太說。

「好呀，眞的肯給我？妳不是在騙我吧？」阿梅姊臉上又綻開了笑容，拿起衣杵槖、槖地搥擣著衣物。

「我家那個常常說：這群餓鬼，送給人家算了。」阿秀也費勁地搥洗著衣服。「可是我怕孩子到別人家裏受虐待，也就勉強忍耐到今天。我家人打我，我還是說什麼也不肯。可是，等他們鬧得不像話的時候，我也會想說乾脆把那六個都一起送人算了。有時候眞的是煩極了。而我家那個人也讓我煩極了。」阿秀開始絮絮叨叨地說起性的骯髒、丈夫的齷齪、沒出息以及閨房裏種種不愉快的事情。這是她小小的復仇，她的臉上明顯流露出憎惡的神情。事實上，她的丈夫是個好吃懶做的無賴，每天都要睡到日上三竿，却絕少外出工作，無一技在身，却偏偏是喝酒能手。阿秀爲了這事不祗一次跟丈夫吵，自己天天像牛、馬一樣做苦工，偶爾留在家中沒出去幹活，丈夫就對她拳打脚踢。有時候日子稍微寬裕些，她就儘可能存些私房錢，錢是背著丈夫存的，以備疾病求醫等不時之需。而一旦這些錢被丈夫發現了，鐵定全數都要被送進酒館。她嫌厭、瞧不起自己的丈夫，但是却也不跟他分手，祇是維持著冷淡，不起任何波瀾的關係。

「即使他死了，我也絕不會掉一滴眼淚。」阿秀恨恨地說，同時又洗完了一件衣服。

「妳的遭遇實在太不幸了。」關鳳聽了這番話，一時間義憤填膺，祇見她雙眉緊蹙，渾身微微顫抖。她兩眼失神，面色蒼白痙攣著。

「嗯，我確實是遇人不淑，我不知道自己爲什麼會有如此不幸的遭遇，我想世上大概沒有人比我活得更悲慘，更乏味的了。」她體察出關鳳對她同病相憐的好意，感動得聲音都有些顫抖。「可是，我畢竟無法改變這樣的噩運。」

「不過我們對妳却是非常的佩服，在工作上，可以說沒有人像妳這樣勤快的。」秀英像在安慰她。「離婚」，是她們的道德觀念裏絕無法接納的事。因此，她們寧可向人訴訴苦，却絕口不提離婚。

「的確，阿秀的確了不起。」阿梅也衷心稱讚、安慰她。

「不過，阿秀妳說那些話也未免太不堪了吧！」秀英微紅著臉笑著說。她是個自尊心很強的保守女人。「現在大約有十點半左右了吧？」

「已經接近中午囉。又得趕快回家煮飯了。」阿秀無奈地歎了口氣。

「妳快洗完了吧？秀英。」胖阿梅問。她連關鳳的部分都洗完了。

「還剩一件。」秀英回答。「上次不是聽妳說要到××村領養個孩子嗎？事情怎麼樣了？」

「阿環（她的丈夫）嫌那孩子一副髒相，不願意領養，所以事情也就擱下來了。我是很想要一個孩子，妳能幫我留意嗎？」

「不過，現在的人除非特別窮，很少會把孩子送人的。總覺得這樣孩子太可憐了。阿梅姊妳人是很好沒有錯，可是就有人不把別人的孩子當人看待，甚至拳脚相向，飽施凌虐。」秀英洗完了衣服，把脚泡進水裏搓洗。她雙脚像春筍般肥敦敦的。周遭水面盪起粼粼水波。

「話是這麼說，可是我絕不會這樣虐待人家的孩子。」阿梅一面絞乾衣服，一面笑著對坐在草坡上休息的關鳳說。「關鳳，衣服統統洗好了。嬰兒說不定在哭了呢。還是早點回去吧。」精力充沛的胖太太把籃子交給關鳳，却問阿秀：「阿秀，妳快洗好了嗎？」

「祇剩一件了。」阿秀的語氣透著些許焦躁。

「哦。」阿梅開始洗脚。「前天，就是下雨那天，我先生跟狗在玩，結果摔了一跤。」

「辛苦了，眞謝謝妳，阿梅姊。」關鳳把籃子荷在肩上，一面看著阿梅在洗脚。

「還不回去嗎？還是快點回去吧。免得受風寒，怕孩子也哭了。」阿梅的圓臉紅撲撲地，整個人神采飛揚，非常好看。

「妳先生有沒有受傷啊？」秀英笑著追問。

「手臂稍微有點挫傷罷了。他自己也覺得有點好笑。倒像是摔著挺好玩似的。」阿梅像在述說一件天大的趣事似地，講得眉飛色舞。

「對不起，那我就先走囉，阿梅姊，謝謝妳。」

「好啊，妳快先回去吧。」胖太太目送關鳳離去，繼續談她先生的糗事。「那天他要縛狗，沒想到狗反向他撲了過來，他大吃一驚，不慎脚下一滑就摔個大跤。這一跤當然摔疼啦，可是他偏要充英雄好漢，說不疼。」

「阿環哥就是這麼風趣。還像小孩一樣童心未泯。」秀英笑了起來。

「媽媽、媽——媽。」遠處傳來孩子的呼喚聲。有五、六個孩子邊喊邊跑過來。

「媽，爸爸叫妳快點回去。」孩子們像在比賽誰跑得快似的，一個個跑得氣喘呼呼，面色通紅。

「哦，知道了。我馬上回去。」阿秀不耐煩地回答。她的衣服才剛洗好。「你們先回去，我馬上來。」

「不要，我們不要回去。」有兩個孩子已經開始在岸邊採摘起花草來。「你們誰不聽話，看我回去揍人。」阿秀邊罵邊由水中起來。

「妳瞧，稍微慢點回去，他就使小孩來叫啦。」阿秀向阿梅嘀咕。衣籃子還滴溜著水。他們環顧周遭，看看有沒有遺忘的東西。三個女人這才一起上了岸。

「走啦，回去囉。」阿秀叫住孩子。

「不要，我還要在這裏玩。」孩子耍賴起來。

「還不快給我回家。」阿秀一把揪住孩子，怒喝道。白花花的太陽在頭頂上翻騰著。

阿秀一邊喝罵，一邊拖著孩子走。孩子的哭聲被甩在後頭。風吹過竹林，伊呀、窸窣之聲不絕於耳。

山茶花

魏廷朝 譯

龍雄在冷冷的黃昏的陸橋影中，豎起領子等候著。將手錶伸出寒冷的空氣裏，立刻緊皺眉頭，把手錶使勁一揮，又咯吱咯吱地踱起步子來。大衣的下襬被風捲起，纏住了脚，眞惱人。龍雄把點燃的香煙丟進水溝背後的黑暗裏，再掏出一根，可是火柴的火焰老是在一瞬間就被風吹滅，很不容易點燃，於是焦躁起來，覺得自己爲了女人而這樣辛苦，這樣有耐心地等候，簡直不可思議。

龍雄躲開風勢，把身體貼近牆壁，勉強把香煙點燃，可是覺得自己來早了實在太愚蠢，而感到惱火。不但對比約定時間提早二十分鐘趕來等候的自己惱火，尤其對已經超過約定時間二十分鐘還不來的月霞惱火。龍雄感到難熬的神經質性的興奮與憤怒，不過仍然猛吐一口煙，又咯吱咯吱踱起來。龍雄想回去。過後再寫信罵月霞吧。一面這樣想，一面咯吱咯吱地踱了好久，一會兒站在陸橋影中審視路旁店舖橱窗裝飾的巧拙，一會兒眺望忙碌地來來往往的行人們的鞋尖在空中挪動，却始終不能不望眼欲穿地往車站那邊看過去。卽使那個傢伙出來了，也要裝著沒看見，側開臉不理她，一面這樣想，一面又希望月霞在自己全神貫注在其他事情的時候走出來，跟自己錯過。不過，他還是焦躁地注意站內的動靜。

龍雄拿不定主意，時而想回去算了，時而又想，不然就不要回去，只要自己永遠不巴望著站內，讓兩人錯過，就不會吃苦頭，豈不更好。可是，龍雄已經從櫥窗和行人鞋尖的跳動移開眼光，把領子拉得更緊，而且穿越電車道，走到站內的剪票口了。一瞬間，他感覺到有一股強烈的怨恨與憤怒流過脊梁。如果這樣還不行，他想大不了回去就是了。

龍雄儘管氣憤，但來到剪票口，却又感受到盲目指望似的滿足與內心的跳躍。然而在細嚼等候者的焦躁心情的時候，他覺得想跟月霞見面的慾望，在逐漸推移，變淡。一面認爲這可不行，又一面意識到慾望在被推開，沖走。龍雄將怨恨揷入矛盾的感情的空虛中，再度爲了找藉口而看錶，結果已超過約定時間四十分鐘了。他垂頭喪氣地慢慢挪動身體，可是再看看站內，又感受到混雜著掃興的怨憤在內的黏糊糊的感情，從心底深處湧出來。於是挪動身體，走回頭。龍雄開始抱定想回去的強烈意志，走起路來。

龍雄扔掉香煙，兩手揷進口袋，用前傾的姿勢開始走。路燈是沉寂的，黃昏在不知不覺中消逝，四周已經黑暗起來了。獨自感到電車的聲音宛如刺入肺腑一般，他由於不快、不滿、憂鬱，一面呼出歎息的白煙，一面又心不在焉地回顧。他覺得自暴自棄、亂七八糟、依依不捨的感情，在體內蠢動，因此佇立著。這時候，他發現有一個女人裏在大衣裏，手插口袋，露出好冷的樣子，向這邊走過來。他以為是月霞，可是又覺得似乎不是月霞。不知道怎麼搞的，總以為舉止好像不同的直覺承認出差異，可是龍雄在感覺上也以為是月霞。

如果是月霞的話，打算一直等對方認出這邊再說。想想卽使錯過，現在對自己也不再是痛苦。龍雄抱著不安、期待與不快的惡意，把身體自然地略向前傾，臉部俯向地面，忍住身體膨脹的感覺，一動不動。

龍雄聽見輕輕的脚步聲。它不是男人又大又重的聲音，而是女人嬌小的鞋子輕巧的聲音。龍雄渾身發抖。一瞬間，他抬起頭。

「咦，是你呀。」對方的女子似乎也吃驚地停下脚步。然後一面笑，一面親熱地靠近過來。

「幹嘛，在等人是不是？」

「不，原先是在等朋友。可是已經太晚了，正想回去呢………久違啦，秀英小姐。」

龍雄一時傻傻地凝視秀英。秀英沉默下來，等候龍雄邁步行走而開始不知所措了。

「好久不見啊，龍雄哥。」聲音裏充滿著感慨。

「的確，好久不見哪。」

「龍雄哥，你好像顯得有點憂鬱哩。」秀英邊笑邊用手搗著嘴巴，把臉轉向地面。龍雄一面打量秀英頸背蓬鬆的毛髮，一面沒來由地同秀英一起低笑道：

「被朋友拖住了，眞討厭。天氣寒冷，還一直等到現在哩。」龍雄和秀英並肩同行，可是發覺自己在抱怨，於是連忙問秀英現在正要到那兒去。

「我，要到我們街上的林鳳姐姐家去。」秀英似乎帶著幾分羞赧。

「哦。」

「你認識林姐吧？」

「好像認識，其實不認識。秀英小姐有什麼事，今天晚上有約會嗎？」

「不，只是一時心血來潮，隨便出來走一趟罷了。」秀英不明白龍雄爲什麼要這樣追問，用懷疑的神情向上瞟龍雄一眼。

「不過，想不到會在這裏跟你見面啊。」

「陪你走到春日町好了，反正我也要回到春日町那個方位。」龍雄親暱地偷看秀英的側臉一眼。以陰暗、朦朧的夜晚氣氛爲背景，秀英白淨漂亮的側臉宛如神奇的影像似地浮現著。眞美啊，他讚歎道。然後，他以越來越平靜的活潑而低沉的男低音說：

「到東京以來，一次也沒相見吧。」

「有三個月了。」秀英大概也平靜下來，於是慢條斯理地說。

兩人默默無語。龍雄在無意中遇見公學校時代被他欺負的秀英而感到高興。眞是不可思議的巧遇呀。自己等候的原是月霞，不料隔了多年的闊別，竟又能跟秀英相見，他被一種奇妙的感覺打動，想起小時候印象仍深的種種往事。

眼前的側臉，看起來似乎比她小時候還更端正，自己直到現在還不曾注意過的她清新的美，緊纏住他的腦門。小時候，拉秀英的頭髮，把她弄哭，跟她惡作劇，用水潑她等等的回憶，與微笑一起，感慨無量地從遠處移到眼前來。

「龍雄哥你一點都沒變嘛，不過也好像瘦了些。」秀英笑著打開話匣子。

「謝謝，一點都沒變。經常一個人無聊地打發日子呢。不過，秀英你也沒變多少啊。」

龍雄好像由衷地感到高興而一笑，却忽然想起月霞而憂鬱地沉默下來。

「對了。」秀英害羞地笑起來，「龍雄哥假期從來不回家吧。」好像突然想起來似地說。

「哦。」龍雄用類似岔開這句話的方式回答：「有時候也會想回家，但並不那麼想。」

「是嗎？」

「秀英小姐說要到林小姐家，那不是約好時間的吧。」龍雄突然感受到希望能夠留下秀英聊聊。

「不是。」秀英驚訝龍雄爲什麼要這麼反問，而且弄不明白，因此仰視了龍雄。

「那麻煩你，賞賞臉好不好？這樣，我會感激你，而且站在我的立場，也眞高興不過。」龍雄對自己突發的高明主意感到欣慰而爽朗地說。

「可是，我，要到林姐家去呀。」秀英稍稍覺得爲難，而遲疑不決。然後，以重新展望舊日往事的心情注視龍雄。

「那不是約會吧。對了，林小姐住在什麼地方呀？」

「春日町的文化住宅附近呀。」

「那就好了，不是嗎？老實說，我還沒有吃晚飯，所以想請你賞賞臉好不好？不然，一個人吃飯，實在寂寞，尤其是今天晚上更加寂寞。」

從水道橋的國營電車站到春日町，沿著電車道走下柏油路，龍雄心情稍稍沉悶起來，但並沒有要趕緊跟秀英分手的意思。意識到青梅竹馬的鄰居女孩，又曾經是自己心中偶像的秀英拘謹地在自己身旁走，他不禁想到白紙一張的美好的幾年前，湧起甜蜜的感傷，是愉快的。龍雄想趁機詳細打聽自己家裏和秀英的情況，認爲在東京，自己應當照顧秀英，對她殷勤關懷，却又覺得這些都是跟自己毫無關係的無聊事。這麼一來，他發覺自己離開秀英很遠。可是，他對秀英抱著依戀。他對自己感到不盡滿意的寂寞，却不想讓秀英走。

「春日町就在附近，不要緊的，請賞賞臉吧。我會送你去，一定會陪你。」龍雄覺得似乎就要錯過機會，於是熱情洋溢急切地說。

「可是，我已經用過晚飯了呀。龍雄哥拖得好晚。」秀英困惑地說，而且含羞地笑笑。

「我本來約好跟朋友一道吃飯的。我總覺得一個人吃飯有點孤單，不大樂意，所以邀他。現在我肚子好像餓了。」龍雄忍不住焦躁地說道。

「嚇！不過，總覺得不太好。」秀英不知道爲什麼，略微迷糊而笑起來，但立刻板著面孔毅然決然地說：「不行呀。我，要到林姐家去，已經很晚了。太晚了，我就會害怕的。」

「請不要這樣說。」龍雄不禁難過起來，默然不開心地加快脚步。「那我就跟你一起走到春日町的車站吧。」

秀英窘得說不出話了。走了一會兒，秀英以爲龍雄似乎不高興，於是提心吊膽地說：「可是，你肚子不餓嗎？好了，好了，請現在就去吃呀。時候還早，我一個人走，也不會害怕的，請把你的地址告訴我吧。」秀英客氣地說道：「我明天下午去拜訪你……。」

「不要緊的，我肚子不餓。這麼巧在久別後見面，實在高興。」龍雄一面思量秀英現在對自己如何看法，如何想法，一面慢條斯理地說。

「可是……」秀英困惑地減緩步伐，不去訪問林姐算了吧。龍雄的脚步因而超前秀英三、四步，龍雄不在乎地繼續向前走。他心裏煩悶起來，由於眼看就要爆發似的寂寞，認定自己是不幸的男人的想法，對自己不著邊際的憤怒，還有對月霞的新的憤慨，簡直像逮到機會似地從心頭一齊迸發，事實上儘管不是在生秀英的氣，在秀英看來却好像在生她的氣一樣。

「龍雄哥。」秀英被客氣、喜悅、對龍雄的新印象弄得心軟，而叫住龍雄。何況對秀英來說，因這件事而惹火對方，心裏不但不願意，而且還眞擔心。

「龍雄哥，那我奉陪好了。」

「是嗎。」龍雄驚訝得用毫無感覺的話回答，然後沉默下來，不過如今憶起秀英所遷就的自己的任性，幾乎連自己都覺得好笑，一會兒心裏便漸漸掙脫束縛而獲得解放了。

「謝謝。」龍雄突然愉快地笑起來，喃喃細語道：「該在那一家吃好呢？」

「這一帶沒有好館子，原諒我直問，龍雄哥是不是在外面吃飯？」

「到本鄉三段去怎麼樣？如果是明治製菓的話，大概不算對秀英小姐簡慢吧。」

「好吧，可是好遠呢。」

「那兒比較高雅、舒服一點。」

「我知道，可是好遠呢。再說，你不是現在就已經餓了嗎？」

「不過，阿秀吃過才出來，所以我要等到阿秀肚子餓了再說。」龍雄替自己打起精神笑道。

「嚇，打腫臉充胖子還是免了吧。我要你請喝熱咖啡或牛奶什麼的。」秀英衷心感到愉快，龍雄哥啊，跟從前一點都沒兩樣，秀英想起自己被潑水的情景而笑了。

「那可不行，那我不吃。」龍雄嬉皮笑臉地耍淘氣說。他想把月霞驅逐到腦海外，這個時候她或許已來到車站也不一定。

「討厭，你這個人眞是。」發覺自己用過分親暱的口氣說道：「龍雄哥，下次有時間就改在下次好了，我還是到林姐那兒去吧。」

「阿秀眞不體貼，不成，不成。」龍雄驚訝應當煩悶的自己，竟在不知不覺中，心情開朗得出奇，的確妙極了，自己剛才還焦躁煩悶呀。龍雄想到這裏，就覺得似乎有一塊石頭懸掛在心中，但又抱著不用管，去他的，怎麼變也不要緊那種不顧一切的心情，打算振作精神，忘掉月霞，跟久別重逢的這位可愛的秀英快快樂樂玩一陣。想不開，可不是什麼好事。我或許鬧得太過分了一點，但總是由於月霞那傢伙讓我久等啊。那傢伙究竟爲什麼遲到這麼久呢？思量說不定有什麼理由，大概月霞那傢伙又因爲參加什麼會，叫我久等；於是自己以前等她三次——時間雖然不長——的回憶又開始折磨龍雄。然而，今天不是特別堅決的約定嗎？不是連一起吃晚飯然後到寶塚劇場的計劃都訂好的嗎？破壞自己得意地訂好的計劃可以容忍，可是自己曾焦躁、痛苦地乾等啊。這一來，他開始專門想到對月霞不利的事情。那怕是種種鷄毛蒜皮事，也非翻舊賬不可。

不要想這些了，龍雄搖頭不說話，秀英也受窘而問：

「怎麼樣嘛？」

「請阿秀今天晚上不要到林小姐家去好嗎？」龍雄又提出離奇的話題，接著他笑嘻嘻地再一次鄭重小心而認眞地重複道：

「可以不去林小姐家吧？好久沒見面，所以今天晚上就乾脆到我家來玩好了。」

「那倒很樂意，可是總覺得有點離奇而不對勁呢。」秀英想了一下，輕輕地笑著說。

「不是不要緊嗎？如果不好，就一起到寶塚吧，我來作東。」

「嚇，嚇。」秀英越發驚訝了：「反正陪你吃飯就是了，那就吃飯去吧。」

龍雄不在乎地把秀英帶到春日町的日本料理店，點了蓋碗甜不辣飯、牛肉火鍋，還有酒。

「龍雄哥也喝酒嗎？」龍雄點了酒，女侍離開了之後，秀英立刻驚訝地問。

「哦，喝呀。」龍雄不慌不忙地點燃香煙，一連抽個不停，到酒菜送來爲止，盡量低下頭躲開秀英，用一字一句細嚼自己聲音的口氣說：

「我眞高興，我們的確好久沒見面了。」

秀英心驚肉跳，平靜不下來。無端地擔心龍雄從前些時候以來的種種言詞和舉止，越想越覺得龍雄一定是被某件事沖昏了頭。或許是因爲見到自己而太高興也不一定。龍雄在八年前跑到東京來，兩人於是自然而然就各自分開了，不過想當年兩人經常吵來吵去，鬧鬧彆扭，相當親熱哩，兩人都乳臭未乾，相處得像兄妹一般，可是由於歲月，由於東京與臺灣的距離，兩人不期然地疏遠起來了。五年前（從那次以後龍雄一次也沒有還鄉），龍雄在暑假中還鄉省親的時候，兩人因爲年輕害羞而顯得冷漠，假期雖長，却礙於家庭舊俗上的拘束等等，往往不能見面，就離別了，秀英回想這些，沉入感傷的心境。

龍雄是不是極力要靠男人的矜持抑制自己的慌亂，結果反而那樣慌亂呢？被朋友拖住，固然是煩悶的事，可是雙方都是男人啊，就算氣得一肚子火，也未必會表現出這種慌張的態度呀。秀英並不認爲龍雄有了女朋友，秀英回想種種往事，推想龍雄大概是心裏高興。這一來，秀英也高興起來了。

「遇見龍雄哥，我也覺得好親近！」秀英不安地挪動坐得很受拘束的脚說。然後，秀英就好奇似地環視房間。把達摩祖師的掛畫、壁龕間、桌子、窗戶、揷花的水仙瀏覽一遍的時候，聽到：「看起來新奇是不是？阿秀。」秀英正以爲龍雄不在注視自己，却聽到他說看起來新奇，便吃了一驚，紅著臉不好意思地笑了。

「我感到很新奇，是第一次呀。」秀英還沒有平靜下來，還在挪動身體。

「新奇吧，日本的房間的確奇妙的很。哦，對了，阿秀，脚或許有點痛吧，所以不用拘禮，把脚伸開好了。」龍雄這才發覺，於是建議對方放鬆一下。

「可是，我總覺得不對勁啊。」於是，秀英既不能乾脆任意把脚舒展，只好稍微把脚不大自由地伸開。這時候女侍說一聲久等了，端來鍋子，點燃煤氣，擺好酒後，一面說：「蓋碗甜不辣飯馬上送來，請稍等一會兒。」一面走下去。

秀英突然擔心能夠毫不客氣地跟龍雄隨意交談，口沒遮攔地顯得親近的自己，到底給龍雄什麼樣的印象。秀英的態度稍稍變得拘謹些，但由於生性隨便，又漸漸思量可以解除隔閡，對龍雄無所不談，於是衷心讚歎壁龕間的水仙花。

「眞是漂亮的水仙花呀。」

「啊，」鍋裏開始沸騰，龍雄喝起酒來。「阿秀也喝點酒好不好？哪，請用筷子，我們一塊兒吃啊。」龍雄喝乾一杯，不由得歎一口氣說：

「眞抱歉，阿秀，我不知道該怎麼說才好，死皮賴臉把你帶到這種地方來，實在不好意思。我簡直就像失去理性的空殼子一樣，因爲連自己都弄不明白的感情在一直用力拉我來啊。我總覺得超越分寸，對阿秀不禮貌……。我想到自己老是只會做孩子氣的事，連自己也覺得遺憾、慚愧，不知道該怎麼說好，反正對阿秀眞抱歉。」龍雄以平靜的，細心的口氣一本正經地說。

「不用提這些了，我並沒有怪你啊，我自己也高興得發慌了呢。」秀英笑了起來。

「發慌？對呀，我也發慌了呀，哈哈哈哈，哈哈哈。」龍雄大笑，秀英弄不淸楚龍雄針對什麼笑得這樣厲害，所以答不出話來。

女侍喊一聲久等了，把蓋碗甜不辣飯端來。龍雄頓時特別板起面孔正經起來，女侍問要不要添酒，他不耐煩地喊再來一瓶，灌一大口酒。

「阿秀，請夾鍋裏的菜呀。」

秀英默默地吃了一會兒，然後邊笑邊說：

「我們在東京車站不期然碰面的時候，你好像是來東京站接一位朋友的，那時候你也顯得手足無措啊。」

「因爲來得太突然嘛，好驚訝哩。沒想到阿秀居然會張開翅膀飛到東京來，的確。」

「我也實在沒想到會碰頭，所以吃驚了。吃驚得不大敢交談，幾乎忘了打聽地址呢。我好高興，可是你看起來好像很爲難。那你要是見到朋友的話，馬上就回去了吧。」

其實，龍雄被由於特殊的機緣而同樣不還鄉的月霞所吸引，不過是今年夏天的事。

有一次，到沒有還鄉的已婚朋友家玩，跟同樣探訪朋友的太太的月霞談論社會問題，因而結識，正要對月霞漸漸抱定熱情時，就跟秀英在東京車站碰頭。快要遺忘的公學校時代的往事，替兩人搭橋，但由於漂亮而變成大人的秀英離奇地跳入印象中，龍雄眞有點不知所措。

「我眞不知所措呢。」龍雄仔細地端詳秀英。「想起來眞愉快。」說著，笑起來，却想到剛才正要打聽秀英爲什麼跑到東京來。不過，現在不該打聽。因爲他盤算時間久了，也許自然便會知道。於是又把酒喝乾。

「阿秀，到寶塚去如何？」以略帶醉意的聲音邀請她。

「不行呀，眞使我爲難，已經很晚了，我非回去不可。」

「還早哩。」

「會惹人笑我臉皮太厚呢。」

「不要緊的，太晚了，我會送你呀。」

「不過……。」秀英還在遲疑。

龍雄付了賬，叫一部計程車，再一次堅決地催秀英走。

「不過，不是很晚了嗎？」秀英遲疑著。

「沒關係的。」龍雄一面把身體深深陷入靠墊，免得讓自己打嗝時呼出的熱氣碰上秀英，一面自說自聽似地說一聲慢點，然後對司機呼喝要到日比谷的寶塚。

龍雄在第二天讀了月霞的來信，却提不起寫回信的心情。無論月霞的辯解如何，總是在自己心中留下難以解釋清楚的汚點，擦也擦不掉；那怕只是可以原諒的瑣碎事，却正由於他愛得越深，心中的結也越發強烈地僵化掉，這是無可奈何的事。

提前二十分鐘與延遲四十分鐘，是激烈的、焦躁的折磨。龍雄認爲自己沒有過錯，存心懲罰月霞，這是一個危機。

月霞儘管在前一天就安排好約會，却又再加上一個約會，結果耽誤掉了。再加上一個約會這件事，只有把龍雄的心情挑動得越發惡劣，把道歉也看成裝糊塗；幾乎對月霞的愛，抱著懷疑。

其實，月霞絕不是忘記了與龍雄的約會，而是有了推脫不掉的事，又不巧偏偏來得與約會時間約略重複。那就是：月霞在做研究工作的學校的社會學會會長，因事暫時離京，應該連餞別帶送行，到東京車站去，可是她算錯了時間。月霞以爲送行之後還能趕上與龍雄約會的時間，這便成了很糟的理由。此外，龍雄深知月霞抱有新女性的自負，把自己的研究工作看得非常重要。這一點在不湊巧的時候被無意中想起，只會使龍雄以大男人自居的心情更加陰鬱，更加強硬。實際上，對月霞在研究社會學這件事，龍雄覺得很新奇，估價得很高；但只有在這時候，由於感情極端激昂，反倒引起「哼！沒什麼了不起」的駁斥，使他拒絕寫回信。

還有一點，儘管兩人感情好，月霞却完全沒有預先向龍雄講明有餞別會這件事，對任性的他來說，這件事偏又發生在不對勁的時機，也會特別嚴重地刺激他。因誤計而生的衝突，終於醞釀危機，月霞固然不能說沒有過錯，可也不能說秀英在偶然的聚會中留給龍雄的印象與引發舊日回憶的親近感加在一起的力量，沒有對龍雄發生類似匆匆枯萎的花朶又重新開放的作用。

第二天，龍雄從早到晚，心情都很煩悶，胡亂在東京市內漫無目標地走來走去，累了回來，晚上打算什麼也不想，靜靜地躺在牀上，然而却不能不想想月霞，或想想秀英。也打過老老實實去見月霞的主意，但現在的他並不起勁。因爲怒火還在持續著，心情又會懊惱起來。他想去找秀英看看。自己的變心竟會這樣迅速顯現，實在是不可思議的事。他一面對這件事左思右想，一面像被惡夢糾纏似地入睡了。

盡做惡夢，自己在遠處的某座山丘上垂頭喪氣地坐著，把手貼在頰上，露出極憂鬱的神情的影像，被放大在眼前。山丘下面有兩個女子在跑，兩個分裂成四個，再變成八個，一會兒又跑得一個也不見。而自己居然沒有發覺有女子，又沒有感官，越看越像死掉了一樣。這一下，龍雄就顫抖著身體醒過來了。早晨的陽光穿過玻璃，讓白色的牀單反射得簡直叫人睜不開眼睛。

龍雄不由得不寒而慄地思量這場莫名其妙的夢。眞覺得自己是天涯淪落人，不免自憐起來。起牀後，龍雄極力想讓自己開朗，不願讓老相識看到零亂的樣子，於是自己動手整理房間，把水仙插進花瓶，買新鮮的柿子、蘋果、和橘子擺著，針對著糾纏的惡夢，熱心工作以擺脫它。不久秀英大概就會來。

「眞是稀客。」當龍雄低聲喃喃自語，忽然想念月霞，皺起眉頭，傻傻地倚窗眺望的時候，正好秀英按照提示，轉過衖堂而來。秀英似乎一眼就發現龍雄，龍雄從窗口跨出去笑著等候，秀英歡歡喜喜地點頭的當兒，龍雄也輕輕打個招呼，立刻跑下樓，到大門口去。

「呀，請進。」龍雄感到一陣心跳，又帶幾分拘謹地笑道：「歡迎，歡迎。」

「打擾了。」稍稍紅著臉，露出羞態，不過秀英馬上也向居停的老奶奶說聲打擾了，然後跟隨咚咚踏著地板上樓的龍雄，走進房間來。

「我還以爲阿秀不來了呢。」他一進入房間，就像要打破沉默似地笑道。

「嚇。」秀英也笑了。

「不過，好在沒走錯路呢。」

「這一帶，我有點熟。因爲離林姐家很近，我又在林姐家打擾一個月。」秀英跟在日本料理店時一樣，拘束地坐著，在自己的裝扮上刻意留神。

「請坐這張椅子好了，椅子只有一張……因爲妳大概還不習慣。」龍雄有點結結巴巴起來，因此趕緊跳出房間，咚咚跑下樓去。秀英以微笑目送龍雄，由於只剩下一個人，便把龍雄的房間東看西看，過一會兒，又站在窗邊向外眺望。

龍雄親自端茶上來的時候，秀英邊回頭一邊說：

「山茶花正在開哪。雪白、重瓣的山茶花笑得幾乎連嘴巴都要裂開來。好漂亮！」

「眞漂亮。」龍雄把茶放在桌上，也跟秀英肩並肩地眺望窗下圍牆附近盛開的山茶花。龍雄不怎麼留意花，所以顯得到現在才被感動般地眺望山茶花。龍雄敏銳地發現當秀英再回到座位的時候，斜眼看他一下，但裝著若無其事地笑道：

「請喝茶吧。」

「不用了，阿龍哥，我喉嚨一點也不乾啊。」可是秀英還是喝起端給她的茶來。

「我眞高興。」龍雄爽朗地笑了。秀英害羞似地笑著不作聲。然後，把眼睛轉向窗外說：「天氣眞好啊，你的房間好暖和，我怕冷。」她裝淘氣地笑道：「我，眞沒想到。」

「東京很冷吧？」龍雄笑道：「阿秀你是不是常常像那一天一樣，單獨到外面走？」他一面剝橘子皮，一面想打聽一切有關秀英的事。很想問她爲什麼要來東京，想得心裏頭發疼。

「對，常常走。不過總是一個人出去，不會逛到很晚才回來。太晚了，一個人走，會感到害怕的。」

「來個橘子。」秀英雖然從龍雄手裏接過橘子，但並不想立刻就吃，却談起跟自己同一條路的林姐快要生孩子。林姐是龍雄家鄰近米店老闆的女兒，女學校畢業後，隨夫同來東京，但龍雄沒去拜訪過林姐的家。因爲連林姐住在自己居停的附近也不曉得，何況又不認識林姐的丈夫。林姐也是龍雄小時候的朋友，但到林鳳進入女學校以後就不再來往，只知道她在三年前結婚。

「我是第一次到東京來的。寄居過林姐家，可是總覺得太拘束，所以決定一個人住了。」

「阿秀你到底來東京做什麼？」龍雄放膽子問道。

「沒什麼。」秀英結結巴巴，不敢正面回答，她紅著臉改變話題說：

「我最近在學吉他。因爲無聊，才玩玩吉他的。」

「只要是阿秀的事情，我都想打聽呀。我也許沒有權利問阿秀爲什麼要來東京……。」龍雄推想秀英一定會窮於回答，因此補上一句話以便留點餘地。他喝一口茶，剝蘋果皮。

「我，是來遊玩的。剛到東京的時候，可眞狼狽哩。弄不清楚該怎麼走。」秀英像故意搪塞似地連答帶笑。接著，秀英沉默下來，顯得似乎有什麼心事。

秀英害羞似的，客套多了，拘謹起來了。龍雄感覺到秀英的笑容變得嚴肅起來，眼睛老往下面看，說話也要費腦筋裝出客套了。龍雄實在抑制不住自己的眼光，越來越強有力的向秀英貫注過去。這一來，他希望去想念月霞，去聽月霞的聲音，希望看見月霞的姿容。那簡直就是勒緊龍雄的東西。然後，龍雄愕然向秀英的眉毛斜瞟一眼，從窗口眺望遠處燦然閃耀的屋頂。再看看由正對面照進來的陽光逐漸傾斜而成的橫穿房間的光紋。

清爽的風在吹。隨著枯葉輕輕飄落後，豆腐販的角笛從遠處徐徐傳過來，龍雄突然啃住蘋果。他感覺到自己的心，往特定的方向傾斜，被吸引，緩緩地流過去，但又被月霞的臉絆住。龍雄知道兩人的沉默，變得越來越凝重。

「阿秀你常到銀座去嗎？」龍雄料定非打開話題不可，因此明明曉得是無聊小事，也要以放下重擔的口氣說。

秀英不知道在想什麼，吃驚地把眼角向龍雄斜瞟一下，「不怎麼，去那兒。」把一句話隔成兩段，不好意思地笑了。

「龍雄哥老是忙碌嗎？像今天一樣不上學校嗎？」由於沉默已破，心裏一輕鬆，就開起玩笑了。

「一點也不忙啊，不上學校，是因爲今天有特殊情況呀，並不是常常逃課。」龍雄也忽然開朗地笑道：「哦，想起來眞奇怪，阿秀原來是梳辮子的啊。」

「而阿龍哥不是神氣十足地把頭髮弄得蓬蓬亂亂嗎？」

「眞的。」

「龍雄哥拉我頭髮的時候，我實在很恨死了。」秀英爽快地笑了，兩人好像挽救了沉默似地笑起來，然後繼續交談下去。龍雄預感到情愫一定會糾纏在兩人之間，總有一天非讓兩人彼此深深地陷進去不可，他細細地對秀英前額的髮絲凝眸。龍雄小心翼翼地觀察自己內心的動搖，一面想那毛茸茸的頸背和在黑暗中顯得窈窕動人的秀英白淨的側臉，一面試把現在就在眼前坐著規規矩矩吃柿子的秀英跟它比一比。

秀英幼小時那天眞的，看起來傻傻的笑容，像幻影一般重疊過來，使他倍感親切。龍雄發覺自己在重新打量秀英，不禁想起自己的愛情。自己愛不愛她呢？想到自己現在的態度是什麼態度，忍不住渾身發抖。舊的秀英與新的秀英……他於是歎了一口氣。

眼看月霞以熱烈的感情，懇求寧願接受一切責罵，只要見面；眼看月霞一反常態，漸漸保持不住她從容計算的姿勢；龍雄固然覺得可憐，而動搖，可是他的結似乎還是解不掉。龍雄也感覺到自己把這個結當護身符來抵擋對方。不過，他因此就無緣無故不讀月霞的來信，或以不用腦筋的調調兒讀信了。

月霞不知道是由於自尊心，還是由於反省，有一個星期不曾來信，却在某星期天下午探訪龍雄的居停。

龍雄起初感到動搖，可是又生出強烈的拒斥心。龍雄沒寫信給月霞，也覺得似乎有點痛苦，頗有歉意，可是因爲跟秀英約好，要趕去看帝國飯店演舞廳的日場表演，只好假裝不在家。一面想到月霞敗興而歸，一面檢討自己爲什麼變得這樣狠毒，不免覺得心情錯亂，甚至於陷入極端不愉快的深淵。

可是秀英一來，他就有時說說笑話，有時默默不語，然後又像受到拒斥，又像變得心情開朗似地出門了。

龍雄原來清清楚楚地感覺出來：月霞向自己緊緊抓過來的力量越強，自己越會離月霞而去。月霞是一個有理性而自尊心強烈的女子，可是那稍稍散亂的姿態如何？龍雄發覺自己曾幾何時，居然對月霞擺出旁觀者的態度，而驚訝起來。龍雄在與秀英從日場回來的路上，一面思量這件事，一面帶秀英到銀座的一家館子。秀英把自己對戲劇的見解，以三言兩語幼稚的表達方式批判，龍雄欣然邊聽邊笑。

「阿秀居然也會批評戲劇呀。」

「哎呀，討厭。阿龍哥還拿我當小孩看待呢。」秀英好像很幸福似地笑著，以偷看的神情回顧龍雄的眼睛。

「的確這樣想啊，阿秀高明起來了。」

「咦，你自己還不是批評戲劇嗎？在寶塚的時候，跟我的看法完全不同哪。」

「不，不。我是說，對阿秀驚服。」龍雄凝視秀英，露出好像在看一種新東西的神情而微笑。

「啊——呀，龍哥老是……。」

「說什麼。」龍雄誇張地顯出驚訝模樣。

「老是，老是擺出男人的威嚴而光說任性的話，我覺得是這樣。」秀英在遲疑地笑著。

「嚇！來了。」龍雄覺得很樂，另要愉快地一笑，就看得出秀英深深鑽進自己的懷中。

走一段日比谷寒冷的黃昏的路，再回來，龍雄就寫信給月霞，是兩三行的短箋。只寫明天想去拜訪，請在居停等候，隨便投入郵筒，可是龍雄思量見到月霞該怎麼辦，要怎麼應付，那天晚上一刻也沒睡，準備好該說的話。

龍雄眼看自己與月霞四個月來的交情，只由於一個結就快要毀去，連自己也害怕起來。龍雄想到幾年來跟秀英的隔離，因偶然的聚會而接近，而再度開花，發展下去，弄得自己也迷糊起來，但認定自己已經與月霞分離。到了第二天早上，又不願意到月霞的居停探望，連自己也覺得可恥，於是往相反方向的上野公園散步去了。龍雄從上野發快信，安慰心軟的自己，一路思量著月霞與秀英，走到淺草，就匆匆闖入從來沒有進去過的電影院。

過了一個星期，月霞的信又來了。月霞以不死心的筆調，表現出或多或少的鎮定，處處抑制且掩飾激情。看來月霞似乎憑藉自尊心和自制，來恢復原來的鎮定。

關於那件事，我再也不想多加辯解了，我打從內心知道自己的過錯。可是，你後來對我的態度和感情，我簡直無法了解。只有一個錯誤、過失，竟會造成這樣的結果，我不曉得該怎麼理解才好。那兒容不下寬恕嗎？

我不認爲你的感情忽然冷掉了。只要想到我們以往的經過——

我覺得你後來似乎在逃避我。我想起自己的過失，就不勝悲傷，我寫過信，我找過你，然而你既不回信，又不見我，我作了種種的推測和思索，但還是一無所知。如果我的過失造成了這種情況，那我該是何等不幸的女子啊！我準備不作辯解，只想衷心道歉，希望你能溯及既往，了解我的心情。

對你短短的來信，怦然心驚。你難道已經離我而去了嗎？我仍舊當作一場夢似的，不能相信。然而，你並沒有來看我。我儘管想傾訴一切——

只要選擇你方便的時間就好，請賜給我見面的機會吧。我現在的確感到困惑，請在你方便的時候讓我接見，再次向你懇求。

謹致

龍雄先生

月霞敬上」

龍雄不能不抱憐憫的心情，讀月霞所表現的驚人的自制。可是，他同時也不能不痛心地憶起，自己由於月霞的自制而感到掃興的往事。因爲這份自制，自己弄得多爲難啊。那種好像在計算似的姿勢，成了美中不足的瑕疵。龍雄現在重新回想：自己有時受不了這份自制；有時又認爲以異性來說，能向自己表示抗拒的，倒也似乎新奇可喜。他發覺自己在不知不覺之間，把月霞當作毫無關係的人一樣，從遠處眺望，於是放下筆來，但又鼓起決心寫寫看。

已拜讀來信，請再給我短暫的平靜，我一定會找時間再去看你的。

再見

月霞小姐

龍雄

龍雄既不重讀這封信，也不考慮這封信會造成什麼後果，就投遞出去，然後一下子就躺在房間裏，用手做枕頭，以對比法想起秀英的話來。

「我往往會怕阿龍哥，因爲阿龍哥把我的心激烈地攪和。」覺得這句話彷彿就在耳邊，想擺脫月霞，想秀英，一會兒，他歎了一口氣，把窗大大敞開，做起深呼吸來，寒風在吹著，漂亮、雪白的重瓣山茶花的花瓣，飄然飛舞，然後輕輕落在潮濕的地上。

隨著寒冷的程度的加強，十二月過去了，一月也過去了一半。乾風折磨枯樹的寒冷也格外嚴酷，龍雄躲開掃向身體的烈風，把頭深埋大衣領中。手指頭和脚尖像被針刺到一樣發痛，寒風輕輕掠過鼻子，引起冰冷的惡感，可是龍雄還是精神飽滿地走著。

小心避免在十字路口撞上電車或汽車而用力走著，這個運動雖然產生體熱，可是動不動就會叫大衣的下襬絆住脚，弄得險些跌倒，不期然背向迎面風了。

一間屋簷下，有一隻狗在顫抖、呻吟。龍雄不在乎地走過去，再次思索剛才被烈風打斷的想法。自己確定在三月畢業，以前家裏提起過好幾次親事，弄得很爲難，那麼一旦畢業，一定會變得無論如何非結婚不可了。因此，認定自己必須探問清楚今天秀英的心意。她好像喜歡自己，但往往又會採取非常傷腦筋的態度。秀英想到我們是同姓的問題，恐怕以慘痛的心情，在遲疑不決吧。在秀英的態度上有不可解的地方，或許是由於在悲歎我們是同姓，不能結婚也不一定。

龍雄想到結婚，就同時考慮到自己跟她同樣姓鄧這件事是最大的障礙，不能不對這個障礙深加思索。他無法在不傷心的情況下思考這件事，只不過姓氏相同而已，就不能結婚，這種習俗多愚蠢啊。正因爲這種習俗沒有根據，他越發抑制不住對這種習俗的厭惡。可是正因爲淵源於這種習俗的道德律是不成文法，它的確成爲看不見的恐怖。看起來，大衆所承認的這套不成文法，一定會向一些人投下不幸的巨石。

正因爲龍雄對秀英的愛心加深，龍雄忍不住抱著憤怒，在心中對習俗叫喊道：

「同姓也未必傳自同一個祖宗，就算是遠古時代的血親，這件事又有什麼關係！」

「我才不在乎這件事呢！因爲我愛秀英。」

他對習俗感到憤怒。它是頑固的，難以理解的，冷酷的東西。想到這種習俗並沒有理論上的根據，實在會覺得無聊。

「這樣的習俗居然會造成不幸——這是命運嗎？」龍雄打從心裏熱起來，忍不住喃喃自語。

「我不想去理解這樣的習俗，也不應該去理解。」

龍雄竟把保羅．瓦雷利在德斯特氏的作品中的言詞，當作自己的話：「現代青年不要想去理解習俗，也不應該去理解。」德斯特氏的這一章，他從自己獨白的片斷記憶起來，他也這樣想，這句話的確被看成救兵一樣。

「不應該去理解。」這句話，龍雄解釋爲：應該加以抹殺，應該加以忽視。習俗造成不幸，是可怕的事，覺得這好像是指自己的事，他不禁嚇得發抖。

「習俗應該打破。習俗是上一代的不幸的延長，是陸續造成不幸的重擔。」龍雄繼續思索著，他不能不抱著發狂似的憤怒，來思索看不見的習俗律。正因爲這是切身的問題，他不能不想哭，不能不感到可歎，不能不反抗。「自己既然愛秀英，就必須堅強起來。否則可能會被習俗壓垮掉，笨蛋！」

「實在受不了。」他煩惱思索之後，一來到秀英的居停，就傲慢地說道：「我絕不會後悔。」他擦擦手，脫鞋子，心裏雖然沉重，但不能不感到逐漸開朗起來。

像秀英到自己的居停時，跟居停的阿嬸打招呼一樣，龍雄向秀英居停的阿嬸打招呼，以準時赴約自豪，咚咚地登上秀英的房間。

「打擾啦。」龍雄故意放大聲音點頭，想心事實在沉悶，因此龍雄就像得救一般地笑道：「趕上姑娘指定的時間了，可以不必挨罵了。」愉快地進入秀英的房間。

秀英在約定的時間等候龍雄，龍雄鞋子的聲音從大門口傳來，咚咚上樓的脚步聲，使她想起自己探訪龍雄時那清爽的聲音，她心情緊張，露出幸福的微笑。然後，本來是準備到龍雄推開紙門爲止，故意坐著等候的，却在龍雄推門以前，就自己慌慌張張推開了，弄得兩人差一點相撞。

「冷吧？阿龍哥眞準時。」秀英一聽到龍雄的聲音，就笑道：「我，上回遲到三分鐘就挨了罵呢。」於是忐忑不安地撥燃向居停的阿嬸借來的火盆裏的火，從碗櫃裏拿出準備好的甜點，端茶出來。

「只有一張椅子呢。」

「不必了，不必了。阿秀坐好了，我在盤腿坐哩。」龍雄開始狼吞虎嚥地吃甜點了。

「阿龍哥的鼻子通紅喲。」秀英正待要笑，龍雄以裝糊塗的神情答道：「是嗎？我是注意過了呀。」然後伸手到火盆上。

「請喝茶吧，會暖和起來的。」

「好。」龍雄呼呼喝下，她似乎覺得很好玩地在打量：

「阿龍哥喝茶的樣子，那算什麼規矩呢？」龍雄不在乎秀英嘲笑，繼續把茶喝光，然後要求道：「再來一杯。」龍雄來到秀英這裏，就會覺得心情舒暢，被秀英笑，自己也開秀英的玩笑，可是又想到，如果換月霞在場，情形就不同，於是思量：這或許就是幸福。

「阿秀爲什麼不結婚？」沉默了一會兒，龍雄便放膽問道。

秀英凝視龍雄片刻，一動也不動。她的臉繃緊了，僵硬了，通紅了。接著，不知所措似地害羞起來，垂下臉。沉默在延續著，不久，她斬釘截鐵地慢慢說道：

「我不要結婚。我，我來東京，也是因爲討厭家裏提親啊。」然後，斜瞟龍雄的臉龐，垂下眼睛。

「可是，如果不結婚，眼看就會變成老小姐喲。」龍雄認眞地顫抖著聲音說。

秀英沒有回答，默默地望著龍雄，但忍下就要流出來的眼淚。「我，不在乎呀。」輕輕掉下一滴眼淚，顫抖著肩膀，慢慢說出，却又抑制不了，拿手巾抵著眼睛，不久，忽然傷心起來，把臉蒙住了。

龍雄懊悔不該講這些話，然而秀英在深深地愛著自己，倒是可喜的事。

「你說，阿秀，如果跟我……。」

可是，他說不出口。剛才想的習俗在纏住腦筋。是何等不幸的事！他開始以不舒暢的心情思索關於習俗這個問題。習俗必須加以抹殺，自己必須用假裝不明白習俗的態度加以忽視。那麼，他認爲秀英是在等待自己求婚了，秀英想必也受習俗的折磨而哭泣吧。

這樣想著，他凝視秀英，秀英似乎略微瘦了起來。因爲愛的下一站，歸根結底，必須碰上結婚的問題。龍雄認爲：秀英或許在等待自己表明態度，然後再決定她自己的態度，而感到無依無靠的悲哀。

就是要求婚，也得先透過媒人直接向秀英的雙親請求，然而，秀英的雙親究竟會答應嗎？能理解我們的愛情嗎？自己的雙親肯不肯諒解呢？這些問題，不得不考慮。我們會受昔日的習慣與想法多大的折磨呢？習俗的奴隸。

龍雄儘管知道自己和她的愛是無上的力量，依然感到不安，依然不能不煩惱。如果是跟月霞，就可以不必發生這種問題，可是現在的自己深愛著秀英。

龍雄想跟秀英先在東京結婚，然後通知雙親們，回鄉後再請他們簡單地公開宴客，又覺得耍弄這種方法未免卑鄙什麼的；於是回頭過來打算：好歹總要斷然請求雙親的同意。如果不同意，到那時再採取最後的手段的念頭，漸漸在腦中蠢動起來。可是打定主意，自己必須戰鬪，必須力爭，他不久就以從容不迫的心情，含著笑愉快地提出完全不相干的話題。提起昨天上學途中差一點被電車軋死，秀英的眼睛就害怕地顫動，一會兒才傷心似地笑著說：

「哦，不可以不小心哪。」

因爲想心事，買一毛錢的櫻花牌香煙，只掏出一分錢而面不改色啊：電車坐過頭；撞倒小孩子啊……把這些事，像介紹獨幕喜劇似地邊笑邊講。

「阿龍哥好像往往會發呆吧。」秀英熱心地聽龍雄的故事，可是又推測龍雄也可能對習俗思索、煩惱，覺得那好比是自己的事，而露出非同小可的一臉正經相，慢慢沉悶起來。最近家裏逼秀英回家，秀英感到比什麼都痛苦，她不好意思告訴龍雄。常常想利用暗示方式說出去，却因悲從中來，無法開口。秀英在擔心被問起：爲什麼不結婚？龍雄為什麼要說那個話呢。一想到那個，秀英的眼淚又湧出來了。

龍雄又好像存心打氣似地講了其他種種愉快的話。自己為什麼這樣軟弱？為了反抗自己，龍雄講了很久，可是面對著秀英悲哀的沉默，他也很快地沉悶下去了，他思索習俗的問題。

兩小時後，龍雄比往常早一點跟秀英分手。他在肚裏打定決心而回去的路上，順便拐個彎到月霞的居停。月霞在家，月霞由於這次意外的訪問，感到又驚又喜，可是一見到龍雄的面，就失去笑容，愣住了。月霞提心吊膽地請龍雄上來房間，然而看到龍雄一臉嚴厲相，默默地不說一句話，竟弄得不知所措，也沉默起來了。龍雄宛如木頭雕像一般，默默坐了有三十分鐘吧。龍雄不久便喃喃自語：「抱歉，抱歉」，把吃驚的月霞拋在後面，回到自己的居停來。這一下，龍雄可就平心靜氣地繼續寫信給月霞和秀英了。

——本篇作於一九三四年二月二十五至二十七日，原載於《臺灣文藝》第二卷第四期，一九三五年四月出版

阿煌與父親

李鴛英 譯

阿煌渾身哆嗦著在聽父親訓斥。事實上，阿煌嫌厭父親訓話的成分要比懼怕的成分多得多。他那倔強、不滿之情顯然是由胸中迸發而溢乎形表。自己祗是想玩而已。他不懂，跟阿海玩究竟有什麼不好？他心裏昇起一股無以名之的怨氣，彆得漲紅了臉，幾乎都要哭出來了。阿煌神經質地玩弄著衣角，氣嘟嘟地撅著一張嘴，半句話不吭。

「不是吩咐過你不要光知道玩嗎？不是告訴你不要跟別家那些髒孩子玩嗎？」

父親的口氣非常嚴厲。他生平就最討厭阿煌跟隔壁鄰居的孩子一起玩。那些窮人家，拖著兩條黃鼻涕的小孩，他形容爲「小鬼」，是「鬼招引來的餓鬼」，因此，他認爲讓那些抽著鼻涕的野孩子跟他家體面的阿煌玩，簡直是丟盡面子的事。他對這些野孩子根本打從心底瞧不起。

「你再不聽我的話，我也不要再管你了。馬上就把你趕出去。」

父親皺起眉頭。阿煌照樣緊閉著嘴巴，默不吭聲。父親依然神經質地站起來點起了一枝煙，一張臉都氣紅了。他想到非用鞭子來教訓兒子不可。但是轉身却頹然坐下。他滿心焦躁，見阿煌死不開口的倔樣子更覺火上加油，但是却始終下不了手。他認輸了，沉默令他窒息。

「今後得給我小心點。要不然我會宰了你。」

阿煌的臉色也繃得難看，他圓睜兩眼，毫無畏懼，甚至帶著惱恨的眼神瞅著父親，阿煌在心裏責怪父親：「爸爸最可惡。」隨後垂下視線，踢踩著地面。

父親的臉色並未稍見緩和。反而神情愈見嚴峻、扭曲，扳緊了臉瞪視著阿煌。阿煌見父親的神色愈厲，便愈彆扭、固執得厲害，反撥的感情也愈高熾，對父親更無所忌憚。父親對這個孩子的性情全然不了解，好玩的頑皮心理遭到父親權威壓制，如今他對父親的責罵已習以爲常，所以在被責罵時，他徒有氣惱父親而已。

父親在阿煌跟別的孩子玩時，總是把阿煌罵個狗血淋頭。父親粗厲的感情、語言令阿煌產生強烈的反抗心理。而在其他的事情上面，父親對阿煌根本就毫不關心。小的時候，他不曾買過一顆糖或一樣玩具給阿煌。阿煌吃零食的每一分錢都是母親給的，回想起來，阿煌甚至根本不曾享過來自父親的溫愛。

自然，阿煌對父親也總是動不動就白眼相向。他對父親的態度非常的冷淡，而且不知從什麼時候起便對父親產生了一種根深蒂固的偏見。當然，在更小的時候，阿煌毋寧是非常畏懼父親的，幾乎每次一遇到父親的視線，不管有事、沒事，他都會立刻躲藏起來。在他眼裏，世上最可怕的東西莫過於他父親的那張臉了。他不知道爲什麼，祇是本能上有這種感覺。因此，父親經常申斥阿煌，對阿煌有事沒事都要躲著他的行爲感到非常不快。阿煌有時躲在母親的衣服底下，抬起眼像蛇一樣地覷著父親，父親見他這個樣子更要火冒三丈，便連母親也一起吼罵。母親祇有隨父親罵去，一點辦法也沒有。就這樣，父親動輒大發雷霆罵人的樣子從此深植阿煌心中，像烙印一樣烙在他的心版上。然後阿煌逐漸懂事，性情也隨之改變。他經常冷眼望著父親，却往往一聲不響。被罵的時候，他的心裏開始有了反抗的聲音：「煩死了。」在感情上也逐漸隨這種情緒的產生而惱恨父親。習慣了父親的申斥、責罵之後，他心裏不但不會覺得難過，反而是那股怨恨的惡戾之氣愈演愈熾。

父親沉默地望著阿煌，阿煌也立定站著，像根電線桿。父親歎了口氣，父子之間生生立著一道無法跨越的冷牆，或者說父子倆根本就是二條平行線，永不交會。更像刺蝟一樣彼此不能互相碰觸或接近。或者是父親根本就不曾努力嘗試去跨越這道牆。父親悶悶地抽著煙，偶爾瞟他一眼。

空氣愈來愈沉悶了。父親無奈祇得悠悠踱到院子裏。父親制服不了自己的兒子，一方面覺得悵然，一方面又懊惱、焦躁。他根本不肯反省自己，阿煌如今已經十二歲了，他還不曾認眞想過阿煌是什麼性情。他也不曾反省過自己的態度、自己的評斷能力，祇是衡著阿煌外在的言行舉止來指摘、批判他，憑自己的喜惡來箝制阿煌的行爲。但是阿煌自有阿煌內在的想法，自有他的氣性。有他童稚的興趣、好奇心及愛玩的心理。阿煌有阿煌的內心世界，但是做父親的却從未去深入理解過。

阿煌抱住頭趴在桌子上。因爲血往上湧，所以覺得頭部發熱。沉默同樣令他覺得窒息難受。儘管如此，他還是堅持以沉默來對抗父親。他的心中同樣燥鬱不安、一片灰暗。他不懂自己爲什麼不能跟阿海玩？爲什麼每次跟阿海玩都要被痛罵一頓？自己並不曾做什麼壞事。他在心裏胡思亂想，不過他倒不怕父親罵，反正是已經習慣了。但是他怕父親討厭他。在他印象裏，父親的心總是那樣的詭譎難測，那麼的冷漠、無情。父親的心比什麼都冷、都硬。阿煌深深體會到自己的不幸。眼淚忍不住就流了一臉。「啊，我不要。」阿煌覺得孤獨感及厭惡感盤踞住他整個感覺神經，怒火逐漸在他胸間燃燒開來。他小小的心靈開始閃動死亡的念頭。活在這人世間是多麼的乏味、悲涼啊，死亡的意念慢慢延伸向墓穴。而這樣的意念居然有致命的吸引力。他像在夢幻中，朦朦朧朧地描繪著這樣的景象。他想像中的死亡是沒有任何痛苦、也沒有任何快樂的樂園。阿煌生平第一次在腦海裏描繪天國中的死亡樣貌。像做夢般地思考著死亡。他想：乾脆死了算了。

阿煌想到死，但這不過是一個念頭而已。其中並沒有任何絕對悲壯、厭世的成分。他祇是寂寞得動了死亡的念頭而已。

阿煌心裏一驚，像剛從睡夢中醒過來一樣，懷疑剛才那聲音是不是在喚他。

「阿煌仔，阿煌。」

「阿煌，要不要來玩？」

阿海還站在院子裏。阿海過去曾經被父親狠狠罵過一頓，所以提心吊膽地在向屋子裏窺望，想知道裏面的動靜。雖然他們從來就是住在兩隔壁的鄰居，但阿海却從來沒進過阿煌家，甚至對他們家有幾分害怕的心理。他用沙啞的喉嚨壓低了聲音喊：

「要不要到外面去捉蝴蝶？」

「唔。」

阿煌並沒有馬上站起來。他的心還沒有雪溶、冰解。被壓抑的窒息情緒還盤踞在他心頭，所以沒有辦法像平常一樣欣然答應，但是這樣反而使他覺得困擾，一時委決不下該回答去好呢？還是不去好呢？

「怎麼樣啊？」

阿煌默默地咬著唇。

「究竟去還是不去？」

「好，走吧。」

阿煌急忙起身走到門口。

「你吃過飯了沒？」

「什麼？」

「午飯呀！」

「啊。」

阿煌還沒有吃飯，屋子裏傳來母親的叫喚：

「阿煌仔你要去那裏呀？吃飯嘍。爸爸到哪兒去了？」

「我不要吃。」阿煌突然耍起牛脾氣。

母親邊擦手邊走出來。

「爸爸到哪裏去了？」

「不知道。」

母親看到阿海。阿海慌忙躲了起來。阿煌却毅然向院子走去。

「要去哪裏呀？吃飯了呀，吃了飯再去玩吧。」

「不要。」阿煌回頭撅著嘴答。阿海在牆外窺覷阿煌的動靜。阿煌也朝那個方向使眼色。母親搖著頭歎了口氣。

「又在使性子了。又被爸爸罵了是嗎？」

阿煌臉色緩和下來，伸出一隻手。那是要錢的意思。母親知道阿煌又挨罵了，肚子裏不高興，就掏出二十錢給他。阿煌拿了錢，飛也似地跑出去。

「小心點哦。」

阿煌追在阿海後頭，直往原野上奔去。母親進了屋裏。

阿煌大口大口地呼吸著野外的新鮮空氣。抑鬱的情緒早已飛到九霄雲外，碧藍的晴空裏靜靜飄浮的雲朵裏寄托著他少年的夢幻。一朵像隻明蝦，最上面那朵看來卻像虎頭。右邊那朵模樣像兔子，左邊的則有點像蜿蜒的長蛇。最下方的伸展成臥牛的樣子。他的心隨著天空飄逸的雲朵聚散起伏、飛揚。像繪圖般，在胸中洋溢著希望與遐想。

在阿煌的腳邊，有一隻蝗蟲正微微鼓動翅膀向前方飛去。隨著阿煌的腳步前挪又向前一躍。天空晴朗、風吹草偃，鳥雀在樹梢巧囀。

「來捉麻雀要不要？」阿海笑著慫恿他。

「好啊，可是要怎麼捉呢？」阿煌望著樹梢，側著頭在想。他的眼睛轉亮，全身血液沛然湧動。要是能捉到該有多好。捉到了，可以烤小鳥，如果還活著，就把牠放進籠子裏好好飼養。阿煌一下子想了許多。

「這個嘛……」阿海一時間也想不出捕雀子的方法。「乾脆我們去搜麻雀的巢，掏鳥蛋好吧？」

「哦，這也好，可是那裏有麻雀巢呀？」

「有啊，走，我帶你找去。」

阿海帶著阿煌在野地裏四處跑。阿煌忘了家，忘了剛才還被父親罵。一心一意祇想著麻雀的蛋。留在家裏多麼枯燥、煩悶啊！那種身心飽受壓抑的灰暗、沉鬱空氣，令阿煌對自己的家眞是厭煩透頂。家裏沒有理解、溝通，沒有明朗的歡笑，祇有冷淡的沉默。父親經常到鎭上的館子裏去喝酒。因爲父親有錢，所以在鎭上頗吃得開。父親撇下自己的家庭，到外頭跟杏花樓的女人廝混，這些阿煌都知道得一淸二楚。他知道父親在鎭上冶遊，也因此對父親的反感更爲強烈。一天傍晚從學校放學回家，路過杏花樓時，他還親眼目睹父親粗魯地縱聲狂笑，野蠻地摟著女人親吻。阿煌並不曾把這件事告訴母親，祇是每當父親約束他遊玩的時候，他眼前就會浮起這個畫面，他的心也就愈來愈僵、愈來愈冷了。而他並不喜歡這種感覺。

但在這時候，阿煌感覺來自父親的束縛感已經消失到森林彼方。他跟阿海嬉逐著。二人扯開喉嚨高唱學校教過的歌曲。歌聲在周遭響起了回聲，再傳回他們的耳朵裏顯得十分的悅耳動聽。這眞是一種令人愉快的體驗。阿煌的心中燃起編織夢幻的情緒。原野的歌聲具有多麼豐富的表現力啊，其中包含萬有，萬物在其中顯得如此的可親可愛、自由浪漫。

竹林子下有幾個小孩在玩。「躲好了嗎？」「還沒有。」拖著長長的童音。他們在玩捉迷藏。一個孩子扮鬼，蒙住眼，伏在相思樹幹上。其他的孩子一溜煙散開，都各自找地方躲起來。

「阿海，他們在玩捉迷藏哩。」

「那有什麼好玩？我們走吧。」

「可是看起來很好玩的樣子。」阿煌站定，笑嘻嘻地看著那群孩子在玩，看得興味盎然。

「抓到了！抓到了！」鬼興奮地叫。被抓的孩子靦腆地咧著嘴笑，飛快地由自己躲藏的地方跑出來。「又抓到了！」鬼一面叫著，一面跑來跑去四處找人。孩子們跟著嘻笑。一個孩子嘟著嘴說：「鬼使詐，不算。」「抓到了！抓到了！」有時候，扮鬼的孩子還虛張聲勢，恫嚇那些還躲著的小孩。一夥人玩得十分熱鬧。

「喂，阿海，我們也來玩捉迷藏好吧？」

「噢。」阿海勉強答應。

「嗨，我們也要玩。」阿煌高興地笑著，等鬼把所有的人都抓出來。

終於大家都出來了，扮鬼的孩子宣佈下一個由阿花當鬼。「喂，阿仙，我來當鬼，讓我跟你們一起玩好不好？」阿煌懇求那個扮鬼的孩子。「現在我當鬼，大家快去躲吧。」他聲音宏亮地向大家宣佈，自己則閉起眼睛伏在相思樹幹上。其他的孩子立刻散開躲了起來。對這些孩子來說，有人肯當鬼，他們是絕對歡迎的，祇要遊戲能繼續下去就行。阿煌扯開了喉嚨高聲喊：

「好了沒？」

「還沒嘞。」有孩子應道，可是聲音已經很遠了。

「好了沒？」阿煌再問。

「已經好了沒？」阿煌一面喊，一面張開眼睛向周遭搜索。他興致勃勃地四處跑來跑去，有時發現了也故意裝做沒看見，待第二回才突如其來「哇——」的一聲，把對方逮個正著。笑聲立即爆響開來。接著第二個、第三個相繼都抓出來了。等到大家都被抓，最後一個被發現的孩子便得意洋洋地吹噓他躲藏的地方有多隱密。於是這些孩子也就紛紛議論起誰躲得高明或不高明。但最後誰也記不得結果如何，又繼續玩他們的捉迷藏去了。

在天空出現一群群的鳥兒紛紛歸巢的時候，白鷺也成群飛回牠們所棲息的相思樹上。落日的紅霞染紅半邊天，太陽眼看就要落山了。孩子們也三三兩兩的散去。是農家開始煮晚餐的時間，每一家的屋頂都昇起了裊裊炊煙。

「回家吧。」阿海在催阿煌。名叫阿花的女孩子就住在阿煌家附近，所以她也在等阿煌一起回去。而阿煌一時却還不想回家，要是自己跟阿海玩的事情又被父親知道了，少不了又要面對早上那種場面，一想到這裏，他就忍不住渾身哆嗦起來。他討厭家、不想回家。阿煌從遊戲的幸福感覺中一下子掉入了黑暗的深淵，令他舉步維艱。他的嘴又撅得老高，一心祇還想再玩。

「可是已經很晚啦。」阿花瞅著阿煌的臉。

「再玩一下下嘛。」阿煌像要掩飾什麼，故意這麼說，他不好說他不想回家，祇求能儘量拖延回家的時間。阿煌牽著阿花的手，說我們去採了花再回去。阿花聽說要摘花，立刻贊成。

阿煌笑著奔向原野。聽說那裏有美麗的花朵，他就高興得什麼似的。阿海後來想想採了花再回家也好，就隨後跟著跑去。

夜幕一層層籠罩過來，天愈來愈暗，遠山的巨大身影已經呈現紫灰色。周遭一片靜寂，一隻黑鴉嘎——嘎——嘎——地啼叫三聲，掠過他們的頭頂朝東飛去。阿海發現，開始搜尋阿煌跟阿花的影子。走著，走著，阿海竟脫離阿煌跟阿花有一大段距離。

「阿煌，回家嘍。已經很晚啦。」

聽到阿海的叫喚，阿煌心想：又要回去了嗎？他牽著阿花的手，不情願地由叢林裏走出來，回應阿海。

「阿海，要回家了嗎？」

「回去吧。天都暗了。」

阿煌像受到新的衝擊似地，受傷的心又隱隱作痛起來。早上的場面淸晰地浮現腦海，他緊緊地蹙起了眉頭。他跟在阿海的後面踏上歸途，脚步却沉重得拖不動似的。他的心被深刻的悲哀、黑暗所包圍。他一點都不想回家。阿海跟阿花也被他的情緒所感染，神情也顯得悒鬱寡歡起來。

「今天眞是好玩。」阿花突然冒出這麼一句，打破了彼此間的沉默。

「我實在不想回去。」阿煌愈想愈不對，說著停下脚步。可是不回去，難不成要在這野地裏過夜嗎？想到這裏，他就愈發感到無奈了。

「這麼晚了，還是回去吧？」阿海催促他。阿海雖然也感染了阿煌憂鬱、感傷的心情，可是他明白天眞的很晚了，實在不能再拖延不回家了。阿煌也就默默地邁開步子。但是心情却沉重得想哭，頑固不通情理的父母造成了家庭的不幸。阿煌最後還是忍不住哭了起來。

原野也轉成了暗紫色，東面的群山因夕暉反照而一時間顯得亮了起來，暗紫的暮色由四面八方圍攏過來。草叢中間傳出陣陣的蟲鳴。還有青蛙也湊熱鬧似地鼓腹高歌。周遭的氣氛顯得多麼寧靜、和諧，可是阿煌却如此傷心。他幽幽地歎了口氣。

遠處有農夫由田野裏荷鋤返家，一面吆喝驅趕著水牛，一面哼著山歌。阿煌此刻感覺山歌居然也有幾分淒涼的味道，頹然地說：

「我們就快點回家吧。」

這時候，阿海突然想起昨天老師所出的習題。明天禮拜一老師會檢查作業，今天玩了一天居然忘記寫。

「阿煌，眞糟糕，我忘記寫習題了。」阿海一面走，一面向阿煌說。阿煌被他這麼一提醒，也才想到自己的習題也是一個都沒寫。

「哦，對啦！我也還沒動。」但阿煌的反應却是冷冷的。阿海並不在意，一心祇想著他的習題。他把題目一一想出來，再一個個仔細問阿煌，心裏想：這下眞得快點回家趕作業了。

阿煌被阿海一問，也就全神貫注，認眞地回答起問題。習題對他們兩人而言是非常要緊的事情。阿煌也問了阿海幾個問題。這時候他再也管不了父親會對他怎樣，祇一心想著要回家寫作業。

自己並沒有理由不交作業，要是作業不交，到時候一定會被老師叫出去罵，那該有多丟臉啊。在許多小朋友面前被罵，對他而言不啻是身心的一大凌辱。因此他們必須趕在明天交作業的時間以前完成。他們彼此替對方解決疑難問題。有時忘了問題，便絞盡腦汁在想。兩人都顯得非常焦急。

阿煌的父親去了一趟鎮上，回來時整個心情就不一樣了。他雙頰酡紅，還意猶未盡地回味著剛才杏花樓的女人溫潤的玉臂。那女人的手臂有如凝脂般柔滑、像蛇一樣地挑動他情慾的烈焰。他回想著前一刻的溫存，不禁醺醺然露出陶醉的微笑。他步履蹣跚，口裏哼著由杏花樓的女人那裏學來的流行歌曲，東倒西歪地踏上歸途。

阿煌一聽到父親的歌聲，一顆心立刻涼了半截。他像石像一樣立定不動，阿海也吃驚地停下脚步，他像突然遇到一個可怕的人，全身僵住不能動彈。阿花也在稍遠的地方站住。阿煌驚愕呆立。他希望阿海能趕緊逃開，也希望阿花能安全回家。但是他怎麼也料不到自己居然會在這個地方遇到父親，所以腦袋一時間也想不出什麼可以替他們解圍的方法。阿海也想逃開、躲藏起來。兩個人心裏忐忑著，不知如何是好。

父親的歌聲突然頓住。他一看到眼前這三個小孩立刻皺起眉頭，鐵青著臉躁怒起來，認爲阿煌沒聽他的話，居然跑出去玩到這麼晚才回來，簡直是罪大惡極，不可原諒。更何況又是跟那又窮、又髒的野孩子阿海一起玩。他想起今天早上的事情，更是怒火中燒，一個箭步上前，往阿煌臉上啪——地一聲就是一個巴掌。阿煌被這突如其來結實的一巴掌打得顫巍巍幾乎摔跤，那疼，簡直疼徹骨髓。阿煌咬緊牙瞪視著父親。緊接著父親一把揪住阿海的手，阿海嚇得跪地求饒。但是阿煌的父親豈肯放過他？劈劈、啪啪往他臉上怒摑了幾個耳光。阿海痛得哇——的一聲大哭起來，父親待還要再打，阿煌一下怒火上沖，抓住父親的手便使勁咬下去。父親痛得大叫一聲，舉起脚就向阿煌踢去。阿煌這下再也忍不住，痛得大哭起來。阿花站在一旁看他們鬧得天翻地覆，聽阿煌、阿海在哭，自己也嚇哭了。父親這下也呆愣住了，見三個孩子在哭，開始感到狼狽，但仍藉著酒氣怒斥阿煌，罵完了又再狠揍他，阿煌哭得聲嘶力竭，阿花也嚇得哇哇大哭，一路跑著回家。

阿煌出言頂撞，父親再打他。打得阿煌鷄貓子喊叫，這麼一來愈挑起父親的無名火，沒頭沒腦地往阿煌身上亂打亂踢，阿煌扯肝裂肺地哭嚎，阿海見情況不對，忙替阿煌求情。

「阿伯，您饒了我們吧。我們不是去玩。是伯母見您回來得晚，要我們來接您的。我們並沒有去玩啊。」

阿海閃著淚光說。謊話在這時候說不定有特殊的作用。先前由阿煌父親罵阿煌的話中，他就體察出阿煌父親是不高興自己的兒子跟他們廝混在一起玩。阿海也明白自己家窮，跟他們家身分、地位不同是他受排斥的主要原因。但阿煌被打罵也實在可憐。於是他很機伶地撒了這麼一個謊。

阿煌的父親終於住了手。聽阿海這麼一說，才覺得有點不好意思。或許是自己弄錯了。他仍緊繃著一張臉，木立著默不吭聲。好不容易由幾分醉意中清醒過來，他這才發現自己果然是回家得晚了。這才垂頭喪氣地急急朝回家的路上走去。

阿煌還坐在地上哭個不止，阿海自己也還抽抽噎噎地，却上前去攙扶阿煌。阿煌勉強哭著爬起來。阿海由衷地同情阿煌，更打從心底憎恨阿煌父親。他朝著業已走遠的阿煌父親背後猛吐口水，一方面又忙不迭地安慰阿煌。最後再也想不到什麼安慰的話了，便閉了嘴。二人就這樣在闃黑的野地裏站了許久。

阿煌終於止住了哭泣。阿海勸他回家。可是阿煌心想：我永遠也不要回家。

「我今天住在你家好不好？我不想回去了。」

阿海了解阿煌。帶著他朝自己的家中走去。二人都把習題的事給忘了。

第二天，阿煌終於在母親的勸慰下，跟母親回了家。

慾

鄭清文　譯

好熱呀，已經滿頭大汗了，布店老闆周文平大模大樣地猛搖著扇子，臉上堆滿著笑，也沒有忘記向長滿青春痘的小店員打個招呼，穿過擺滿五顏十色的洋雜貨的店面，走到裏面，和百貨店老闆林貴東拉西扯，談著那一家店賺了多少，賠了多少，那家的兒子什麼時候結婚，聽說令郎功課很好，應該已考上高中了等等，半帶著奉承的語氣，談了半個鐘頭，站起來要告辭的時候，這才好像突然想了起來，像煞有介事地壓低聲音說：

「我聽到很不妙的消息，你還不知道嗎？」

「不妙的消息？我倒不知道。」林貴皺皺眉，偏著頭說。

「大家都知道了，你不可能不知道。」周文平往對方瘦而鬆弛的額頭瞟了一眼，揣度著對方的心理，好像在表示我不是特地來告訴你這個消息的。「其實，這消息是和你本人有關係的呀。」

「什麼？和我有關係？」林貴吃了一驚，詫異地盯住汗漬淋淋的周文平的紅臉，看他那種煞有其事的表情，親切地拉著他的手，挽留他，打算非要問個清楚不可。「你說和我有關係，到底什麼事？」

「你眞的一無所知？」周文平一看對方已入彀，不禁放聲笑起來。「家裏失火，像林貴兄這種人居然還不知道，實在太難於相信了。」

「我眞的不知道呀！」林貴一聽到家裏失火，不禁一怔，很認眞地說。

「因爲你人太好了。」周文平冷冷地盯著林貴的臉，而後綻出了笑容。「我們是好朋友，我才說，但你不能對別人說是我說的。」

「這個你儘管放心好了。」

「其實，我也是聽來的，所知道的也很有限。你們不是在弄一家公司嗎？聽說那公司裏面有文章。」

林貴聽說是公司，而不是他們人的事，倒也放了心，同時睜大眼睛期待著。周文平心中暗喜，臉上却是一本正經的想著。

「裏面有什麼文章？」林貴已按捺不住了。

「我也不很淸楚。你們公司不是有個姓賴的秘書嗎？幾天前突然傳說那秘書非常可疑，一定有問題。內容我也不很淸楚，說不定祇是傳聞而已。」

「幸虧你給我這個消息，要是能更詳細一點就好了。」

「可惜我也祇知道這一些。」周文平看到林貴喜形於色，知道他將利用這做爲攻擊王隆生的材料，也綻出了笑容。「今天，眞是打擾你了。」

「眞謝謝你了。反正，我去調查一下。如有什麼新的消息，也請你告訴我。」

「無風不起浪，你還是調查一下好。如有什麼結果，也請讓我知道一下，那我就告辭了。」

周文平在背部淸淸楚楚地感受著林貴說要調查的話，愉快地、笑嘻嘻地再穿過令人眼花撩亂的店面，向每一個人點頭哈腰，走到街上，不久太陽也漸漸的被雲遮住了。乾燥的柏油路面的熱氣和暖和的風迎面一吹，周文平不禁倒吸了一口氣。

周文平用扇子遮住炫目的陽光，態度也變得出奇的威嚴，嘿嘿地笑了起來。太順利了。這樣一來，不但沒有人會懷疑到他，也要比預計的更快就完成自己的工作。林貴一定不會放過，非把事情弄個水落石出不可，而唆使林貴的他，却能躱在幕後，避開責任。他感到很滿意。他故意含混其詞，所以，卽使日後問題表面化，王隆生指責他唆使林貴，他也可以辯稱他說的是賴秘書，而不是王隆生，他可以說因爲那是賴秘書的事，所以認爲說出來也沒有什麼關係，誰想到王隆生會做出那種壞事呢。如果事先知道這樣，那就不會說出來了。

周文平覺得已攻破了第一關，心情便飄飄然起來。但現在最重要的是要盡速確實提出王隆生是否有虧空的情事。吳得成的消息，一定是從公司內傳出來的，和公司有關係的林貴，一定會盡力查明眞相，用來攻擊王隆生。自己所說的公司的秘密，如不是賴秘書，而是王隆生的虧空，林貴可能會弄出刑事問題，用以打擊王隆生的吧。那時，自己就必須盡速牽制林貴，並以林貴正在行動爲理由，巧妙地逼迫王隆生，把股份轉讓給吳得成，悄悄地塡補虧空，辭去現職，做好賬目，想打擊王隆生的林貴不再追究，吳得成可以達到目的，王隆生也不至身敗名裂，周文平自己的夢想更可以實現。周文平一想到此，就滿心喜悅，好像自己所覬覦的店鋪已到手一半。

三天前，周文平和往日一般，一邊猛搖著扇子，抱怨著難於忍受的熱氣，使人發狂的酷暑，一邊堆著笑容，往訪富紳吳得成。在這狹小的城市，吳得成是一位相當知名的、有野心的企業家，但由於經濟活動方面出路有限，以前他就已看到王隆生、林貴他們的公司很有前途，想找機會插足，順利的話，還希望能搶到常務董事。

吳得成就在周文平的明淨的布店隔壁的拐角持有一家出租店鋪。爲了店務的擴張和發展的需要，很久以來，周文平就在覬覦著隔壁這家角間的店鋪。這店鋪現在雖然租給人做文具店，但周文平却痛切地感到，祇要花一點錢，改良光線和通風，加上現代化的裝飾，這種角間的店鋪，要比一般的店鋪出色而有利得多。他想祇要有這一家角間的店鋪，便可以和現在的店鋪打通，店面也顯得寬敞美觀，生意必更加興隆，成爲全市最大的布店，是不會有什麼問題的。

周文平認爲，要做現代化的生意，就必須擁有現代化的明淨大方而有廣告價值的店鋪，對現在的店鋪深感不滿，絞盡腦汁，想擁有條件最好的角間，以實現富於野心的夢。所以他想，祇要吳得成願意出讓，他很想買下來，就是不賣，租過來也可以。

但，前此，周文平曾請掮客去向吳得成說了好幾次，問他或賣或租，都一直沒有什麼結果。對方說，要租的話，因爲目前有文具店在租，不便趕走，要買的話，又因開價太高，很不合算。周文平覺得，對方已看透了他的心，而且人家有錢，不急於賣房子，故意提高價錢，實在可惡，但却毫無辦法，祇好放棄買房子的念頭，暫時等待其他的機會。

但，眞想不到，前幾天，文具店的年輕老闆曾立本和周文平談論目前的世界局勢，談到德俄開戰，和東亞的新局勢時，突然說，以前遠渡大陸的哥哥要他去大陸，替新東亞盡一點力量，而且已在申請護照，等護照一下來，便要在一兩個月內結束店務。周文平凝神傾聽，眞是喜出望外，立即要求曾立本暫時不要把結束店務的事宣揚出去，一再拜託對方，說他決心暫租，或提高一點價碼，把它買下，便在心中打著如意算盤，說好事不宜遲疑，會心地一笑，決心由自己直接去訪問吳得成，做最後的談判。

周文平笑嘻嘻地被請入客廳，等了片刻，看到吳得成手裏拿著一封信，好像預期到他會來一般，笑容可掬地，命家人端茶遞煙，並囑其投寄信件，落座在周文平前面的大椅子上。兩人一對面，周文平也不知如何開口，一時感到拘謹，兩人都默不作聲。而後，不知是誰，祇好開口說好熱，好熱呀地，先交換幾句不著邊際的寒暄，兩人互視對方，發出微笑，想從對方臉色，看出對方心意。

吳得成已察覺到周文平的來意，暗喜來得正是時候，却假裝不知，直看著周文平的臉，等待對方開口。周文平也嘩啦嘩啦地搖著扇子，打量著吳得成的臉色，但一覺到吳得成的帶著嘲諷、壓人和狡黠的心意時，不禁愣了一下，心裏叫著，哼，這傢伙比我還厲害，已看透了我的心底，既然如此，我也打算從這方面著手，先讓心平靜下來，把對方的壓力擋開，當然不提起曾立本要結束店務的事，低聲下氣地，問他要賣，還是要租。

「呃，你說那房子，我知道你很想要。」吳得成傲然說，點了香煙。

「方便的話，就請你讓給我，不方便，也就算了。」周文平也不願意露出弱點，改用冷漠的態度。「你也有你的打算，我也不是得不到就會死掉。」

「我很了解你的心情。」吳得成緊接著說，對周文平的態度的策略性改變，祇是報以微笑，把煙一噴說：「老兄，對我而言，要賣要租都不是問題。我既然有了房子，就不得不租出去，有必要時，甚至於不得不賣，但這當然要看我的情況，由我決定該租該賣。但這之前，我有一件事想勞煩你。」他身子往前移了一下。

「有事情勞煩我？」周文平還是笑嘻嘻的，但却吞了一口口水。

「太突然了，你可能會吃驚……」吳得成很愉快地哈哈笑了起來。「老實說，以前我就等著機會想加入王隆生和林貴他們的公司。現在可有一個好機會，正想請你幫忙一下。」

「你說要加入公司，到底要我怎麼幫忙？」周文平吃驚地，沉思了一下。

「其實，爲了這件事，我正想明天登門拜託你呢。」看周文平在沉思，吳得成略感不安，繼續說，想吸住周文平的注意。

「你如果肯幫忙，我當然也願意幫你的忙。」

情況轉變得太突然，連周文平都感到意外。他沉思片刻，認爲一定有重大的交換條件。他既然有所要求，房子的問題說不定會早一點解決。周文平壓住激盪的心，直看著吳得成的狡黠的眼睛，一點也不敢大意。

「是眞的，祇要你肯跟我商量，有時，我也很好商量的。」

「旣然如此，就先說你的事吧。」吳得成一聽到周文平一箭射兩鵰的戰術，就呵呵地笑起來，好像已準備好了一般，截然說了出來。

周文平並非沒有警戒，但不管吳得成採取什麼策略，他必須達到自己所熱望的目的，絕不能後退。吳得成說要商量的事，如用輕鬆的心情考慮，可能也不是什麼重大的事吧。何況是互相有利的好條件，說不定自己的提議會有個結果，所以周文平就樂得擺好攻守的架勢，重覆了以前提出的買價。

於是，兩個人就開始一場激烈的討價還價。周文平說吳得成開價太高，吳得成說周文平還價太低，太不合理，結果兩個人都互相退讓了一點。兩人堅持了一個鐘頭，吳得成總算大大地讓了一步，以比周文平心中的買價低廉的價錢成交。

周文平鬆了一口氣，內心也感到高興。渴望已久的房子，得來太順利，反而全身鬆弛下來，好像是假的一般。但，同時也感到自己長年夢想終於實現了一般。他眼前浮現了有寬敞大方的外觀，又有現代式明淨的店面，及能擴張、發展、繁榮的布店，心內也漲滿著欣喜。但，在欣喜之間，吳得成要提出條件，却變成一種不安，像芒刺一般刺痛著他的心。周文平一邊鎮靜地抽著香煙，一邊悄悄地打量著吳得成的臉色，準備聽聽吳得成開口。

吳得成望著盛夏的陽光閃閃刺痛人眼的窗外，心裏想著周文平這傢伙很不簡單。雖然這樁買賣也不算吃虧，他心裏依然有所不滿。

兩人抽抽煙，呷呷茶，舒了一口氣，吳得成把視線移動到周文平的臉上，露出苦笑，下結論般地說：

「雖然賣得太便宜，但我還需要你的幫忙，所以就算連謝禮也算在一起了，我還可以忍受。平常的情況，我是不會賣的。可是，這也要等到你把答應我的事辦妥了之後，我才可以放手。」

雖然這種反應是可以預料到的，但周文平一聽，總覺得好像受了騙。總必須把事情辦妥了之後才放手，那自己不是要言聽計從嗎?爲了這房子兩人已談了一個鐘頭，已成定局，難道還要不顧面子，鼓起勇氣加以拒絕嗎?吳得成的要求，自己可以做得到嗎?吳得成是不是對公司有什麼大陰謀呢?這一疑慮，使他感到，說不定曾立本的話也是吳得成所策劃的。一想到這裏，周文平就越感到不安。

「那你所要求的是什麼事?」暫時的沉默過後，周文平雖然仍有不安，還是下了決心，抬頭看了吳得成。

「我要拜託你的事，祗有你才做得到。」吳得成熱心地說，洒脱地笑了起來。「有關那公司，我最近聽了一件重大的消息。當然還祗是傳聞，却是機會難再。我聽說你的好友，那位王隆生常務董事，有一點問題。你也知道他賭馬，雖然有漂亮的太太，却金屋藏嬌，養了李麗子做小老婆。這好像已超過他的能力了。」

「你的意思是什麼?」周文平又驚又急，也不敢相信。「難道有虧空不成?」

「好像是。雖然祗是傳聞，還不敢確定，但這也是有可能的。不過他也有些財產我還不敢斷言。」吳得成已看到周文平的困窘、陰沉和苦澀的表情，但不加理會，笑著下了論斷。「但是，我感覺到王隆生確實有虧空的事。所以……」

「所以要我直接問王隆生是否有虧空的事，如果有，就叫他把股份賣給你？」

「可能的話，這樣子最好。」吳得成不知何故，突然揮著手站起來，而後又坐下。

「這樣做是要有勇氣的。而且，你就是能夠，立場也不好。我把房子賣給你，你却把他的股份介紹給我。祇這兩點，他一定會料到你我之間必有連絡，就是說必定有串通。因爲人是不大願意承認偶然的一致。何況我們正想連絡。不管他有沒有虧空，以後必定有問題，這當然很不妙。所以我希望今天的事能保密。我不希望有人懷疑到你我身上來。」

吳得成思忖一下，而後點了香煙又說：「我想這件事應該掩飾一下，也就是說要用一點心機。我們要利用別人，試探他有沒有虧空，如有虧空，你就立即插手，不要讓它演變成刑事問題，以第三者正在追究爲由，要王隆生引咎，勸他出售股份來塡補。我想祇要利用別人，就可以保持我們的秘密。」

「然後，」吳得成認爲有進一步說明的必要，就繼續說：「我是這樣想。你和林貴比較親近，你也知道他因不能做公司的董事，懷恨王隆生，一有機會就想攻擊王隆生。如能利用他，事情一定順利。祇要你悄悄地警告他，說王隆生可能有虧空，他一定會去調查，如有虧空，他一定不能緘默。那時，你就從中勸告王隆生把股份讓給我。同時，我也相信你有能力不使林貴把事情鬧大。祇要秘密進行，也可以救王隆生本人。」

周文平碰到這種大難題，連心都翻騰起來。他感到憂悶，已到手的房子，好像又要溜掉了。他已明白吳得成想隱藏自己的野心，巧妙地使王隆生敗退，以便自己接替他的位子。最諷刺的是，自己還必須在這齣鬧劇裏扮演中間人。如拒絕不幹，當然就要放棄那房子和自己的美夢。經過一個鐘頭熱烈商討的成果，就要犧牲在友情之下了。周文平已失去了祈願王隆生不虧空之心了。更奇怪的是，他幾乎已相信王隆生的確有虧空情事了。

「我還是直接去問王隆生比較好。」過了片刻，周文平好像在自言自語地說。

「說不定這也是一種辦法。」吳得成插嘴說：「可是，我們剛才已說過，這祇會引起人家起疑。如你不向我買房子，當然沒有問題。所以，這對你不利。而且，你如何直接問他呢？你如不說起消息的來源，不是對他說謊了？如他眞的有虧空，那還好，如沒有，怎麼下臺呢？既然你想向我買房子，就不能用這個辦法。」

「眞頭痛，因爲他是我的好朋友。」周文平苦澀地咬住嘴唇，不知所措。

「可是，你仔細地想一下，這問題，總歸要有人知道，你不去管它，到了該表面化的時候，總歸要表面化的。你所擔心的，該是刑事問題吧。」吳得成好像已看透了周文平的心，笑著說。「我想，技術上還是有辦法的。如有虧空，很快悄悄地填補起來，就可以解決。這樣，就可以救他。所幸，王隆生眞的沒有虧空，我也依約把房子賣給你。」

吳得成緊抓住周文平的弱點，把話說完，就笑嘻嘻地、寬舒地靠在椅上。他的表情好像在說，這辦法不錯吧，祇要對方不知道我們放火，你也不會吃虧，不就好了？周文平好像被壓得不能動彈了。

「是這樣嗎？」

「當然你不願意把王隆生從常務董事的寶座拉下來。」吳得成歪著嘴說：「但，他如果眞的有虧空，也是咎由自取，你說反而是救了他。這不是一石二鳥嗎？現在祇有一條路了，悄悄地塡補好，而後辭職。當然，要盡最大的力，不讓它演變成刑事問題。」

周文平縮著脖子，呵呵地笑了起來，吳得成所說的一石二鳥，使他感到興趣。這是一條退路。吳得成這傢伙，眞是又精明、又狡猾，但他所說，也頗能成理，所以周文平的心情也漸漸明朗起來。他那差一點就要溜掉的美夢中的現代式的店面，自然又浮起在腦際，好像又再度到了手中，卽使用陰謀使王隆生垮臺，却也可以避免刑事問題，一想到此，周文平便感到自慰的喜悅。

「我知道了，看來很複雜，我可以想想看。」周文平心情已開朗，又露出無畏無懼的笑臉。「我仔細一下，再打電話給你。」

周文平一想到要毫無顧忌地施用陰謀，就對自己感到忿懣。但過了兩天，他又急著打電話給吳得成了。

周文平吃過晚飯，就有一種奇怪的心情，非去看王隆生不可。他自己也不知道想見王隆生做什麼。在他已把公司裏的弊端告訴了林貴之後的現在，就更希望像以前那樣，和王隆生輕鬆地、愉快地談論。他一點也不想和王隆生談到虧空或吳得成、林貴他們的事。周文平的心底裏，當然不希望王隆生懷疑自己。這種自我保衛的狡猾心理，和想測探王隆生動靜的心情，可能就像一層面紗罩住了他。雖然如此，他還是由衷地愛著王隆生。

周文平像似做了壞事，明知會挨母親責罵的孩子，想去給母親抱著的心情。他也有一種做過壞事之後的不安的感覺。並非負情，而是策劃陰謀的自己，使他感到羞慚。但，這種感覺也不是很明確。更明確的，反而是可以救王隆生的想法。周文平還想著在見了王隆生之後，要把和林貴見面的情形告訴吳得成，愉快地走過熱鬧的大街，拐進路燈稀少的昏暗的巷道，匆匆走向王隆生的家。白天的熱氣已消，全身可以感到夜的涼爽。周文平一到王隆生的家，就和平常一樣推門而入，像一般好朋友之間常見的，老實不客氣地一直走進裏面。

「喂，隆生在家嗎？」

「哦，是周先生，吃過飯了嗎？」剛吃過晚飯的王隆生太太明珠匆匆出來，笑著和他打招呼。她穿著淡藍色的、涼爽的薄旗袍，看來很嬌柔，有一點艷麗的風味。「隆生還沒有回來。剛才他打電話回來說，有遠方的客人來，吃了飯再回來。大概快了吧。」

「噢，還沒回來。」周文平笑著看了看明珠的臉，心情寬和過來。「隆生都這麼晚嗎？」

「不，不是每天都這麼晚。有時有了應酬難免這樣。」

明明知道的事，還要問，周文平立即感到自己好蠢。他自己拉了椅子坐下來，心裏想著，不管什麼時候看，明珠總是美人一個。稚氣未泯的女佣人奉茶出來。周文平接過茶，深怕緘默下去，必須找些話題來說。

「周先生，請坐一下，我去替小孩子洗洗脚。」明珠明朗地，央求也似地說。

「請便。」

明珠的旗袍衣裾一翻，靜靜地走進裏面的房間，周文平也鬆了一口氣，頓覺得無拘無束，但又好像美麗的花突然消失，有一種被拋棄的感覺，靜待著王隆生回來。

周文平想著，王隆生的遠客是誰呢？他覺得好笑，遠客可能是藉口，他一定是在麗子的地方吃飯。艷福眞不淺呀！他甚至於感到嫉妒。但明珠怎麼想呢？她到底知道不知道？看明珠的樣子，倒是純眞地深信著王隆生，毫無懷疑的跡象。也許她甚至於連他金屋藏嬌的事都不知道。可能隆生做得很高明。一想到這裏，周文平想起自己也未曾把王隆生的行跡告訴過明珠，不禁把脖子縮了一下。

他開始耽憂，不知王隆生從什麼時候起，虧空了多少公款。他爲什麼一直被蒙在鼓裏呢，王隆生到底怎麼想的呢？他知道隆生賭馬，也知道被酒家女李麗子這個美人迷住了，却不知道爲那一方面而虧空。可能是因爲他有財產，所以自己才沒有想到的吧。王隆生既然有困難，爲什麼不向自己求助呢？可是，卽使是王隆生，也無法把這件事宣揚出來的吧。或者，他已把財產處分掉了。或者，根本就沒有虧空的事。周文平突然感悟到，有些事，竟連最好的朋支都不知道，他好像已碰到微妙地潛伏在人生中的秘密，而被撞了回來一般，有一種寂寥的感受。他認爲一個人祇能保護自己的生活，但同時，又想起和王隆生見面後，應該說些什麼，心裏不禁感到困惑。

「對不起，讓你久等了。」不久，明珠捧著盛有花生糖的盤子出來，房間裏立即明麗起來。

「那裏，那裏。」周文平忽然感到一種不可言說的羞澀，臉也漲紅了。爲什麼臉紅呢？周文平張皇地想著，女人眞是不可思議。他好像要重新看明珠的臉一般，直望著她，想找些話題，就開口稱讚她：

「隆生嫂穿著旗袍，很配的呀。像觀音菩薩那麼淸純美麗。」

「周先生原來是旗袍讚美者。」明珠的臉已紅到脖子，嬌嗔地說：「眞的很合身？」

欣喜地打量著自己的身體。

「很合身。」周文平很高興找到了話題。「雖然不應該在妳面前講，我總覺得女人穿旗袍，看來輕盈、清爽、美麗而優雅。妳不這樣想？」

「我也不知道呀。」

「是不是旗袍讚美者，這倒不是問題。穿旗袍不但清爽、美麗，而且經濟、簡便。」

周文平拿一顆花生糖放進口裏。

「的確又經濟，又簡便。」

「從這一點來說，我是旗袍讚美者。感情上，這也更貼切。」

這時，好像是王隆生回來了，從騎樓那邊傳來脚步聲。「他回來了。」明珠迎了出去，繼而傳來「周先生來了呀」的聲音。周文平依然寬舒地坐在椅上，讓心情平靜下來，向快步走進的王隆生說：

「很忙嗎?回來得這麼晚。」

「不，不忙。有客人來，晚了一點。」他向周文平瞟了一眼，也坐了下來說：

「最近好憂鬱。」

「他總是這樣，開口閉口說憂鬱。我也不知道他有什麼可憂鬱的。」靜坐在角落的明珠插嘴說。

「妳不懂人的心理。」王隆生不悅地、唐突地說，而後轉向周文平：「有什麼消息嗎？」

「並沒有什麼消息。」周文平怔了一下，立即若無其事地回答。他感到王隆生說憂鬱，一定有重大的意味，可能是李麗子的事，也可能是虧空的事，就想直接問他是否有虧空情事，從裏面的房間傳來小孩哭聲，明珠就迅速地進去。周文平目送著她，認爲這是開口的好機會。但立卽想起不能問，就慌忙地打消了問意。也許王隆生已聽說最近林貴正在到處搭線，大力追查吧，他的臉色有點發青。

「那女人，還好吧？」周文平突然露出笑容，低聲問。

「呵呵呵。」王隆生臉上忽然明亮起來。「還好。」

「嗯。」周文平覺得，看人家這種欣喜的臉，並沒有多大意思。這就是戀愛嗎？戀愛又是人生的全部嗎？這種想法閃過了他的腦際。

「在此地，最好不要講這種話，被明珠聽到了不好。」王隆生也感覺到了，小聲提醒周文平說。

「背地裏的樂趣，也眞費神。想不到你也會害怕。」

「說害怕，倒不如說怕麻煩。」

「麗子，也眞有一手……」

「得了，不要太缺德了。」王隆生嘴巴生氣，眼睛却笑著。

「唐璜也不耐煩了。這我是沒有興趣的。」

王隆生露出苦笑，沉思了一下。周文平也很高興能意外簡單地談開了。但，華美而有前途的店舖，林貴、吳得成、虧空等却在他的心裏翻騰不已。王隆生到底在想著什麼呢？他覺得，能在王隆生的面前，坦然想著和王隆生相悖的各種事的自己，也眞有點不可思議了。這種心態，就叫壞心腸，或叫蛇蠍之心吧。就像一條滑溜溜的蛇，敏速地轉身，逃向自我本位的安全地帶。有時，它也爲自己的慾望而咬噬，並且不惜輸入毒液。甚至於已預見到將輸入毒液。這種能攻，隨時應變的心，又是什麼心態呢？這是做夢也夢想不到的。

「你在太太面前不停地叫憂鬱、憂鬱，但你現在却是很愉快的樣子。你那蒼白的臉，却閃著紅光。這不奇怪嗎？我實在無法了解你的心情。」他到底有沒有虧空，或者對虧空的事毫不介意，或祗是爲了麗子的事而感到高興呢？感到困惑的周文平，就滑稽地笑了起來。

「不要那麼大聲。」王隆生皺著眉頭，舒適地靠在椅背上。「我在家裏，就好像被什麼綁住，自覺得卑小而討厭，當然也不是不愛家。我也很愛家的呀。我所以有這種心理，可能是因爲明珠寵我。」

「像個大孩子那樣。」

「呵呵呵，像什麼都不必管。在那女人那裏，我就寵人家，我也不知道怎麼說……反正受寵的心情，和寵人的心情是不同的，眞奇怪。」

「這又是你的夢話了。受寵，就好像把自己給予人家，寵人，就好像人家變成自己的，好像一切都是屬於自己的世界。但我這個呆頭腦，是無法了解這種美麗的矛盾的。就是你自己，也可能不甚了解，祇是來回兜圈子而已的吧。至於我，除了說是無聊，還能怎麼說呢。」

「你是不可能了解的。」王隆生苦澀澀地說：「你在現實的世界，現實地活著。你謹愼、伶巧、狡猾、會鑽營，而求實利。在中學時期，你便是這種人，說不定這正是你的強處。」

「不要這樣說。」周文平立卽愉快地笑了起來。

「我也時常沉思著各種事情。但這不合我的性格，大都有頭無尾，不了了之。」

「我這種人，由你看來，好像很放蕩。」過了片刻，王隆生已忘掉會被明珠聽到，靜靜地閉著眼睛說。「養小老婆，賭馬這種事，看起來很不正經，或者根本就是錯誤。但，我已厭倦目前的生活。每天做著同樣的事，一切都停止，沒有什麼進展。我很想找回自己。我要有所愛，有所欲，有所爲。麗子和賭馬，祇是一種偶然而已。」

「你不說我也知道。這又是你那種懷疑的感傷主義吧。你想把自己想得過分浪漫，把生活當作遊戲。但，你賭馬、愛女人，果眞就是生活的全部?這就能滿足你所說的精神生活嗎?這就是你所說的思想嗎?當然，你有你所尋求的思想生活，至於我，倒想買幢房子，或謀求店的發展。我的夢是在地上的。」

「你要我退縮到家庭裏，說它是地上的夢，地上的幸福嗎?」

「這至少對你有益而無害。」周文平笑容可掬地呷了一口茶。「不飛的鳥最會飛。這種說法不適合於我，但我的確這樣想。」

「我很想做些什麼。這可能是對像泡沫一般消失的慾望的一種掙扎。」王隆生直看著周文平，露出無力的微笑。

「那是你的幻影。你一點也沒有幸福。在我看來，你祇是爲了不可知的事物而痛苦著。」周文平想對他說爲什麼不爲公司多出點力，但沒有講出來。他竟也想到，明珠可能在哄孩子時睡著了。忽然，他想起應該去吳得成家，一看時鐘，已晚了一點。怎麼辦呢?

「我不願意成爲受寵，而受束縛的人。連那種苦楚，也是幸福的冒險的泉源。」

「那你打算把太太怎麼樣?她豈不太可憐?」

「明珠現在這樣就可以。她有她自己的，有信心的生活。她一點疑心也沒有，繼續寵我，寵著孩子。

「可是你這就欺騙太太了。」

「不算欺騙她。因爲你認爲受騙的本人，並沒有覺得受騙。我把自己的生活隱瞞住，是因爲不想攪亂她的信心。」王隆生打了呵欠，靜默下來，表示對這種話沒有興趣。周文平一看到對方打呵欠，認爲這是好機會，預備起身。

「你想睡覺了吧。太晚了，我要告辭了。」

周文平站起來走了幾步。王隆生要他多談一下再走。周文平親暱地回答說會再來，由王隆生送出，走到幽暗而寂靜的馬路，晚風很是涼爽。周文平很奇怪王隆生對虧空的事隻字不提，也想著如對方提起，自己應如何對應等等，趕著夜路前往吳得成的家。吳得成還沒有睡，正在等著他。

翌日，周文平想著隔壁的角間能否實現的事，一早就把店務打點淸楚，交給了店員，就前往林貴的地方打聽消息。長滿青春痘的小店員出來說不在，問他什麼地方去了，又說不知道，周文平沒辦法，祇好拐到吳得成家，黃昏時回到店裏，才知道王隆生突然打了電話來，說有很要緊的事要商量，請他馬上去，不是去公司，而是去他家。周文平想著昨晚一點沒有異樣的情形，也不知發生了什麼事，心裏難免怔了一下，但還是笑嘻嘻地出了門。到王隆生家，一看他毅然決然的表情對自己說話，周文平又吃了一驚。

「我想向公司提出辭呈。」

「爲什麼！」周文平對事態的急轉直下完全沒有了解，好像被人猛摑了臉一般，疑惑地看著王隆生，無法立刻開口回答。

「你知道林貴那個人吧，眞是討厭的傢伙！」王隆生忿然說，好像受了很大的打擊尙未恢復一般，一邊咬著指甲，在房間裏踱來踱去。周文平更加驚懼，以爲王隆生已察覺到了他們的陰謀，猛跳著心臟想著，萬一對方指責自己就預備辯解說自己所指的是賴秘書。怎麼會演變到這樣子呢？周文平感到，好像已走投無路，令人快要窒息，反而決心要看個究竟，大聲問他說：

「林貴到底怎麼啦？」

「呃，對了，我必須向你說明一下。」周文平大聲一叫，王隆生好像突然驚醒過來，立即柔和語氣，笑著說：

「你已知道那個人和我合不來的吧。也許是爲我有特別的好惡，我却不喜歡他那臃腫的臉，無法忍受，所以不讓他做董事，就是他，正想暗算我。」

「暗算你？」周文平一怔，眼睛直看著王隆生的臉。「如何暗算你呢？」

「他想把我趕出公司。」王隆生已恢復冷靜。

「什麼理由？」周文平想起吳得成的事，也驚訝於林貴出手的快捷，把心靜了一下，裝成懵懂的樣子。

「今天，我在公司裏，從種種跡象，感覺到險惡的氣氛，知道有人要暗算我。我把底牌一翻，發現到林貴正在佈署。我不明白林貴爲什麼能那麼迅速地抓住了我的把柄。他一定有同謀，但我也沒有時間追究下去，我自己太危險了。」

周文平聽著王隆生的說明，把情形了解了之後，先叫自己冷靜下來，覺得事情發展得意外地快，並疑慮對方是否已感覺到給林貴拉線的正是自己。但王隆生的話還是像鞭子巴噠巴噠地打了過來，無處逃遁。他覺得，自己必須顯露弱點，才不會使對方生疑，就決心假裝不知到底，昂然抬起頭來，笑著說：

「你有什麼把柄可被林貴抓住？」

「我的確有把柄。」王隆生露出苦笑。「我一直沒有告訴過任何人，連對你也守著秘密。我虧空了公司的款項。」

「呃，虧空了公款？」周文平點頭，原來他眞的虧空了公款。明珠出來打了招呼，憂慮地坐在牆角。「眞糟糕。鬧成了刑事問題，可就完了。」

「我所擔心的正是這一點。我正在想辦法如何避免問題的發生。我虧空的原因，你大概也猜得出來。所以，我也不對你說原因，這祇有貽笑大方而已。當然，我也承認在金錢方面有失節度。但錯也錯過了。自己做錯的事必須由自己承擔。以前我也打算賣土地，因爲明珠反對，所以擱了下來。我當然不怪明珠。」王隆生瞅了明珠一眼，又繼續說：「因爲我沒有告訴她理由。把理由告訴她就好了，祇是無法說。明珠，妳明白我的心情吧？」

「明白呀，你早說就好了，事情已經過去了，說有什麼用？現在，祇有盡快賠償，從公司退出來，一起回鄉下去。」明珠可能已聽到了王隆生的表白，臉上略有慍色，但好像已讓步，不再深責他，略爲露出一點微笑。

「所以我就想早點把錢賠出來，辭掉不幹。明珠說要回到鄉下有我土地的地方。這件事是要另外考慮的，反正，我已一淸二楚地向明珠表白過了。明珠非常生氣，但立即原諒了我。」

「這也沒有什麼原諒不原諒的了。事態已急迫到這種地步，一點也不能遲疑了。」她說。

「所以，我想請你助我一臂之力。」

「要我助你一臂之力？」周文平一看王隆生並沒有懷疑自己，已寬了心，雖然這正是他所希望的，但事情意外的發展使他感到摸不著頭腦，兩眼平分地看著王隆生和明珠的臉，不知要他幫忙什麼，也想著不願受束縛的王隆生將如何處置麗子。

「賠款的方法倒有幾種，但我已厭倦了目前這種生活，如有可能，倒想離開這裏，到新的土地，重新開始。這樣子，對我的生活可能是新的滋潤和食糧。所以，如果可能，我想賣掉股票來賠償。當然，我也可以用信用貸款，也可以向你借錢，或拿土地到銀行抵押，或賣掉土地。但既然想抽身出來，不如把股票賣掉，也好一刀兩斷。如股票不能很快脫手，再來借錢也不遲。」王隆生連眼睛都不眨一下。「雖然委曲求全於心未甘，但我覺得應該先林貴一步勇退出來才對。祇要我悄悄地把漏洞補好，林貴也可能不知道我何以退出來。誰敢保證林貴不會讓我坐牢呢？我是不願爲這種事硬呆下去的。連鳥都知道要走，就不要留下汚跡。」

「可是，你不以爲可惜嗎？」設計要對方出賣的股票，對方反而來拜託他賣，周文平雖然覺得有點啼笑皆非，但一想到這樣可以不費一點氣力，能提早解決問題，也可以堂堂和吳得成進行交易，心中暗喜，但又覺得必須勸他幾句。

「當然林貴不會那麼早就把握到確實的證據，可能祇聞到風聲的程度而已，祇要我趁早把漏洞補好，把賬目也弄清楚，我甚至還可以反擊林貴，但我實在不願再來這一套。如我現在辭職，尤其林貴正在暗中蠕動的現在，多少要引起人家的猜疑，但這也沒有什麼關係。既然有了虧空，就必須補。從法律上而言，我當然犯了罪，但我不想坐牢。從良心上說，我必須善後工作做好。」

「不錯。不管如何，總要留下一點尾巴，不乾不淨，但能急流勇退，也是很漂亮的。」

周文平倉皇地說。他必須在王隆生未變卦之前，趕緊到吳得成家，就一本正經地：「有可能的地方，我都去碰碰看。」

「拜託你了。我們已決定這樣了，該放棄的就乾脆放棄，另找更有意義的生活方式。所以，與其不乾不淨地留戀著這種地方，倒不如一走了之。」明珠直望著王隆生的臉，溫柔地笑著說。王隆生從保險櫃裏取出一大疊的股票，用包袱巾包好，交給周文平。

「拜託你了。」

「有沒有時限呢？」

「也許是無理的要求，我希望能在今天晚上把它處理掉。反正，越快越好。」

「我不知道能不能順利，反正盡力碰碰看就是了。」周文平笑嘻嘻地說，把股票接了過來。

「還要拜託你，儘量不要讓別人知道。」

周文平點頭稱是，想快一點趕到吳得成家，就匆匆和明珠告辭，走到騎樓，跟在後面的王隆生就附在他身邊悄悄地說：

「至於麗子，明珠不准許我帶走，祇好放手了。我以後還會好好地跟她說。祇要事情一解決，我就帶家人到東京、北平、或東北去。」

因為自己的計劃遽然轉到意外的方向，周文平的心還沒完全平靜下來，又聽到王隆生有遠行的計劃，忽然感到孤單，覺得對不起他，又看到自己的如意算盤，以別的方式解決，心中不免有很奇妙的、懸掛的感覺。他甚至於感到，由自己暗示林貴發動的此一陰謀，好像反而已被王隆生識破。王隆生更可能已看穿了自己的計劃也未可知。王隆生假裝不知道，但如果仔細一想，却是爲了利用自己出售股票，而故意假裝不知。周文平一想到此地，脖子就不禁起了寒意，好像有人在後面追趕一般，直奔向吳得成的家。

周文平一想到自己所張結的深謀遠慮的網，已在暗中被噬破，就感到難堪。但不管怎樣，林貴和王隆生都太機敏了。在一夜之間，林貴已迅速地佈置了眼線，而以前認爲祇會做夢的王隆生，也意外敏感地，應了漂亮一步棋，立即化險爲夷。他想拯救王隆生的自慰性的喜悅，又該如何處置呢？王隆生不是已完全自救了？一石二鳥之中的一鳥，已翺翔在高空上了。

現在，王隆生大概正舒舒服服地靠在椅上，和明珠一起，訕笑著我的愚笨吧。周文平懷著難堪的心情，死命地抓住一個念頭，祇要替王隆生賣出股票便能幫忙他，而他自己所渴望的房子也確實能到手。他一到吳得成家就直走到內客廳。吳得成一看周文平的臉，就明白了來意，笑逐顏開地問他：「怎麼啦？一切都很順利的吧？」不知怎麼，周文平忽然嘩啦嘩啦地搖起扇子，笑了出來。

「眞想不到一點也不費力，很順利地達成了任務。實在沒有料到這麼快就解決了。

好了，今晚你就在這裏吃飯，慢慢地談一下。其實，你那麼早回去王兄那裏也沒有用，遲一點去就可以了。」

周文平也認爲可以遲一點去。吳得成能不動聲色地買到股票，對公司和對自己都好，所以心裏也感到滿足。周文平和吳得成愉快地吃過晚飯，拿了股款，也簽好了角間的建築和土地的買賣契約，正想回去的時候，吳得成笑著對他說，告訴他前往北平的文具店老闆曾立本的護照快出來了。曾立本還說，要在一個禮拜之間歇業。以前周文平曾經懷疑曾立本和吳得成串通，但現在已不必再管，既然曾立本能早日退讓，他當然高興，覺得必須早點請人裝修店面，露出再也不能更高興的表情，在昏暗的夜路上，趕向王隆生的家。

王隆生和明珠正憂慮地等著。

「太遲了，很抱歉。事情還算順利。」周文平急忙地擦擦臉上的汗，把股款交給王隆生，心裏不禁感到得意。

「對不起，太勞煩你。」周文平意外地早回來，王隆生很高興，明珠也一再稱謝。

「是一位叫吳得成的青年實業家買下的。你也知道他們吧。我想起他也許有興趣，一接頭果然很順利。祇是他雖然很想買，却不夠現金。沒有辦法，我祇好借給他，要我把他的房子買下來了。」周文平說了謊，想要藏匿和吳得成之間的陰謀，把買賣契約取了出來。

「雖然買下來也不吃虧，我可能要背一點債了。」

「這增加了你很多麻煩，很抱歉。」王隆生露出歉疚的表情。

「沒有關係。問題解決了，我也很滿意了。」周文平把買賣契約小心地放進懷裏，目光烱烱地回看了王隆生和明珠一眼。

王隆生已放心，很感動，喜悅地說，對不起，對不起，我也可以高枕無憂了。周文平很滿足地燦然一笑，以回報王隆生的溫和的笑容。

——本篇原載於《臺灣文學》第一卷第二期，一九四一年九月一日出版

老而彌堅的前輩詩人巫永福

杜文靖

一踏入位於安和路的高級住宅，第一個印象是氣派非凡，第二個印象是這幢屋子眞是窗明几淨，接下來的印象則是，主人家想必是個愛好藝術的雅士。

說氣派非凡是建築物本身給予的感受，面對著仁愛國小，雕花大鐵門，溫文有禮的警衛，確是氣派非凡。說窗明几淨，指的可是室內的展現，主人家把房舍整理得有條不紊，家中擺設的桌椅橱櫃都擦拭得纖塵不染，足見主人家是深諳起居三昧的。

說主人家是位雅士可也不是憑空而來的，客廳一排長櫃，擺滿了各類書册，鄰櫃的牆上掛的是一幅鄭板橋的眞跡，茶几上下都是琳琅滿目的書册雜誌，對著茶几的一堵牆上，則赫然是郭雪湖的傑作，五彩水墨的戎克船，正是當年大稻埕港口的景象，光憑書橱、名畫，主人家不是雅士才怪。

這個家的主人，是國內鼎鼎大名的前輩詩人——巫永福，筆者一行去訪問他的時候，他穿著一襲樸素的家居服，配上他那一頭銀髮，給人的眞是溫馨雅婉的身姿。提起巫永福，在詩壇眞是人人知名！他的一生都和文學脫不開關係，即使到了年老之際，也還不忘爲文學發展貢獻他一己的物力、財力和心力。

巫永福在文壇以詩博名，但詩並不是他最早的職志，寫詩對他來說，似乎也有那麼一絲無奈。不過，透過他的詩作，我們卻不能不立即爲他的詩而感動，爲他的詩句沉湎，爲他的詩觀喝采。做爲一個詩人，巫永福是絲毫也不曾辱沒了詩神。

巫永福，臺中埔里人，一九一三年誕生，巫家在埔里是個望族，他的兄弟有多人是習醫的醫師，在地方上懸壺濟世，可謂是鄉閭的仕紳典型，巫永福的早歲，父親也常希望他也能走上學醫的路，沒想到巫永福冒出了偏鋒，在求學路途上，他故意放棄了醫科入學試，一舉而考進了明治大學專攻藝文。雖然這樣的舉措，使他減少了從父親手中所能獲取的零用金，不過他是愛上了藝文，且以藝文爲職志，少一些零用金對他似乎並不是那般重要。

這樣的堅持，終於使臺灣出現了另一個優秀的詩人。

巫永福誕生那年，距離甲午戰敗臺灣割讓給日本，已經越過了十八個年頭，巫永福生來就在日本殖民統治之下，不過，根深蒂固的民族情感，卻在巫永福漸次成長的過程裏，一再地呼喚著他，使他在早年的作品中，充滿了祖國的意識，也充斥了對民族熱愛的情誼，使他成爲反抗日本殖民統治文學健將。

太平洋戰爭末期，日本人在臺灣開始徵集所謂「志願兵」，臺中州警察部，有一名年輕的特高課長，在臺中召集了智識青年舉行座談會，要出席的人不客氣地說出心中的話，並且保證不會有任何後遺症，巫永福在座談會上，很婉轉却十分不客氣地批評日本人對待臺灣青年不公平的差別待遇，當時曾被與會的臺灣青年認爲勇氣可嘉，而且在批評之際還列舉實例要求予以改善，更令朋儕爲之喝采不已。

可是，日本的年輕特高課長所說的「沒有後遺症」，祗是鼓舞大鳴大放的一種烟幕，事實上，在座談會上的這席話，爲巫永福帶來了莫虛有的困擾，臺中警察部開始嚴密監視巫永福的行爲舉止，而且有不少特務警察人員還三番兩次登門造訪，甚至一日數回，使得巫家父母耽憂不已，巫永福的母親，爲了怕一旦特高組展開搜索，巫永福平日所寫的隻字片語都可能帶來莫須有的罪名，於是一把火把巫永福青年時期的詩稿都燒成了灰燼。

這一把火燒掉了作品，却眞的暫時保住了安全，然而巫永福對每日數次的滋擾還是害怕得不得了，現在想來，那樣的恐怖仍然猶有餘悸。

不過，僥天之倖，在巫永福的無窮遺憾中，上天爲他留下了漏網之魚，一本寫滿了詩稿的筆記本，沒有在那場火燒中焚燬，安然留在了他埔里老家，其中的九十首詩作，泰半由陳千武先生爲他譯成中文，連續發表，一本筆記本中可以蘊藏這樣豐富的詩稿，可見當年他是如何的具有旺盛的寫作力。

一般來說，在這樣種種掣肘狀況下出身的詩人，總較易承襲了自憐的映像，不過巫永福不同，他進一步期許自己，要爲當時在臺灣的臺灣人創造未來的前景，他篤信民權、確信民主，對於異族的統治，一直都抱持反對的態勢，他在日據時代所寫的一首八行的詩作：〈愛〉，最能表現他愛民族、反異族統治的精神：——

父母未曾說過愛我
但我領悟父母的愛
你每次都說愛我
你的愛却無法領受
你想征服我把愛說成一視同仁
我知你的花言巧語含有虛僞
你想擁有我的心情
但我的心常受騙已成了石頭

詩中的父母，明顯地指出了是祖國，「你」指的正是當時的殖民者日本，他完全不相信日本人共存共榮的口號，也反對日本統治者的同化論，在詩作中表現了極爲強烈的民族意識。

巫永福在詩中表達了對祖國強烈的憧憬，而有了強烈的祖國之愛，除了這首〈愛〉，他的另一成名作〈祖國〉，更是淋漓盡致地呈現了此一衷心思想。

未曾見過的祖國／隔著海似近似遠／夢見的，在書上看見的祖國／流過幾千年在我血液裏／住在我胸脯裏的影子／在我心裏反響／呀！是祖國喚我呢／或是我喚祖國？燦爛的歷史／祖國該有榮耀的強盛／孕育優異的文化／祖國是卓越的／啊！祖國喲醒來！／祖國喲醒來！

國家貪睡就病弱／病弱就會恥辱／人多土地大的／祖國喲　咆哮一聲／祖國喲　咆哮一聲

民族的尊嚴在自立／無自立便無自主／不平等隱藏有不幸／祖國喲　站起來／祖國喲　舉起來

戰敗了就送我們去寄養／要我們負起這一罪惡／有祖國不能喚祖國的罪惡／祖國不

覺得羞恥嗎？／祖國在海的那邊／祖國在眼眸裏
風俗習慣語言都不同／異族統治下的一視同仁／顯然就是虛僞的語言／虛僞多了便
會有苦悶／還給我們祖國呀！／向海叫喊　還我們祖國呀！

巫永福寫這首〈祖國〉時，臺灣淪日已四十餘年，巫永福根本無緣去祖國，對祖國的山川土地根本未曾親炙，一切印象都是書中讀來的，但在詩作中却強烈地表達了殷切的期盼。

在臺中州警事件後不久，巫永福遠赴東瀛，在東京明治大學攻讀文科，一九三二年在東京與張文環、蘇維熊、王白淵、施學習、曾石火、吳坤煌等人成立了「臺灣藝術研究會」，並創刊文學雜誌《福爾摩沙》，前後出版三期，巫永福有不少作品發表。

留學日本期間，巫永福仍然寫小說，和他最先撰寫的〈黑龍〉，有著血脈相連的興味，這段時期他也開始寫劇本，可惜這些劇本概多未留底稿，散佚而難尋了。

一九三五年，巫永福學成返臺，即進入《臺灣新聞社》擔任記者，同時也加入了張深切領導的「臺灣文藝聯盟」，在該聯盟出刊的《臺灣文藝》上發表小說。

一九四一年，巫永福又加盟《臺灣文學》雜誌。

《福爾摩沙》、《臺灣文藝》、《臺灣文學》是日據下三個最主要的文學刊物，這三個刊物雖不標榜，却都是堅強的文學反日的重鎮，到今天，仍然還活在世上的文學前輩中，同時參加過這三份雜誌的，巫永福大概是碩果僅存的了。也因此，他成爲研究這三份雜誌的人，不能或缺的活字典。

臺灣光復後，巫永福即出任臺中市政府秘書，他在回憶這段時日時，曾很感慨地說：那段時間由於不懂國語，任何交辦或應辦的事項，全都依賴筆談來達成溝通，就因著這樣的溝通，到了今天，巫永福仍然還是不太懂國語，即使他寫詩，也泰半是用「漢語」思考，用「漢字」表達。

一九五六年，巫永福出任中國化學製藥公司總經理，將原本沒有盈餘的公司，經營得有聲有色，展露了他經營工商企業的才幹。也使他被延攬爲新光產物保險公司效勞。一九六三年出任新光產物副總經理，一直到執行董事以迄退休。

一九六七年，巫永福加入了《笠》詩刊，成爲《笠》的一員，但一直到一九七一年才開始又拾筆以中文創作新詩，在《笠》詩刊發表。

從一九五〇年到一九七一年，巫永福的文學生命是暫停的，原因是以中文思考，用中文寫作，對他是一種全新的挑戰，但是巫永福依恃著對漢文的研究，和他永不迷失的詩心，終於再次發出了聲音，用詩表達了他對國家、對鄉土、對親情的種種情懷。一九七七年，獨立創辦《臺灣文藝》雜誌的吳濁流先生逝世，巫永福義無反顧地繼任為《臺灣文藝》雜誌社的發行人迄今，一九七九年，巫永福為了鼓舞國內的文學評論風氣，導正文學走向，捐資創立了「巫永福評論獎」，獎勵對文學評論有所表現的青年作家。

由於早期的作品散佚太多，他的小說〈黑龍〉、〈山茶花〉、〈慾〉三篇入選遠景版《光復前臺灣文學全集》，他的詩作則分別入選《華麗島詩選》，及日文版《臺灣現代詩集》，他的詩集《愛：永洲詩集》則於去年間付梓問世，這是光復前作家在光復後還能創作不輟又能結集出版的少數例子中的一個。

巫永福在他的詩裏，表現出或多或少的理想主義色彩，對於政府，他總是責備的多，讚譽的少，他總希望有完美的展現，也希望政府有完美的政策演出。在臺灣光復四十年後的今天，雖然政治景況已大為改觀，不過巫永福民族精神和民權信念的追求，都成為他目前的詩中最為重要而特出的訴求主題，也是他的詩觀中極其重要的支柱。

在詩的表現上，巫永福似乎著重於精神基調，他相信內容可以決定形式，可以決定表達方式，甚至決定語言的運用，他說：「寫詩，要有詩的精神，當然毫無疑問。詩，要以何種形態表現都可以，但要嚴格要求的是：詩的本質。」因此巫永福十分重視詩的意義性，他也強烈追求詩人立足點、著眼點的準確性，要求詩要有它的時代性。

巫永福的詩，無論是經驗的，意念的，都用具體的意象，表達顯明的精神內質，他的詩做到了以意義決定詩人地位，他眞的站穩在民族、正義、人道、愛心的立場上，爽朗高歌。

除了詩，巫永福還是一個熱心的社會參與者、改革者，他參加「扶輪社」，爲社會貢獻愛心，他把自己的存書，一骨腦都捐給埔里圖書館，做爲後輩子弟參閱的精神食糧，他也熱心參與一些重要的文學集會，去鼓勵青年朋友投入文章報國、文章報鄉的行列，他多年來都出席鹽分地帶文藝營，所以也獲得了臺灣新文學特別貢獻獎的榮譽。

巫永福同時也是一個重視根源的人，他擔任巫氏宗親會的理事長，定期編印巫氏宗親的會刊，發表一些追本溯源的文字，撰寫巫氏家族的故事。

其實，巫永福到今天，仍然念念不忘他的小說，他一直希望自己能成爲一個小說家，但是四十年語言隔閡，使他不敢自信能掌握住中文文字的精髓，在敍事和論述的觀點上，他很難用長串的文詞加以表現，因此，他祇好選擇詩，到底用漢音思考以中文撰稿的方式，是比較適合於語字凝鍊度較高的詩創作。

不過，他雖然滿頭銀髮，却仍然不服輸，他相信有朝一日，會再走回小說的領域，用漢字創作出感人的小說作品來。我們相信，也祝福他有朝一日能用漢文寫出小說來。

巫永福的身體一向硬朗，雖然滿頭白髮，却在他的臉面上，呈現著紅潤的健康，比起前輩詩人郭水潭，他的健康體魄，無疑是他可以繼續努力創作的根源。

巫永福的家境一向不錯，加上他自己在工商業界的發展，使他的生活一直不虞匱乏。在訪問中，他曾數度提及，雖然家中兄弟多人從醫、多人學理科，而以一介文士來說，巫永福就一直認定，不比他的兄弟差，物質生活上不差，精神生活則似乎還更勝一籌。

我們去訪問他的下午，他神采奕奕，展示著過去這些年來人們對他訪問、對他所做的尊崇，引導我們去看他的書房，指引我們去認識他牆上的名人名畫，親手爲大家沏茶，還拿出一本保存得十分妥善的古老相本，裏邊多的是前輩作家的丰姿，不少久聞其名的前輩作家的風範，在他那本相本中呈現，眞的讓我們獲得一個難忘的午後。

巫永福這些年來，也戮力於臺語文字的研究，這大概和他不懂國語有著極大的關連。他曾幾次將他的研究寫成報導公諸社會。

如果要說老而彌堅，巫永福誠然是當之無愧的。

在七十三高齡的今天，他依然在汲汲營營的創作，依然在爲母語尋求定位，巫永福曾不止一次強調，唐詩、宋詞用閩南語來朗誦，很能表現出眞情意。

巫永福也說現在大家說臺灣人是福建移來的，所以稱爲「福佬人」，他認爲應是「河洛」的諧音，因爲臺灣人是原居中原的漢民族，說是的黃河洛陽的漢語，幾經遷徙才到了臺灣，溯本探源的結果，呈現出的是臺灣人應是河洛的中原人士的後裔，所以巫永福曾說：如果和孔夫子交談，用閩南河洛語，孔夫子可以聽懂八成，如果用現行的國語和他說話，大概他也祇能和巫永福一樣，了不起聽懂二成。

職是之故，巫永福在眼見日漸增多的閩南語、漢文研究出現的今日，他的衷心有著另一層的安慰。

巫永福曾被周伯陽譽爲愛國詩人，而在該文中指出巫永福詩作中有著象徵主義的風格，事實上巫永福在再出發之際，就受到象徵主義詩觀的洗禮和技巧的磨練，他的一首〈泥土〉，完全表達了象徵風格。

泥土有埋葬父親的香味
泥土有埋葬母親的香味

飄過竹簇落葉微亮著
向那光的斜線鳥飛去

潮濕的泥土發出微微的芬芳
寒冷的泥土發出淺春的芬芳
閃耀於枯葉的光底呼吸裏
鮮新而豐盈的嫩葉　發亮
微風也匿藏著早來的溫暖
雲霞也打著早春已來的訊息
嫩葉有父親血汗的香味
嫩葉有母親血汗的香味

巫永福的象徵手法，當然也出現在其他詩作中，他在另一首〈遺忘語言的鳥〉中，也以象徵手法來隱喻日人統治的無言，也控訴了那些奉日人爲神明的皇民。

這首〈遺忘語言的鳥〉其實正指向那些數典忘祖，攀援日人富貴，忘却自己民族尊嚴的人，這首是這樣寫的：

遺忘語言的鳥呀／也遺忘了啼鳴／趾高氣揚孤單地／飛啊　又飛啊／飛到太陽那樣高高在上

離開巢穴遠遠飛去／離開了父母兄弟姐妹／也遙遠地拋棄祖宗／能遠飛才心滿意足似的／像不知回歸的迷路孩子／固陋的心　遺忘了一切／遺忘了自己的精神習俗和倫理／遺忘了傳統表達的語言／鳥　已不能歌唱了　甚麼也不能歌唱了／被太陽燒焦了舌尖

傲慢的鳥／遺忘了語言／悲哀的鳥呀

我們確信巫永福熱愛國家、鄉土，他鄙視數典忘祖之輩，他不會做傲慢的趨炎附勢的悲哀的鳥。

離開巫永福的住家，門外的天色依然陰霾，但是一線光明已在天角亮起。

我們確信，巫永福會愈活愈強勁，他會愈活愈愛鄉愛國，誠如周伯陽說的，他眞的是個愛國的詩人。

——本篇原載於《文訊》月刊第廿九期，一九八七年四月出版

杜文靖　一九四七年生，台灣台北縣人。世界新專報業行政科畢業，現任自立早報副總編輯，著有詩集《賦碑》及推理小說《情繭》、《墜落的火球》等書。

巫永福小說評論引得

張恒豪　編

篇名	作者	刊(報)名	卷期(出版社)	出版日期
1.我們目前的任務	賴明弘	臺灣文藝	二卷五號	一九三五年五月
2.晩近の臺灣文學運動史	黃得時	臺灣文學	二卷四號	一九四二年十月十九日
3.巫永福作品解說	羊子喬	光復前臺灣文學全集卷三—豚	遠景出版社	一九七九年七月
4.堅守文化「苦節」的人—巫永福	黃武忠	日據時代臺灣新文學作家小傳	時報文化出版事業公司	一九八〇年八月十日

5.《臺灣文學史綱》(巫永福部分)

葉石濤	臺灣文學史綱	春暉出版社	一九八七年二月

巫永福生平寫作年表

張恒豪 編

一九一三年 1歲 三月十一日生於南投縣埔里鎮東門，巫家在埔里是望族。

一九二九年 17歲 遠赴東瀛，先進入名古屋五中，畢業後再進入明治大學就讀文藝科。

一九三二年 20歲 在東京與蘇維熊、張文環、王白淵、施學習、吳坤煌、劉捷等人籌組「臺灣藝術研究會」。

一九三三年 21歲 七月，由蘇維熊掛名發行人，創刊《福爾摩沙》雜誌，前後出刊三期。小說〈首與體〉發表於創刊號。

十二月，詩〈乞食、他〉二篇、劇本〈紅綠賊〉發表於《福爾摩沙》第二號。

一九三四年 22歲 六月，小說〈黑龍〉發表於《福爾摩沙》第三號。

明治大學文藝科畢業，學成回臺，進入《臺灣新聞》社擔任記者，並參加張深切、張星建爲主幹的臺灣文藝聯盟。

一九三五年 23歲 二月一日，小說〈河邊的太太們〉發表於《臺灣文藝》二卷二號。

四月一日，小說〈山茶花〉發表於《臺灣文藝》二卷四號。

五月五日，詩〈守錢奴〉、〈清靜的海濱〉、〈新路〉、〈空間〉、〈煙〉發表於《

臺灣文藝》二卷五號。

一九三六年　24歲　六月十日，詩〈光〉、〈愛的矛盾〉、〈水仙花〉發表於《臺灣文藝》二卷六期。

九月廿四日，小說〈阿煌與父親〉發表於《臺灣文藝》二卷十號。

一月廿八日　小說〈眠い春杏〉發表於《臺灣文藝》三卷二號。

一九四一年　29歲　加盟張文環為主幹的《臺灣文學》雜誌。

九月一日，小說〈慾〉發表於《臺灣文學》一卷二號。

一九四二年　30歲　任職臺東信託公司。

一九五〇年　38歲　擔任臺中市長楊基先生的市府秘書兼市長機要，前後三年半。

一九五六年　44歲　出任中國化學製藥公司總經理。

一九六三年　51歲　出任新光產物保險公司副總經理。

一九六七年　55歲　參加《笠》詩刊社為同仁。

一九六八年　56歲　與吳建堂創辦《臺北歌壇》為同仁。

一九七一年　59歲　參加東京東早苗主幹的季刊俳句誌《七彩》為同仁。

一九七七年　65歲　繼吳濁流為《臺灣文藝》發行人。

一九八〇年　68歲　創辦巫永福評論獎，第一屆獲獎人為葉石濤。

十一月廿四日參加東京地球詩社三十週年詩祭及國際詩人會議。

一九八二年　70歲　參加於臺北召開的中日韓現代詩人代表會議為中華民國代表團團長。

一九八五年　73歲　與林亨泰接受美國臺灣文學研究會邀請，赴美參加年會。

一九八六年　74歲　二月，詩集《愛》由笠詩刊社出版。

十二月，文集《風雨中的長青樹》由中央書局出版。

一九九〇年　78歲　三月，詩集《時光》、《霧社緋櫻》、《木像》、《稻草人的口哨》、《不老的大樹》由笠詩社出版。

王昶雄集

台灣作家全集

世界觀的激盪

——王昶雄集序

張恒豪

王昶雄，原名王榮生，一九一六年生，臺北淡水鎮人。十三歲即赴日本，進入郁文館中學，廿七歲日本大學齒學系畢業。在日本時，曾於同人雜誌、報紙發表作品，以寫詩爲主。一九四二年返臺，爲《臺灣文學》雜誌同仁，作品散見於《臺灣文學》、《文藝臺灣》、《臺灣日日新報》等刊物，重要的作品，有小說〈淡水河之漣漪〉、〈奔流〉等。自日返臺，即從事牙醫迄今。戰後，仍不忘情文學，屢有佳作問世。

〈奔流〉一作，曾被選入一九四三年的《臺灣小說選》（選集中尚蒐有龍瑛宗的〈不知道的幸福〉，楊逵的〈泥娃娃〉、呂赫若的〈風水〉、張文環的〈迷兒〉、〈媳婦〉）。有人說這是一篇皇民化作品，也有人說是一篇站在臺灣人的立場，傾訴皇民化苦悶心聲的寫實小說。這兩種褒貶互見的論點，都可能影響到本篇小說的評價。

以一篇作品能激起兩極化的迴響，就如同殖民地時代臺灣人的心理認同問題一樣，究竟是幸，或是不幸呢？這是特殊時代所遺留下來的癥結，也是現階段針對戰爭時期殖民地文學再評價的一個爭議點。不過我以爲問題都在於這些觀點，恐怕都還是「非文學性」的，是外在的，是呼應民族意識及社會動脈的，而不是「文學性」的。

若說日據時代的臺灣文學，是殖民地文學，是表現臺灣人存活在殖民地上的反抗、思考、苦悶、憂傷及憧憬，那麼，拋開意識形態鬼影子的糾纏，從文學或文學史的角度出發，這篇作品至少表現了下列兩點寓義：

一、在太平洋戰火熾紅之時，在皇民化運動喧囂之際，〈奔流〉徹底地揭露了一個殖民地臺灣智識分子思考的切面，也就是以大和爲中心的世界觀及以漢族文化爲中心的世界觀的激盪、糾葛及衝突，這種矛盾的苦悶及抉擇，並非個人性的，在當時的智識分子中，具有普遍性及代表性，頗値得深思；而就文學的藝術性言之，〈奔流〉至少滿足了傑出文學作品的兩大質素——心理探測的「深度」及社會觀察的「廣度」。

二、若說賴和、楊守愚等人是受到十九世紀法俄寫實文學的影響；楊逵是受到普羅文學的影響；楊熾昌是受到超現實主義的影響；那麼，從王昶雄的〈奔流〉，便可看到師承自然主義大師的遺響。學醫出身的王昶雄，坦陳師承左拉的人物病態心理的剖析法，對於人物的塑造，賦予遺傳學及環境論的理論基礎，故其人物心靈，莫不有巨大的陰翳。由此我們可窺出戰前臺灣文學的進程與世界文學思潮互動的蛛絲馬跡。

細讀〈奔流〉，不禁讓人想起南非女作家娜汀·葛蒂瑪(Nadine Godimer)，在面對著白人的殘酷鎮壓時，她說：「一面忍受充滿惡意的官僚作風，一面設法逃避他們手中的條款，爲了苟且偷生，黑人作家們不得不從明白的表現法，轉向比較含蓄而曖昧的語句來表達心中的感受。」同樣情況，對於決戰文學的凝視，實在不能不有如此「歷史的同情」及「文學的見識」。

奔流

林鍾隆 譯
王昶雄 校訂

一

我離開十年住慣了的東京，是在三年前的春天。現在閉上眼睛，當夜的情景，還可以歷歷浮上腦際。像長蛇一般開往下關的夜車，九點離開了東京站，經過有樂町、新橋、品川、大森，街燈逐漸從視野消失時，簡直無法抑制，熱熱的東西湧上心頭。不全是離情的淒苦，而是自己一旦回到鄉里，不知何時再能踏到這首善之區（指東京）的心思，使我感到難以忍受的寂寞。這並不是年輕人的感傷而已。我在S醫大讀完了課程，一面就以附屬醫院臨牀醫師，一面又以解剖學教室研究生的身分留下來。但是，這也是極短暫的事情，約莫一年工夫，在鄉里開內科診所的父親突然逝世，不得不立即束裝回鄉。想研究到定型的心情，以及對北國生活的留戀，終於在現實之前，立刻完全慴服了。繼承父親，一生埋沒於鄉間醫生的境遇，對我來說，是很不容易忍受的。

對好幾年沒見的故鄉風物，眞正從心底感到很美，而鬆了一口氣。但並不能持久，做一個樸實的鄉下醫生，工作並不算煩瑣，却沉不住去，每天都糊裏糊塗地渡過。對難以逃脫的無聊感，實在毫無辦法，簡直想把身心都豁出去。追憶著遊學時的那種覇氣，想到在如此單調的生活中，今後如何求得刺激，這種不著邊際的思量，經常像燻灸似地在胸口冒湧、盪漾，把頹喪的心，帶向無限的遠方。故舊有是有，但並不是能誠心安慰，或剖心相告的人，吊在半空中的慵懶，經常弄得心情憂鬱難解。很想乾脆拋棄一切，再一次到東京去，但想到孤單的老母親，也就下不了決心。

就在那時候，結識了伊東春生這個人。說得詳細些，當我正沉溺於彷彿客愁的狂暴的感傷中時，給了我的飢渴一副清涼劑的，正是伊東春生。這就是我和伊東接近的動機，也是加速地使意氣投合的程度加深的因素。經過情形是這樣的——。

十月將近尾聲的時候，殘暑仍然相當逼人，到了晚上，氣溫簡直不可相信似地降落下來，變得相當涼。因此，感冒流行起來，我在白天晚上都變得很忙。一天傍晚，我一個個依序診察著病人的時候，突然有一個人，說了一聲：「請多關照！」很有氣勢地走進來。注意一看，是三十四、五歲的，體格健壯的人。眼睛紅紅的，面孔因發燒而泛著紅色。雖然很隨便地穿著夏天單衣，總覺得有著迫人的凛然，這就是伊東春生。我立刻把聽診器貼上胸部，診察咽喉，當然是嚴重的感冒，體溫有三十九度二。

「因爲太好強了。逞強也抗不過病的。」伊東笑著說。

面孔雖然看來很大方，笑裏却隱伏著複雜的陰影或線條。彷彿訴說著這個人主張個性尊嚴的剛強似的。問他職業，說是城郊大東中學的國文教師，我不由得把視線傾注於伊東的臉。借職業上的方便，好像觀察似的，瞪著眼凝視他。像是內地人（日據時代所指的內地是日本本土）的這個伊東，從說話的腔調雖然沒有辦法識別，但那臉的輪廓、骨骼、眼睛、鼻子，在我看來，很像是本島人。也許由於是出生於殖民地的神經過敏性的敏銳的靈感，我在內地的時候，內地人當然不用說，是本島人還是大陸人，看一眼就能毫無例外地認出來。我這敏銳的靈感除非痲痺，這時候我的眼睛所注意的地方，當不會有誤。這是誘發我異常的好奇心，夠充分的事實。想及早查出伊東的眞正身分，也興起了想跟這個人盡情地談論的衝動。而伊東要是如我所預感的本島人，更能誘發我的興味，同時感覺，燃起我的希望的範圍會更爲廣大。但是，今天就親密地再多問下去，未免失禮，後面又還有很多病人在等著，給了兩天份的藥，告訴他希望再來，就分別了。

跟他錯身進來的，是這裏的中學五年級（舊制中學，修業五年）的林柏年。柏年看到了伊東，就行了舉手禮。我很高興柏年來得正是時候。他今年十八歲，劍道鍛鍊出來的身子，雖然很結實，仍有孩子氣的感覺。原來愛好運動的他，劍道以外，也從事其他各種各樣的運動，由於過劇地酷使身體，傷了肋膜，繼續來我的診所看了兩個半月的病。我在胸部輕輕敲打，問過了最近的狀況之後，才問他：

「我想問你一個不尋常的問題，那個伊東先生，算什麼地方的人啊？」

「那個老師嗎？」柏年好像所等待的機會終於到來似地說。「他是本島人，太太却是內地人。」

「果然沒錯。」我露出了會心的微笑，並不是對自己的靈感未衰的慶幸，而是這個人的存在，彷彿與我有緣似的，雖有點奇異，但好像在追求明朗的思念似的漠然的歡喜。教授國文，以及其不膽怯的態度，有這樣的本島人在鄉里，使我的心有所依藉，打心底湧起了歡喜。

「是好老師嗎？」在次一瞬間，我竟無意識地問了這樣愚笨的問題。

「呀！很難說的。」

不知爲什麼，柏年好像逞意氣似的，脫口而出。這個人與體格不相稱地，感覺很細膩，有很不好應付的地方。眼睛大概是心理的關係，有所思考似地瞇得細細的。那有點彆扭的地方，我是不太喜歡的，但是，青年人的正義感比人強過一倍的地方，却使我很同情。我不再多盤問伊東的事，但從此刻開始，就急切地等待伊東再到診所來。

可是，過了三天、五天，伊東都沒有出現，感冒完全好過來了吧。他不來，就去找他聊吧，又提不起勁兒，我只好等待總會來臨的機會了。

這時候，流行性感冒漸漸到了尾聲，代之而來的，是這個城特有的雨，是不成粒的，像噴霧一般的雨。一天晚上，病人都走了之後，想借讀書來排遣鬱悶的心情，在時鐘敲響九下，正想關門的時候，有個人說聲「晚安」就走進來了。那是伊東。對他出乎意料的來訪，不用說我是打心底裏頭歡迎的。他來是爲上次的事道了謝就想走，我却極力留住他，帶他到書房。

「藏書眞不少，是個學者啊！」伊東說著，瀏覽著兩架大書架。「哈哈！你的文學的書，比醫學的書還多嘛！」

「哈哈，哈哈哈哈！」我笑著推過坐墊給他。「過世的父親的書也在裏面。這樣也看得出來，一時曾是很熱烈的文學青年，想做個作家，終究是一場昔日的夢啦！」

「是嗎？不過，人是需要夢的。人類的成長進化，是受那夢的鼓舞而推進的。我們學校是專收本島人子弟的，他們並沒有懷抱太大的夢，直截了當地說，殖民地的劣根性經常低迷不散，很傷腦筋。」

「那不見得！但是他們沒有雄心却是眞的。」

「他們的視野很窄，因爲無法離開自我的世界去想東西，總是怯怯的，人都變小了。譬如說……」

這時，母親端著放著茶和粗點心的托盤進來了。「您來得太好啦！」這是用國語（當時指的是日本語）招呼的，然後說：「討厭的季節又來臨了，眞傷腦筋。」這是用本島語說的。

「是母親，國語只懂一點點。」我這樣介紹，伊東便禮貌地說：

「啊！是高堂，請多指教！我是伊東春生，毫不客氣地在這裏打擾。」

這是用國語說的，我感到很意外，伊東在這種場合也不肯說本島語。在這一瞬間，我感到伊東所持的人生觀異常地徹底。我不得已，只好把他的禮貌的話向母親翻譯。

「父母親都健在嗎？」母親離去後，我這樣問他。

「嗯，老人家他們總有辦法的……」

伊東這樣說了之後，像要岔開話題似地說：

「你在內地住了很久，尤其對精神文明方面有興趣，大概也曉得，俗話說的日本精神，如果不通過古典來看，就沒有意思。譬如《古事記》，我們會被吸引的是心和詞，都具備著絲毫沒有歪曲的眞率風格的關係。有個偉大的學者說，像幼兒依偎在祖父母的膝下，亮著好奇的眼睛，傾耳於那古老的故事那樣，有一種愉悅。離開了日本的古典，就沒有日本精神了。」

伊東在說話時，眼角放出紅光，看來臉上的皮膚都發放著光輝似的。我在心中暗暗地想，這是比我所想的，更爲奇特的人物。被他的硬幹態度吸引住，我吞了一口口水。想想看吧，現在，在這裏，一個本島人娶了一個日本人爲妻，言語、舉動，根本上完全變成了日本人。而他站在中學校的教壇，堂堂地教授國文。過去的人不敢祈望的，接觸到眞正的某種東西，彷彿籠罩著知性的烟靄，變成了挖掘對方心臟一般的熱情的話，在感受性很強的中學生們心中，植下有如古代武士的精神。那是旣跟喜悅不同，又不是什麼的，只是不可思議地搖撼靈魂的感情，也許可稱爲一種感動的東西。

兩個人雖然今天才開始聊起來，却簡直像十年的知己一樣，談了很多。伊東離去時，是在敲過十二響以後，剛從北國回來時的那種百無聊賴的寂寞，彷彿已像霧般散失了。

二

小城雖小，父親留下的地盤却意外地穩固，病患經常門庭若市。一個半月過去了，每天每天都面對人生痛苦的一種象徵——病苦的人，我反覆著喘不過氣來的緊張繁忙的生活。從伊東上一次的來訪開始，兩個人心心相融的交往便開始了。但是，我由於開業醫生的悲哀，一步也不能出外，多半是伊東來訪我。

不知不覺一年已到尾聲，就要迎接新年了。

平素惰性很強的我，忽然想到瞻仰元旦的日出，很早就起來。在薄暗的凌晨的冷氣中，周遭靜悄悄的，什麼聲音都沒有。東方隱約可見的山，看來比白天遠，呈現著蒼黑的影子。山邊仍朦朧地閃著白色的星星，這是分外清澈的好天氣。久雨已停了，瞻仰既莊嚴又清爽的元旦日出，不知不覺地合起掌來，有點若有若無的感覺。之後，我就像從日常的煩瑣中解放出來的人似的，毫無顧忌地在附近漫步。冷氣透身的時候，我就憶起內地的冬天，關東平原的冬晴之美，是無可比擬的。冬陽和枯草，不可思議地暖和，冬天的空氣洗滌了五體，連心都會有被洗滌的感覺的，就是這時候。這在臺灣是無法想像的，想到灼人的季節很長的臺灣，眞令人沉悶。不知走了多久，東方的天空逐漸白了，我只得回家去。

因有來客，所以我第一次拜訪伊東的家，是在午後四時左右。

「歡迎光臨！」

穿著日本禮服的伊東，發出驚叫似的聲音迎接我。「新年好！」我誇大地做禮貌的招呼，伊東就魯莽地說：「那樣太舊了，我們用新體制吧！」「唉唉，」我搔起頭來，兩個人便互望著臉哈哈地笑了。我被引入八張榻榻米的客廳，林柏年非常拘束似地盤著腿，先我坐在那裏。看到我，趕忙坐正，雙手按在榻榻米上說：「新年恭喜！」我模仿伊東說：「那樣太舊了，我們用新體制吧！」大家又愉快地笑了。但是，柏年不知爲什麼，稍稍微笑一下，立刻又恢復本來的不愉快的表情，微笑已無蹤影可尋。（眞是奇怪的人〉，我在心中這麼想著，原來這個青年，氣質並不開朗，經常沉默著，怪寂寞的。

「我媽馬上會出來。」

伊東一邊把坐墊推給我一邊說。我眞想看看有這樣了不起的兒子的母親是什麼樣子。可能是照古風教養出來的女性吧，在心中想像著，望了望天空，彷彿有一點陰暗下來了。可是，像早晨那種冷氣，已經一點也沒有了，反而漸漸地明亮，不冷不熱的空氣在飄動著似的。

不久，紙門拉開了，太太和母親進來了。我端正地坐好，突然我的眼睛瞪大了，應是伊東的母親的那個女人，穿的是標準的和服（日本的衣服），年紀大概老早已過了六十了。是個——與其說頭髮斑白，不如說白的較多而有點打卷，眼睛瞇瞇的，肩膀廣闊的老太婆。

「久仰久仰！今後也請貴人不要多忘。」

母親雙手按在榻榻米上，恭敬地招呼。因牙齒脫落的關係，說話有一點漏風。太太向我們敬茶，我在腦子裏感到疑訝，但立刻直覺地感到是太太的母親。這又是爲什麼呢？伊東又不是沒有生身的父母，也許是來臺灣觀光，暫時來麻煩女婿的吧。講了二三句話，母親就匆匆退到裏面去了。圓滑的太太，則陪我們談東說西的。這期間，柏年始終靜默著，是一副儼然不該來的表情。

我忽然發現，壁龕的右側有一盆插花，大概是太太插的吧。在名叫「千德」的金屬花器，插著帶有鮮紅可愛的果實的南天竹（小蘗科的常綠灌木，原產中國大陸），是多麼亮麗啊！正合新年的客廳，即是那具有穩重的風格。旁邊放著一本謠曲的書，尺八（日本樂器名，用竹管或用銅管製造，長一尺八寸）也擱在那兒。太太雖不能說是美人，但眉毛和額頭一帶，飄盪著無可比擬的清純，纖細而高高的鼻樑，令人想到不會高傲的品格。穿著穩重而楚楚動人的花樣的和服，披著暗紫色的短外褂，使我彷彿回到了久違的內地似的。

我所過十年的內地生活，絕不是全都愉快的回憶，但我發現了眞正的日本美，觸到了像稻草包著的溫暖的人情味，體驗到會把崇高的理想從根柢搖撼的事情，就是在這期間。

關於這一點，東京某良家的一個女性的存在，我是不能忘懷的！我能了解插花與茶道，也能喜愛和服與高島田式髮髻，更能陶醉於能樂（日本特有的一種古典歌舞樂劇）與歌舞伎，完全是靠這個人培養起來的。圓圓的眼珠經常閃動著聰明的光芒，雖然有點好強而使人覺得冷漠的端整的臉龐，卻讓我感覺到溫暖的心情。滿頭密厚的黑髮盤成舒適的結、非常柔美的動作線條等，都對出生於南方的我，投來一種不可思議的魅力。據說後來她做了插花的師匠，她就是透過插花，不斷地追求人生更深更深的那種死心塌地的生活方式，引發我激烈的懷念。換句話說，是把感性的觸指，不停地伸向內心，把勃動不已的生命力，傾注於高尚的藝道。可能經常搖撼著她心絃的求道心，經幾次荆棘的揉磨，一定會有發出光輝的日子來臨吧。予我的心靈無限啓發的她，是我的老師、朋友，也是心目中的戀人。每碰上她的視線偶然向著自己時，我就感覺難以形容的溫暖的血潮在體內奔流，在這瞬間，我恥於自己的未成熟，同時感覺到眞摯的鼓舞：要成就一個人，必須更多更多的磨鍊。

我要歸鄉的一星期前，她爲表示餞別，送我一張長條詩箋，上面寫著「天下第一等人物」。這大概是大儒佐藤一齋（日本江戶後期的儒者，初學朱子學，後轉向陽明學，曾爲昌平黌的教官，著述頗多）的「若要立志就要做第一等人物」的意思。我想不要見面好，就寫一封信道謝，結果回信却很快就到了，其中有一段這樣寫著：

「請不要說詩箋是傑作吧。地面上有洞的話，眞想鑽進去呢！我要寫下那些字時，曾反省過自己是不是有資格寫下那句話送你的人。心中感到十分慚愧，猶豫了好幾次，還是不能不寫。這種心情，終於使我寫了那詩箋，正是我的眞心——。這種過分不遜的行爲，相信神一定會寬恕吧，當然你也會……」

我一聲不吭地抑制著熱熱的東西湧上來。即使彼此心中，都在描繪著某種事物，這時也是該分別的時候了。做爲一個人，我究竟具有跟她結婚的資格嗎？加上獨生子的我，非把她帶回到臺灣偏僻的地方不可，到那時候，從各種角度看來，能否保持以前的幸福感呢？簡直像走鋼索的心情一樣。爲自己的窩囊，我哭了。

和我相比，伊東眞是演技絕倫的名角。他的事情我雖然還未完全明白，但他不是毫不猶豫地做了，而且不是做得很好嗎？內地的那種寬舒的心情和生活，伊東照樣帶回到鄉里來。常常想，他是了不起的。

鐘敲了五點時，柏年說要回去。我雖然很想再坐一會，也認爲是該結束的時候，也就告辭了。可是，伊東紅著臉，硬把我拉住。

「過年時節，您和柏年怎麼這樣客氣呢？今天就好好地多玩玩嘛！」

柏年搔著頭，「啊！啊！」地猶豫著。於是太太也勸起來了：「這個時節，雖然沒什麼東西，還是請吃個晚飯吧。」

兩人便下決心打擾一餐了。

餐席上有五個人，滿熱鬧的。不期然地把目光注視太太端出來的菜肴，我幾乎茫然若失。把筷子伸向熗年糕時，我打量著桌上許多的好東西，感到受了一次難得的款待。大大的鯛魚、曬乾的青魚子、鷄湯、油炸蝦等，我已好幾個月不曾參加這樣的盛宴了。可是，柏年却全不夾佳肴，只是默默地吃著熗年糕。

大門響起悄悄推開的聲音，太太放下筷子，走過去了。

「啊！是臺北的媽媽，請進來吧！」門口傳來這樣的話。

「不用啦，不用啦，我馬上就要回去。大家都好嗎？」

說話的人，彷彿是相當上了年紀的女人，從那笨拙的國語，立刻就可曉得，是本島人。不知爲什麼，伊東有點慌張地到大門口去了。

「有什麼事嗎？」

過了一會兒，才傳來那老太婆的聲音。

「並沒有什麼要緊的事，很久沒看到你們了，想來看看。春生啊，你爸爸最近忽然身體衰弱下來，經常口頭禪似地叫說，寂寞得沒辦法持續下去。偶而也去見見你的爸爸吧！」

這是用本島話說的。末尾的地方，變成了抽泣聲，不能聽得很清楚。

「我知道啦，反正我會去看就是了。」

伊東厭煩地說了這話，就回到客廳來了。呼呼吐著氣，怪尷尬的。看來整個臉上都在忍受著微寒而脫落的感情似的。究竟是什麼事，我把握不到明白的焦點。只是，在我腦海中一閃而過的，是那本島人的女人是伊東的生母。若是，伊東爲什麼這樣鄙夷自己的母親，而敬而遠之呢？一定有很深的事情潛藏著。我憑純眞的心情，希望這樣想著。

一直沒感覺到，柏年放下筷子，低著頭咬著嘴唇，眼角看來有點蒼白。不多久，太太也回來了。本島人的女人大概回去了。「很對不起！」太太說。但是，已經陷入空虛的沉默的房間，彷彿只有呼吸的聲音在交錯著。其實，我的喉頭也感到熱熱的阻塞，聲音都吐不出來了。大概覺得不妙吧，伊東忽然熱烈地說：

「快樂起來吧！快活起來吧！讓我唱一首最拿手的伊那節（日本的以長野縣伊那地方爲中心的民謠）吧。」於是，他就唱起來了。

無情啊
木曾路之旅
樹葉兒會
落到笠子上來

可是，伊東唱到要完未完時，柏年像無法再忍受下去了似的說：「肚子疼得厲害，我先失禮，承您款待了。」

柏年說著，忽然站起來，跳到大門去了。那氣勢，如果有人笨拙地想阻止的話，就一巴掌把對方打一個趔趄。柏年那種不逞的魂膽，使我茫然。但是，柏年對伊東在意識之一角，始終棲息著的抗拒的心，我今天才體會出來。我不能不這樣勸阻：

「柏年君！這樣對老師不是不禮貌嗎？」

但是，伊東一邊用手勢制止我，一邊說：「別管他，別管他。」

「長久的教育生活中，這樣的場面，也應該考慮到。不知是誰說的，陶冶學生，不僅是磚塊的堆積，每天的經營，多半需有等時性。尤其是本島人學生常有的乖僻的性情，非從根柢重新改造不可。」

他把柏年的事，放在教育的名義下來辯解，我倒很想觸到剛才在大門口問答的眞相。但是，不知爲什麼，我還不敢有追究的心情。日常對伊東的信賴心和類似尊敬的心理，我不願在此看到脆弱的崩潰。

「眞是奇怪的孩子。」

一直沉默著的和服打扮的母親，閉著嘴咀嚼著。太太一直望著窗外，那好像專心在想什麼的表情，流動著一抹像是悲哀，又似淒涼的難以捉摸的東西。

我告別時，是在一個小時以後。外面相當黑暗，一月的夜風吹在身上相當寒冷，我有一點禁不住發抖。無數的星星，在頭上繼續著晶瑩的閃爍。我想消除剛才的情景，不知爲什麼，不斷地在腦中明滅著。

我要橫過草原時，忽然被「先生！」的叫聲叫住了脚步，搜尋似地注意一看，說話的人站在榕樹下，彷彿靜靜地凝望著我。我起初愣了一下，後來才知道，那是柏年。

「不是柏年嗎？爲什麼現在還在——」

「先生！」他不知什麼時候已站在我身旁，在夜裏的黑暗中，帶著震顫的，低沉而激烈的聲音迸出來了，激動得很厲害。

「伊東春生，不，朱春生，他蹂躪自己生身的父母……」

「鎮靜一點。」我勸慰說。「對老師，不要亂說，愼重一點好。」

「先生可能不知道，那時候，在大門口的老女人是伊東親生的母親，他是拋棄自己的父母，過著那樣的生活。只認爲自己過得快樂就好……。」

「不要說了。」我幾乎無法忍受了。

「不，請讓我說吧！到我舒心爲止讓我說吧！伊東的生母是我、我、我的姨母，我最知道姨母的苦惱。請想想在天地間只有一個兒子，而被兒子拋棄的人的心情吧。先生！這樣您還要袒護他嗎？難道這樣，你還要、你還要——」

柏年聳動著肩膀，終於哭出來了。平日潛藏於心中深處的激烈的感情，找到了機會似的，向我發洩出來。沉默寡言，和體格不相稱的膽怯的柏年，在那裏會有這樣熱情的地方，簡直令人不可思議。柏年的激動固然不尋常，我的失望也相當大。一種不知名的東西，湧上胸口，站著的腰部有點靠不住似的。

「我知道了。你的氣憤，大體是正確的。不過，還是再冷靜地想想的好。伊東先生有伊東先生的人生觀，單靠像你這樣單純的正義感，而無法判斷的地方還多得是。今晚很冷，又很遲了，現在就回去睡吧！」

我這樣安慰過他之後，就讓柏年回去。

我一整個晚上不能入睡，彷彿柏年的激憤感染了我，眼睛更雪亮，神經異常的敏銳。平日伊東對柏年的態度，以及每次問起伊東父母的事，就像要逃避的那種作風，也好像得到了解了。在那一瞬間，伊東的尷尬究竟表示什麼意思呢？可以解釋為：由於不體面的本島人母親的出現，一向漠然的很大的幸福，好像忽然碰上了現實，惶惑起來似的。伊東是否柏年所說，犧牲自己的至親，來求自我的安樂呢？他有一次向我講述的夢，我要祈禱，但願不是指這樣的安逸。

胸中迷濛的東西，還未開朗的有一天，一種苛烈的現實，却從根本上，使我的心變暗了。

三

伊東的生父朱良安終於死了。由於宿疴的糖尿病，身體一天比一天衰弱，更壞的是，半月前患上格魯布性的急性肺炎，成了致死的原因。後來聽柏年說，伊東去探病的次數只有一次。也許那是格魯布性肺炎的症狀，病人在一再出現昏迷、狂亂中，經常吐述著似是而非的叫罵、詛咒的令人生懼的話。好像爲自己斷了後嗣的事而經常感到痛苦，而現在躺在牀上，猶如表示想死也死不下去的深刻苦悶一般，眼睛烱烱的放出異樣的光輝。

葬禮那一天，不知爲什麼，伊東也沒通知我。我跟伊東的父母雖不曾見過面，我想不必等他的通知，這個葬禮是非參加不可的。當然是由於平日開懷傾談的朋友之誼，不過，想率直地接受柏年所說的事實，想注意當天身爲孝男的伊東的一舉一動，這種好奇心的驅使，應是更有力的動機。這種對他不信至極的心情，如同用粗糙的手觸摸自己的神經，老實說，這種壞心眼兒，自己也對它無可奈何。

當天，鼓起幹勁地準備起身，却因急事，終於沒能趕上時間。於是，打斷了前往臺北的告別式禮堂的念頭，急忙地趕到埋葬場的本城近郊的墓地去。我到達時，棺柩已經放在壙穴前，遺族們正圍著那棺柩在號哭。時間大概是五點多吧，薄暮的夕陽已向西傾落，只留下微弱的光明，天空已經暗淡了。因此，周圍的事物染得黑黑的，有點令人發毛。墓在丘陵的中腰。途中任其成長的茂盛的雜草，和不知名的花草包圍著的墓，散在各處，赭色的泥土單調地延伸到無盡的遠方。我一邊往上爬，一邊感覺到，某種熱熱的東西在胸口冒湧著。

送葬的人很多，我躲在後面，把周圍廻望一遍。穿麻衣的遺族所包圍著的棺柩右側，叉著腿站著的伊東的存在，立即吸引了眼睛。穿的是黑色洋裝，戴的是黑色腕章。大概由於心情的關係，臉上的光彩消失了，顯得很蒼白。身旁的太太，穿著日式禮服，嚴肅地站著，雖然微俯著身子，眼角彷彿有一點紅著。女人們的號哭正在無止盡地延續著的時候，伊東簡直忍無可忍似地，更歪起原已苦皺的臉，怒斥說：

「不要再學那種不能看的做法啦！」

並且向一個法師催促，法事能不能快些進行。法師慌張而驚恐，指揮哭的人們離開棺柩，想進行下一個節目。但是，有一個趴在棺柩上不肯離開的老婆婆，是個瘦小的女人。長久以來忍耐又忍耐過來的壓縮的感情，忽然找到爆發點似的，如同向死者控訴，彷彿詛咒一切事物的自棄的哭聲，毫無節制地延續著。那是彷彿在那裏聽過的聲音。幾乎同時，我直覺地感到，是伊東的母親。想像一個無人可依靠的悽慘的女人，好像胸口受到壓縮，我的心跌進苦悶中。但是，次一瞬間，把這個可憐的老婦人，保護似地帶開去的，却不是伊東，而是穿著簡單的麻衣的年輕人。他是柏年，哭得紅腫的眼睛，大大的眼珠在亮著。我幾乎忍不住要叫他一聲「柏年」的衝動。

辦事的人揮起鋤頭，在棺木上覆土的時候，遺族們爲了向死者做最後的訣別，在靈座前的草蓆上，依序行跪拜禮。伊東夫婦只是站著，行了簡單的禮拜。法師打響的鈸的聲音，被風吹流動，糾合在一起，分離或接近，或傳到耳邊，彷彿要把居住在地下的人魂都喚起來一般，很不是滋味。不多久，饅頭形的小丘做成了，接著臨時墓標也植立起來了。

這樣把埋葬的儀式做完時，究竟是幾點鐘了呢？太陽完全下去之後，天空的餘光下，還看得見的遙遠的海，對岸的，只是映出一片蒼黑的影子而已。人們向埋葬完成的新墳墓，依戀地頻頻回顧著走下山去。伊東的臉，在我看起來，是愈來愈悽慘。在行走中，伊東的太太靠近走在前面的老太婆說：

「媽！先到家去，然後再回去吧。」

可是，伊東說：

「不，臺北的家還要收拾，早一點回去比較好，反正會去看的。」

說著，就像拉著太太的手似地，很快地走下山去。我懷疑自己的眼睛和耳朵。但是，既不是夢，也不是別的什麼。當感覺那是世上深刻的現實時，我簡直想咬嘴唇。因爲我感到，有生以來不曾嘗到過的欲嘔的重壓。我連看到那可憐的老婆婆的身影，都會興起不忍之情。這時候，有個人打橫裏跳出來，叫著說：「姨母！跟我一道回去吧！」就去拉住老婆婆的手。那人便是柏年，他好像完全沒有感覺我的存在似的。那聲音，看來很顯然的只是對著伊東的行動的反抗。也許嘴唇反映著燃燒的憤怒，便激烈地痙攣著，還傳到全身，振幅過大地顫抖著，在夕暮昏暗中，還是看得很清楚。對於易感的柏年，這無疑是相當大的衝激。我拖著沉重的脚，走下山去。雖然想叫柏年，但是，想一個人悄悄地思考、反省的心情，充滿了心胸。

伊東回到臺灣以後，還能把曾住在內地當時的，完全打扮成內地人的心態一直維持到現在。伊東這種作風與觀點，眞不敢領教。即使如此，到底可否把父母當做墊脚石嗎？娶日本女人爲妻的伊東，對日方岳母孝敬是對的，但對生身父母有所忤逆行爲，是千不該萬不該的。

我在黑暗的道路上不停地走著，無法阻止淚水從眼睛滾落下來。我想我不知該怎樣才好，容納這種凄涼心情的世界，究竟存在不存在？我的思慮，碎成千千片了。

四

以後，我和伊東、柏年都很少碰面。好像被奪去了一切希望的人一樣，每天過著心裏空洞的日子。但是，不管目標的正確與否，最富於積極性，也認爲深深地生活過來的伊東的生活方式，發覺那實際上不過是神經過敏的，無謂的淺薄的東西時，不知是幸還是不幸，總算給了我一個信條。那就是要通過醫業，堂堂地活下去。醫生這類人種，會不會只顧人的肉體，而忘掉人有精神的一面呢？我開始領悟、診察了人的肉體，而不能同時適切地判斷人的感情、心理的力量，沒有這個自信是不成的。沒有比本島人對醫師的盲目的憧憬，更淺薄的了。

有一天午後，從出診回來時，從大東中學校來了電話。是伊東打來的，學生中有因腦貧血倒下去的，要我馬上去一下，我急急忙忙提著皮包就出門去。隨著伊東的引導到醫務室，將躺著的患者，上身和頭部稍稍下傾，把下半身抬高，使胸部緩和，能自由呼吸之後，打了一針強心劑。一會兒之後，才一點點地恢復了精神。這個患者是伊東所擔任的班上學生。這期間，伊東的看護是頗能搔到癢處的，那時候他的眼睛充滿了眞率的光。那該怎麼說呢？像是心的窗吧，在那清澄的眼中，無論如何點滴都尋不出，對那老婦人加以背拒的不光明的行爲的影子。

我想馬上回去，可是伊東認眞地邀請，說十天後有州內的劍道比賽，選手們每天下午，都在猛練，要我去參觀。我與其說是好奇，不如說是愉快的心情產生在前。本校是專收本島人子弟的學校，想到那些本島人學生，現在堂堂地揮著竹刀站起來了，胸口就會開豁起來。

道場是相當廣大的木板地，戴著面具和護胸的幾組選手，把這裏當做決戰場似地，使出渾身的力量在交戰著。時而傳來教練的粗大的叫聲：

「不要舉得高高的，採取威壓敵人的姿勢，與其說是笨拙，寧可說是不懂劍道正法的人……氣勢不夠！不夠！怎不再奮力猛撞呢？」

伊東認眞地凝視著，一會兒才開始向我說：

「去年大賽的時候，很可惜，只差一點點，致而失掉了優勝的機會。所以，今年非拿到不可，就像握住眞刀眞劍一樣，必須全力以赴才成呢！」

我沒有從訓練的場面移開眼睛，只是對伊東的話一一點著頭。

「可是，林柏年這個孩子……」

伊東又接下說。這時候，我才轉向伊東。

「曾傷過肋膜，這樣劇烈的訓練，對他恐怕太勉強了。依您的診斷認爲怎樣？」

我這才想起了柏年的事。

「啊！對了。我知道他最近不常到診所來的原因了。如果可以的話，儘量讓他休息是比較好些。」

「啊！就是那個。」

伊東指著正在比武的一組說，面向那邊的就是柏年。的確是以全副精神在練著。氣力充溢全身，而在把劍尖對準對方的眼睛下，用力打下去時的雷霆萬鈞之勢，這可說是奮勇猛進，還是可稱爲奔放不羈，彷彿使出全力揮動長久受壓制的四肢似的。那氣勢，連看的人都要滲出汗水來。但是，平常缺乏敏快動作的柏年，在那兒潛藏著這一種力量呢？我忽然想起有一天晚上，對著我詰責伊東的那種可怕的熱情。我想，在這種氣勢下，病魔立刻就會被吹跑的。

我們不眨眼地凝望著的時候，後方有人發出尖銳的聲音叫起來了：

「啊！啊！是牧羊堂醫院的先生吧？這太稀奇了！」

回顧一看，是因感冒曾到過我那裏兩三次的教務主任，擔任史地的田尻先生。他是頭髮半白的中老年人，微彎的駝背，大概是長久忍受複雜生活的緣故吧。但是，那毛毛怔怔地搖動的令人害怕的眼神，却不能予人和藹的感覺。我禮貌地向他行了禮。

「原來是教務主任，我正在打擾你們。大家都幹勁十足啊！今年優勝的可能性如何？」

我隨口問了一聲，他便回望著伊東，裝模作樣地大笑著說：

「哈哈，哈哈哈哈！究竟怎樣呢？總之他們全都是膽小如鼠的小伙子，優勝恐怕沒什麼希望吧？伊東君，你認爲如何？」

伊東十分愼重地說：

「完全同感，我平常也對那一點感到很慚愧。」

我比較地看了看兩個人的臉，再去注視練習的情形。不久，田尻教務主任說：「請慢慢觀戰吧！」就匆忙地離開道場。選手們根本沒注意我們的談話，彷彿要打斷手腕，彷彿要喊啞聲音似地，揮劈著竹刀，我的眼角熱起來了，（本島人青年啊！）我在心中叫喊著。

（我們現在隨著歷史的成長，非學習我們自身的成長，使得到成長的結果不可。向山峯實實在在地一步步攀登吧，有時要能忍耐爬山路所退下來的脚步。對於我們茫茫的前途，一步的怠惰、頹廢都不許可。始終要以不屈的精神，把一切加以新的創造。）

不久，教練忽然下了命令：「停！休息十五分鐘。」選手們立刻停止練習，互相行禮之後，才解開面具的繩子透透氣。柏年看見了我，忽然奔跑過來，可是跑了一半，就轉向出口跑去了。我便向柏年追過去。

「柏年君！」

聽到我的叫聲，柏年停住了脚步，微笑著，靠過來了。大概由於緊張的關係，笑起來的面頰，怪不自然的。

「身體狀況好嗎？不要太勉強比較好。」我說。

「先生！請放心吧！托您的福，有了這樣的身體。手腕癢癢得不得了。我要贏得勝利給您看。」

柏年撫著手腕，很愉快地笑著。他那淺黑的肌膚，滲出了汗水，我却從那裏感覺到某種剛強生命的狂揚。

「請盡力而爲，柏年君！歷史的脚步不論喜歡不喜歡，日漸向著湍流，本島人要躍上眞正的舞臺的時期，就要來臨了。所以，這一回你們的優勝，是有很深的意義的。」

我終於說出這樣艱深的話勉勵他，他對這話彷彿馬上領會了似的。

「嗯，無論怎樣艱苦，一定堅持下去。本島人每天像三頓飯一般地被罵成怯懦蟲，實在受不了。還有，在打垮那些身爲本島人，卻又鄙夷本島人的傢伙的意義上，我也要拼命。」

他所指的本島人，大概是指伊東吧。不知何時興起的餘憤，會描繪出這樣無止境的波紋，是很可怕的。感受性很強的心，如同糾纏住的線，拉錯了一條線頭，就不曉得會擴展到什麼地方去。

「好了。」我慌張地舉手制止他之後，接著說：「那種氣量，我是很欽佩，不過，必須不會過度的範圍內好好努力吧！」

「先生！不會過度的範圍，是不徹底的。」

他反抗似地忽然跑開去了。但是，臉上却像虛假似地掛著兩串眼淚，我並沒有看漏。我第一次接觸到他不服輸的蠻幹的一面，反而感到可憫。

過了十天後，對我來說，那是一個緊張的日子。本島人的選手們，雖然決心要奮鬪，可是，由於過去不曾在比賽中得過優勝的缺乏自信，以及對未曾接受考驗的技巧的不安，交織在一起，這彷彿是自己的事似地，使我的心情非常不安。但是，蓋子終於掀開了。不折不扣的贏了。我知道消息時，是紀元節（日本建國紀念日，二月十一日）那天，也就是比賽當天的傍晚。

那並不是做夢，本島人終於把劍道，變成自己的東西了。多半是心和技一致了，所謂能虛心坦懷地應戰的結果吧，或是激烈如噴火的鬪志，壓倒一切了吧。無論如何，優勝了。州下的稱霸，和全島的稱霸是一樣的。被欺侮爲膽小如鼠的事，現在已成古老的故事了。現在就要吹滅卑屈的感情，本島年輕人正要開始飛躍了。我欣喜之餘，氣都喘不過來了。胸部無端地膨脹起來，無法抑制活活的血正在奔躍。我很想看田尻教務主任的臉。

然而，我忘了比我更歡喜的人了，那是伊東。比賽得了冠軍的第二天，選手們的座談會上，由於伊東的好意，我也被邀參加。在歸途中，我和當天的英雄，中堅人物的柏年並肩回家時，被伊東叫住了。

「柏年！到我家去一趟，先生也請一道去。」

伊東的喜悅，是不讓柏年就這樣回去的吧。我的心胸也開朗起來了，我以爲柏年今天大概會接受的。

「不！我要回家去。」

柏年咬緊嘴唇，和往常一樣，依然如故地表現出反抗的態度。我的神經有點焦躁不安起來，但是，伊東仍然微笑著說：

「我是想爲你祝賀，來吧！」

「那是多餘的事，反正我要回家。」

柏年自顧向前走，我茫然了。

「柏年，等一下！」

伊東終於生氣了。追上去，抓住了衣襟，強有力的手掌連續地向柏年的面頰飛過去。但是，柏年並沒有想反抗，任他毆打。

「你眞是個莽撞冒失的傢伙，那種開始腐化的精神，能有什麼用！」

「老師才是那樣的。」柏年並不服輸。「拋棄親生父母的心情，還能教育人嗎？」

「傻瓜！你怎會知道我的心情，不過，總有一天你會知道的。今天不講多餘的事，你那種扭曲了的精神，丟給狗吃好了！」

伊東好不容易控制激昂之後，以十分討厭的樣子說。我不知該怎樣好。伊東把蓬亂的頭髮，用手往上梳著梳著，很快地往前走去了。

「柏年君！」我這才開口。「沒想到你好倔強啊！伊東先生平時怎樣關心你，你大概不知道。無論如何，他是你的老師，一齊去向他道歉吧！」

「我不要！」

柏年彷彿對我的囉唆，很不滿似的。可是，他努力不讓我看到眼淚，而把鼻水往上吸時，大粒的淚珠反而滾下來了。接著掉了好幾顆，都在任其自然。

這天我倒想到伊東家去。我害怕，若不毫無忌憚地究明對方的心理，掃除一片低迷的暗雲，彼此的悲劇，總會以悲劇落幕。可是，到眞正要付諸行動時，我又躊躇了。究竟是我怕常常遭致伊東頑強的威力而被推出圈外，還是不願攪亂他那好不容易得到的假惺惺的那種幸福的心理呢？我爲此焦急、煩惱。這種焦苦的心理，究其結果，可能意味著：如果我被安放到與伊東同樣的境遇，可能也會蹈其覆轍的心理弱點吧。我懷疑，恐怕連我自己的心理都有點扭曲了。

五

歲月同時載著悲傷的記憶和愉快的記憶流逝。林柏年他們要離開學校的日子，終於來臨了。留下了那光輝的稱霸——比什麼都值得紀念的禮物。有一天，我從費了半天的出診回來，藥局生告訴我，大約兩小時前柏年提著皮箱來告別。我頓足捶胸地懊悔，已無可奈何了。我靜靜地閉上眼睛，眼前就會浮起柏年那細瞇而有點鬆懈，却具清澄的眼睛，打消了幾分理智的敏銳的低鼻子，和彎成弓形的緊閉的嘴唇。雖然有著也許是環境使然的那種扭曲了的氣質，但是，到了面對問題的時候，那剛強的氣概，在我腦海中留下了很深的印象。最初來到診所時，臉色蒼白，從上方俯視他的脖子，還殘留著少年的純潔和孱弱。可是，一到最後劇烈的訓練時，簡直就像成長了一年或兩年的人一樣，給了我很剛強的感覺。想起來，我們兩人，不過是醫師對患者的關係而已，一直不曾有過悠然談的機會，却覺得他彷彿最信賴我似的。如果時間許可的話，很想聽聽他的希望，以及今後做人的態度，還有，對他表兄伊東家庭的事情，也很想尋根究底地向他探訊。

說來奇怪，想見這個年輕人的念頭，以後更為熊熊地燃燒起來。因此，很想到他的鄉里南投去看看，然而，由於患者絡繹不絕，找不到空閒的時間，一直到了三個星期之後的一個星期天早晨，才毅然決然地離家出發。

柏年的家是在南投的鎮郊不遠的地方，從屋子的外觀和室內的家具，大體可以知道，並不是富有的家庭。迎接我的是將近六十歲的瘦瘦的女人，是柏年的母親，和伊東的母親有點相像。我向她表明，是在某鎮開業的內科醫生，和伊東春生先生及令郎都非常友好，同時報告了今天的來意。老婦人就很惶恐似地，彎低著腰，一遍又一遍地行禮，而從眼睛裏扑簌簌地滾出淚珠，微微顫動著聲音說：

「偏巧柏年正在兩天前，到內地去了。家是如你所見，柏年的父親和唯一的哥哥，在同一個公司服務，是薪水很低的職員，完全沒有供那孩子到內地去的財力。可是，先生！那個孩子從小就喜歡讀書，說什麼工讀也要幹得好好的，這樣苦苦的哀求。父親示以白眼，加以鞭打，也不在乎，一點辦法都沒有。如果能像先生一樣，做個醫生的話，有時我們也會想，借債也可以供他學費呀！」

觸及這個老太婆衝口而出的樸訥的本島語背後流露的親情，我的眼眶禁不住熱昂起來。柏年的內地之行，是完全不曾預期的，這樣離開家去，給父母的，是會湧起異樣的寂寞感的。爲什麼不來跟我商量呢？對此雖然有些抱怨，不過，不論對於怎樣未知的世界，都有辦法使自己沉浸到裏面去的他，我想也不會是凡庸之士。從他所做過的事情，所見到的堅忍不拔的功夫，是禁不住要爲他喝采的。我雖然錯過了向他問將來的希望的機會，但對於「望子成醫」的天下父母親的這種安逸的想法，眞使人有不寒而慄之感。讓潛藏在一個年輕人身中的可能，充分地生長，這種沒有偏見的熱忱，不才是現代的父母親所應有的嗎？醫學萬能，絕不是對本島可喜的語辭。但是，遇到柏年的母親注視我的那種含著尖銳羨慕之意的眼神，我的精神就完全消沉下來了。

「你們能答應他，也眞不容易了。」

我不得已這樣問問。

「先生！大概是那孩子畢業典禮的兩天前，伊東先生特別來訪，說柏年一定會要求到內地去，不論要進那個學校，都請讓他去吧。學費的問題，雖然他的力量有限，但他也會想辦法。說起來眞慚愧，我們這才有讓他去的意思，只是叮嚀要立志做醫生。」最後她掩口呵呵一笑。

老太婆每次做出表情的時候，眼角出現了像刻上小小皺紋似地很顯眼，這是她勞苦的象徵。因爲說到了伊東，我不由得把膝蓋往前挪，落入感慨似地，側起耳朵來。伊東這一回的做法，一瞬間給了我晴天霹靂似的衝動，恢復鎭定之後，彷彿知道了伊東的心底似的。他堅強的決意，步步逼近我的時候，我感到呼吸似乎就要窒息。如果柏年知道伊東的這種作爲，恐怕會咬緊牙關，一定加以撞回去。

「是嗎？伊東先生眞是個熱血的漢子。想想柏年君的將來，我想還是接受下來好。」

我以這話做前題，想透過這個女人，探出伊東的事情。

「我和伊東先生交往並不很久，他們家庭的事情，似乎很複雜，關於這一點，我聽到了一些風評。」

老太婆的臉，突然暗沉下來，但馬上又恢復了平靜說：

「那是沒有辦法的事情，一切都看成命運才成。」

這樣一打開話匣子，她的話就一直說個不停。彷彿觸到了不該觸及的問題，更加傷害了做爲親戚之一的她的心胸，稍稍感到了畏懼。不過，看到她非常了解的樣子，心情也就寬鬆了。

話是從伊東的童年開始的，稍不注意，話就會重複，或糾纏在一起，不容易理出條理，讓我來改編一下，用我個人獨特的見解，加以整理，就成了以下的樣子。

朱良安，也就是伊東的父親，是個商人，但絕不是道地的商人。良安的先嚴是清朝的貢生，無疑是堂堂的書香世家。所以，良安自小就被灌輸四書五經，純然是社會的事完全與我無關的所謂讀書人氣質。但是，時勢變了之後，就不許甘於做個讀書人，如果不轉向，連生活都要受到威脅。轉向爲商人，如所預料，成績並不怎麼好。心理焦躁不安的時候，又碰上了妻子的嘮叨，於是，雙方的衝突就頻頻發生，眞是風波很高的日子。小孩只有伊東一個，因此，伊東雖然被疼愛著，到十三歲畢業公學校止，他所受到的刺激，是很複雜的。雙親頻繁衝突的漩渦，絕沒有閃開這個孩子地在暗中進行。此後母親的歇斯底里愈來愈厲害，彼此互向著捲起龍捲風一般的感情風暴，一個旋轉之後，變了方向，多半會像雪崩地落到這個孩子身上。伊東這個孩子的心靈，雖然感受著父母的愛心，對家庭中不間斷的重壓，大概已無法忍受了吧，公學校一畢業，馬上要求到內地去讀上級學校。起初，父母對這怪異的要求並不當眞，由於這個膽怯的孩子意料之外的倔強的態度，以及東京有遠親住在那裏，再加上事業上成績雖不理想，又不是沒有讓兒子讀完上級學校的學費，就勉爲其難地把這個孩子送到內地去了。但是，條件是：要入醫學校。

伊東很認眞地求學，如同從籠子裏放出來的鳥一樣，展開幾乎要懷疑自己曾經擁有的大翼，向著空曠的天空飛去。

中學校的成績，一直都在五名以內。五年間，只回過家一次，已經變得認不出來似的體格健壯的青年了。怯懦的地方，一點也看不到痕跡了。更令人驚奇的是表現的態度，所使用的國語的腔調，跟內地人一點都沒有分別。對只能講很不流利的國語的父母，或者對完全不會講國語的人，也很少說本島話。父母對兒子了不起的成長，在心中互相歡喜，再度送到內地去，而出乎意外的，却發生了一件糾紛。

期待著他進醫學校的，他却背叛了父親的要求，考上了B大的國文系。父親發脾氣，更有過之的母親的歇斯底里的吵鬧，都是慘不忍睹。這時候，他倆以不轉系，學費的供應就立刻中止來做威脅，但伊東的決心仍絲毫不動搖。之後，直到畢業B大，父親的滙款不論有無，他都完全不在意，一任青年的血氣，設法工讀一直苦學過來。對碰上什麼才會想到什麼的老父母的反抗心，以及洋溢的年輕氣概，驅使著他，通過苦學的實踐，把他鍛鍊成剛愎的人物。

「失去了唯一兒子的姊姊的感傷，可不是尋常的。我都沒有辦法安慰她，很傷了腦筋。但是，一切都可以說是天命。柏年要到內地去固然好，如果反而造成了仇恨，就沒有意義了。」

老太婆的話，到此結束了，眼睛裏却閃著淚光。一會兒，却又變成了像邊哭邊笑，又不怎麼像的表情，露出茫然的眼神。我袖手旁聽著，忽然發覺自己的全身無端地熱起來。事情的眞相，這樣就大體明白了，可是，對伊東的心理該如何解剖，我就拿不出主意了。現在可還沒有這餘裕，只有對老太婆說這樣的話：

「伊東先生所做的事，雖然不值得讚賞，不過，他的動機是正確的，很可惜。對柏年君，當然現在已沒什麼可說的了，也是不用擔心的。依我看，那個孩子頭腦好，又是有意志的人，不會單方面地使知性造成偏頗的發達的。一定會養成血肉化的敎養回來的。」

最後，我並沒忘記說這樣的話：

「歐巴桑！本島人的前途，並不限於醫業，今後的本島人，既可做官吏，也可以開拓藝術之道。所以，如果抹殺了個人所具有的天賦能力，是非常可惜的。」

老太婆像了解又像不了解似地，露出了曖昧的微笑。我想到此事情已完了，主人和兒子也快回來了，婉拒了熱情的挽留，打算趕上夜車，向車站進發。

我接到柏年的信，是半個月後的事。

「拜啓　先生，我終於進了武道專門學校，違背了親人們的期待——。經常在揮動著竹刀，要迸裂一般充滿活力。在這個學校本島人是我第一個。用盡力量，踩著大地，揮舞竹刀時，如同無我的愉快，會把我一向鬱屈的心，一下子解放開來。請想像我悠悠的心情吧。事實上，我所生活的氣氛，不知爲什麼，會有引起胸口激動的不可思議的力量。最近，樹還未發芽的樹梢，也會感覺充滿柔軟的力量。老練的方法、拐彎抹角的理論，我們都沒有，這單純的年輕，不就是我們唯一的武器嗎？

不錯，我今後非做個堂堂正正的臺灣人不可。不必爲了出生在南方，就鄙夷自己。沁入這裏的生活，並不一定要鄙夷故鄉的鄉間土臭。不論母親是怎樣不體面的土著人民，對我仍然無限的依戀。即使母親以那不好看的面目到這裏來，我也不會有絲毫畏縮的表現。被母親擁抱，就像幼兒一般，任其自然。

日昨父親來信說，學費會儘量想辦法。但是，我不想勞煩父母親，我要儘可能靠自己奮鬪。想寫的事還很多，下次再談了。剛才險漏寫了一件事，在鄉時，受了您很多照顧，由衷的感激。　此致

洪先生

林柏年　敬上」

我讀完了之後，還不忍釋手。在腦中描繪，兩頰泛出異樣的紅潮，皮膚稍稍冒汗似

地光潤，烏黑的眼睛雖然小些，却炯炯有神的柏年的英姿。也想像把洋溢的熱血，集於方寸之間的，手臂筋肉隆起的怒脹。即使如此，比這些更使我愉快的，是柏年的心根。他渡海去雖日子尙淺，一點也沒有卑屈感。這樣有爲青年的出現，本島青年的成長，可以說已經達到了某一階段。信裏並沒有提及伊東，他對伊東要負責滙寄學費的事，好像一點也不知道，這使我放下了胸中的一塊石頭。也許伊東的心理，柏年逐漸得到了解吧。不，絕對不會，對於伊東背拒有土臭味的母親的態度，這個青年始終堅定著痛責的態勢。同時感覺到，經常都不知道是做了什麼惡夢似地惴惴不安的人（如伊東）所擁抱的日本精神，究竟是治不了病也要不了命的東西。

一個星期天的午後，我想要讓伊東看看這封信，去中學校的宿舍訪問他。不湊巧伊東不在家，沒辦法把信紙放在口袋裏，信步而行。走在長長的石板路上，上完了古老的石階，就出現了青坪優美的高岡，從這裏可以把港口一覽無餘。白雲在清澄的天空飄游著，是四月的中旬，由於陽光朗朗，稍稍走動汗就冒出來。

我坐在草坪上，眺望港口。自己此刻所在的位置，和前方背後的山都是同樣的高度。周圍是名副其實的下界。憑虛御風不知所止——古人在文中寫得太好了。山巒、河流、對岸的村落、眼下市街的屋子重重疊疊，一切都在陽光下，籠罩在煙霧中，這樣反而叫人想到這廢港的風情之美。可以望見遙遠而荒涼地展開著的臺灣海峽，海的藍，溶入了天空的藍，連吐出的氣息都會染上顏色似的。曾是臺灣長期間文化的發祥地、貿易港，盛名曾受謳歌的這個廢港，現在這樣靜靜地睡眠在充滿片片晚春色彩的大自然上的情狀，使我感覺，不可思議地在我的心靈中，聯繫上某種悠久的東西，以及人智不可及的偉大的事物。接觸經常聳立著的山川草木，以及幾乎目眩的藍空的光輝，清清楚楚地感覺到有生命的東西存在的力量。內地冬晴燒印在心裏的我，這才恍然大悟，因而忘掉了故鄉常夏的好。使我感覺對鄉土的愛心不夠。今後，我非用這個脚跟穩重地踏著這塊土地不可。鄉土所體驗的陣痛，個人所嚐到的苦惱，看做是最後的東西，好幾次希望是最後的，現在不是應再忍耐一次嗎？

不知過了多久，感覺山岡下的路上，有人走了過去。知道那正是伊東時，我愣了一下，但馬上想叫住他。可是，次一瞬間，我又想裝做沒有看到，放他過去，是奇妙的心理狀態。大概是上一次在墓地上的他的態度，還在我心中某處冒著煙的關係吧。還是在他超人的剛愎之前，要把這信中的文辭讓他過目的勇氣，消失離散了吧？

一直不曾覺得，從岡上俯瞰，伊東的頭髮，一根根彷彿數得出來似地映在眼中。我的心情彷彿看到了不該看的東西那樣，做了無法挽回的事情似的。三十才過了三、四的伊東的頭髮，白髮不是佔了三分之二以上了嗎？我頓時不能不想到伊東不爲人知的心勞。線條看來異常粗的，其實不是相當細嗎？在伊東認爲，要成爲一個道地的內地人，是要鄉土的土臭完全去掉，爲了這個，連親生的親人也非踩越過去不可。在學校，或者在社會接受純日本化青年教育的年輕人，回到家門一步，就會被放到完全不同的環境裏。這裏有本島青年雙重生活的深刻的苦惱。所以，要克服這種苦惱，向著單方面，從正面加以挑戰，並且非把它踏得粉碎不可。還有，在這個時代，我們爲了求得牢固的既成陋習的獲得解放，而不顧死活地戰勝了它，下一個世代的我們的子女，不就是可以自然地變成自己的東西嗎？也許伊東是爲了抛棄俗臭冲天的父母而贖罪，才會在感覺上格外激烈，對不成熟的生活方式感到戰慄的本島青年，懷著粉身碎骨的獻身精神從事教育去吧。對柏年所表示的好意，不可光把它當做好意。無論如何，伊東的白髮，若不是這不顧一切的戰鬪的一種表現的話，又會是什麼呢？

我想膩了！連想都不願意再想。我終於呆不下去地連呼著狗屁！狗屁！而從山岡上跑到山岡下。然後像小孩子似地疾跑，跌了爬起來跑，滑了爬起來再跑，撞上了風的稜角，更用力地一直跑。

反殖民的浪花

——王昶雄及其代表作〈奔流〉

張恒豪

一 被肯定於當時，也被認定於異族

當無情的歷史巨輪，將日據下的臺灣新文學推進冷酷的「戰爭期」時，這個生死存亡的關鍵對日本帝國主義鐵蹄下的臺灣人而言，誠然是個思想、信仰、尊嚴、意願完全被剝奪、被扼殺的時代，就像臺灣作家龍瑛宗先生所說的——那是「一切都無可如何」的時代，「感到所有東西都接近死亡的時代」，「進入地下長眠」的時代。然而，在此陰霾、沉鬱瀕臨於絕望的氛圍中，小說〈奔流〉恰如其名，宛似一道衝破冷寂蒼白的雪層的奔流一般，以良知催醒的力量，躍然地乍現於被封凍的臺灣文學的雪原上，將殖民地的冰霜，融化爲反殖民的春溜。

〈奔流〉是日據時期臺灣作家王昶雄先生的代表作。這篇小說以日文寫於一九四二

年仲秋，其時正值日本帝國主義當局如荼如火推行皇民化運動、迅雷飆風地發動太平洋戰爭，強徵臺灣志願兵遠赴南洋參戰的前夕。一九四三年七月，在日帝保安課的多方刁難下，〈奔流〉終於慘遭修改地刊載在張文環主編的《臺灣文學》雜誌上。〈奔流〉是站在被殖民者的立場，冷智地揭露皇民化運動對於臺灣人心靈的摧殘與迫害的文學力作，在臺日五十一年的孽緣中，〈奔流〉不僅是篇彌足珍貴的歷史文獻，同時由於其犀利的人性剖析和嚴謹的藝術控制，作者以靜觀入微、抽絲剝繭的自然主義技巧，對於被壓迫者的意識情結，有冷澈逼人的解剖、呈露與檢驗，職是，它的意義已不祇是歷史的見證，在皇民化的夢魘飄逝四十載的今日，〈奔流〉已超越了時空的制限，成爲臺灣新文學史上具有永恆價值的經典之作。〈奔流〉在一九四三年十一月，曾被選入於大木書房出版的《臺灣小說選》（選集中尙蒐有龍瑛宗的〈不知道的幸福〉、楊逵的〈泥娃娃〉、呂赫若的〈風水〉、張文環的〈迷兒〉、〈媳婦〉）；一九四四年，又受日本文壇的知名評論家窪川鶴次郎的激賞，足見它的文學價值，不僅被肯定於當時，也被認定於異族。在臺灣文學極求本土自主化，進而邁向第三世界化的當今，先行代的〈奔流〉應是一篇值得我們注目珍存的文學資產。

二　文學任務在於體現人生、啓發人生

王昶雄原名王榮生，生於一九一六年，該年正是江定等三十七人被騙投案、判定死刑，由余清芳等人所領導的噍吧哖事件的結束，亦卽臺灣以武裝爲抗日主力的告一段落；第三年（一九一八年），美國威爾遜總統發表戰後十四點和平宣言，鼓吹民族自決，倡導新自由主義，臺灣同胞深受鼓舞；第四年秋，臺灣留日學生蔡惠如、林呈祿、蔡培火、吳三連、彭華英……等人在東京成立聲應會（啓發會的前身），點燃了臺灣近代史上以政治文化爲抗日主力的「黎明期」。換句話說，王昶雄的成長背景，一開始就與臺灣本土的民族解放運動的發展歷程緊密相關。

王昶雄出生於淡水鎭九坎街（今之永吉里重建街）的海商人家，一九二三年就讀淡水公學校（今之淡水國小），因雙親經常在泉州、厦門等地奔波，所以他的童年便由祖母一手撫育長大。

他十三歲離開臺灣，從此，海的回憶成了童年的回憶，也成了對故鄉淡水的回憶，在王昶雄的詩〈海的回憶〉中，有充滿懷念的追述。海邊的幻想，形成了他文學中的血緣，蘊藏著對故國山河的嚮往和呼喚，這在中篇小說〈淡水河之漣漪〉裏有進一步的呈露。一九二八年，他負笈東瀛，先入郁文館中學，畢業後進入日本大學齒學系就讀，直

至一九四二年齒學系畢業，才返回臺灣，在淡水鎮開設牙科診所。

在日本的十年中，王昶雄一面求學，一面參加文學活動，前後兩次參加同人雜誌，一次是伊吹卓二主編的《青鳥》雙月刊（自一九三五年一月至同年八月，僅發行四期就停刊），另一次是《文藝草紙》月刊（自一九三七年四月至一九三八年九月，發行六期而停刊）。一九四二年回國後，正式加入張文環的《臺灣文學》陣營，常有作品發表，他用日文所寫的小說、詩、評論，除了發表於《臺灣文學》外，尚刊載在《青鳥》、《文藝草紙》、《日本時事新報》、《興南新聞》、《臺灣日日新報》、《文藝臺灣》、《臺灣公論》、《臺灣藝術》等刊物。

在文學上，王昶雄坦言受到中國章回小說的影響，尤其他推崇法國自然主義大師左拉。他認爲評論家的左拉比小說家的左拉還精彩，左拉獨具慧眼，能窺探出當時寫實潮流的膚淺和技窮，於是另闢蹊徑，創出更深刻化、更平民化的自然主義。左拉認爲文學的目的，在於研究人類的心靈，心理學應當附屬於生理學，是故他將創作賦予遺傳學和環境論的科學基礎，來描摹下層階級生活的眞相，以凸顯出第二帝政時代的巴黎社會面貌。這種具有實驗精神的見解，對他有很大的啓示。王昶雄還心儀帝俄的杜斯妥也夫斯基與屠格涅夫，他認爲杜氏的《卡拉馬助夫的兄弟們》是部在思想上博大精深，充滿救贖情操的鉅作，頗值得二十世紀人再三細究，而托爾斯泰雖是人道主義的大師，但其思想觀與宗教觀都不夠深邃，而且流於說教，因此難以打動人心。在日本文學方面，他特別欣賞芥川龍之介、島崎籐村和橫光利一等人的作品，他們富於感覺性，對於人類纖細靈敏的心靈有感染力量；就當時而言，他頗私淑中國作家魯迅，魯迅不僅社會意識強烈，文筆也極為尖銳，對落後腐敗的封建制度有深刻的批判。要言之，他認為一位作家除了應具備道德意識外，思想境界的深淺和文學才華的高低，是決定其作品成敗的關鍵。

王昶雄說：

「文學的眞正任務是體現人生，啓發人生，使人從文學的境界中獲致一個正確的觀念，這才是文學的最高準則。」

「我對於文學創作，一直保持著三個原則：一、文學是不該穿制服的，應該有與衆不同的個性，在任何環境下，總要有自己的個性。二、文學精神是自由的表現精神，文學的精神存在的地方，就是自由存在的處所。所以能自由表達的作品，必是新鮮的、虎虎有生氣的佳構，如果是公式化的作品，必是陳腐的、庸俗得不可耐的東西。三、雖然小說技巧原無定法，但可以預見的是傳統因襲的技巧將漸漸被突破性、創造性的技巧所取代。」

這種為人生、重個性、尚自由、貴創造的文學觀，都反應在他的文藝評論〈關於文學的世界觀和美的問題〉、〈文藝家的獨創力〉、〈文學的精神和使命〉、〈對文藝時評的感想〉、〈傳記文學論〉、〈水滸傳之人物論〉、〈浮生六記的女主角陳芸〉、〈金聖歎論〉、〈科學狂想曲〉、〈詩的曲線美和含蓄美〉、〈史詩管見〉、〈英國的中國韻文研究〉，同時由這些論題不難窺出他興趣的廣泛、關注的方向和著重的要點。

就實際創作而言，他的短篇小說、〈回頭姑娘〉、〈流浪記〉、〈小丑的歎氣〉、〈流放荒島〉、〈兩個女郎〉、〈阿飛正傳〉、〈濱千島〉、〈某壯士之死〉、〈笨蛋〉、〈阿緞做新娘〉、〈心中歲時記〉、〈當緋櫻開的時候〉，和新詩〈人世〉、〈我的歌〉、〈陋巷札記〉、〈樹風問答〉、〈海的回憶〉、〈草山四季謠〉、〈自畫像〉、〈神木〉、〈喜鵲與烏鴉〉、〈照話學話〉、〈如果我〉、〈從北方來的修女〉、〈稻草晨禱〉、〈當心吧！老友〉都表現了此一文學觀：前已述及，王昶雄的成長與日據下的臺灣民族運動發展有關，因此它一貫的中心主題，都是在抗議異族的政治支配與經濟壓迫，關愛勞苦大衆的窮困生活，追求人類的自由、平等和獨立自主的精神。作者以文學的參與力量，特別從人權的觀點，譴責日帝殖民體制的種族歧視和差別待遇，期以喚醒臺灣同胞的自覺，爭取被統治者的基本權益。

尤其，王昶雄的四部中篇小說，更爲他嘔心力作，可說是他思想的註脚。除〈奔流〉外，〈淡水河之漣漪〉反映了作者的童年經驗，以淡水到八里的海域爲背景，對於水上人家的生活有很生動的描繪，作者藉著小說人物面對來自漳州、泉州的戎克的遐思，含蓄地表達了對祖國風土人情的嚮往；〈梨園之歌〉則以戲班的悲歡聚散爲經緯，傳達臺灣同胞在異族高壓下和衷共濟、患難相助的情懷；〈鏡子〉一作，以鏡子爲意象，影射兩種不同典型的日本人心態，以及暗示臺灣人的應付之道。

在日據時期的衮衮作家中，王昶雄與楊守愚、楊逵、呂赫若、龍瑛宗、張文環等人一樣，都是屬於創作力豐沛的作家，不但作品的量頗爲可觀，質亦毫不遜色。

三　曲徑通幽的心路歷程

〈奔流〉一作，王昶雄以自然主義的風格、心理寫實的基調，通篇瀰漫著冷靜凝肅的氣氛，眞確地反映出「皇民化運動」下臺灣人的心理衝突和精神煎熬，作者並透過朱春生受到「皇民化」之迫害後那種苦難憔悴、白髮逆立的形象，間接批判了「皇民民化運動」的泯滅人性和罔顧人道，其沉痛的心聲，實已呼之欲出。

〈奔流〉通篇圍繞著「皇民化運動」這一時代背景而展開，那什麼是「皇民化運動」呢？一九三七年，日本帝國主義假借蘆溝橋事端，向中國發動全面性的軍事侵略。當時的臺灣總督小林躋造即提出三句口號，所謂的「皇民化」、「工業化」、「南進基地化」，而其目標無非是在於「高度國防國家之一環的臺灣之新建設」。所謂「皇民化」，便是一種毒辣的同化政策，就像戰前的日本殖民帝國一心一意要將朝鮮、琉球同化、當今非洲的白人要將黑人同化一般，其目的在於竭力抑制革命運動的發生，進而動員臺灣人力，直接參加侵略戰爭。「皇民化」的事象，可從下例諸事窺出端倪：一九三六年，臺灣總督的「武官制」復活；一九三七年，禁止使用漢文，廢止漢文書房，減少寺廟，禁止中國劇上演；一九三八年，特高警察的大幅增員；一九四〇年，修正臺灣戶口規則，強迫臺灣人改用日本姓名；一九四一年，「皇民奉公會」成立；一九四二年，實施臺灣特別志願兵制度，徵調臺灣青年為軍伕，派往中國大陸與南洋各地，為日軍服務。

有良心的日本學者矢內原忠雄在《日本帝國主義下之臺灣》，就一針見血地指出：「日本統治臺灣五十一年，一切的政策無非是處心積慮地要割斷臺灣與中國血濃於水的臍帶，使臺灣與大陸完全隔離起來。」因此，皇民化運動可說是伴隨著帝國主義的侵略戰爭而來的，其本質上根本就是一種種族的隔離政策、一種文化的消滅主義。

在〈奔流〉中，作者塑造了「我」（主觀的，小說中的敍事者）及朱春生、林柏年（客觀的，現實裏的代表人物）等小說角色，運用「對比」和「剖析」的技巧，強化了小說中人物性格的對立，深刻化了其心靈的衝擊，使得題旨的寓義具有無比的張力。

朱春生，他的祖父是清朝的貢生，是個「純然社會的事與我完全無關的所謂讀書人」，可是，到了朱春生父親這一代，時勢變了，不得不轉向為商人，但經營並不順利，夫妻常因而發生爭端，這在幼小的朱春生心中伏下了陰影。不久，朱春生公學校畢業，立時要求到內地（日本）唸書，雙親雖勉為其難答應，但唯一的條件是必須進入醫學校，五年的中學平安度過，豈知上大學時，朱春生却背叛了父親的希望，選擇了B大的國文系。於是，父親發脾氣，母親歇斯底里的吵鬧，他們以不轉系，學費的供應就立刻中止來威脅，但朱春生的決心仍毫不動搖，無論父親匯款之有無，完全憑著工讀苦學到畢業。爾後，娶日本女子為妻，改姓名為伊東春生；返回臺灣後，更認丈母娘為媽，與原來的家庭絕裂，全然忘了自己的親生父母，不顧他們的病痛死活。而且其言語舉止都已完全日本化了，穿日本服，住榻榻米，在中學裏教授日本文；遇到臺灣人，仍然使用日本話，認為「殖民地的劣根性經常低迷不散」、「他們的視野很窄，因為無法離開自我的世界去想東西，總是怯怯的，人都變小了。氣節、氣概，全都沒有」，因此，「本島（臺灣）人學生常有的偏邪不正的心情，非從根柢重新改造不可」。

朱春生的心理成長與性格轉變，作者塑造得十分自然合理，這個人物是透過「我」的觀察而顯現出來的。作者在呈露時，首先讓他的形象浮現，然後再顯示他的心理，最後追索他的家庭背景，使其行為動機在解剖刀下無所遁形，非常合乎人性化，這是作者的高明之處。在「皇民化運動」中，朱春生的轉變，頗耐人尋味，他所代表的是一個為求安逸，一心夢想著做日本人，想徹底接受皇民化，而數典忘祖，不顧父母死活，要把鄉土的的土臭完全去掉的臺灣人。

林柏年，則是朱春生的表弟，也是他的學生。一個外表乍看起來不開朗，其實內心剛毅倔強的臺灣青年，富有強烈的愛國心，流露出一股凜然不可侵犯的神情。是作者塑造出來與朱春生對比的角色，基於觀念的衝突，在小說中他們常有火爆對峙的場面。後來，林柏年公學校畢業後，也到日本求學，而且也違背親人們的期待，進入武道專門學校，然而，在他從日本寫回給「我」的信中，林柏年有這樣的話語：

「但是，我若是平常的日本人，就更非是個堂堂的臺灣人不可。不必為了出生在南方，就鄙夷自己。沁入這裏的生活，並不一定要鄙夷故鄉的鄉間土臭。不論母親是怎樣不體面的土著人民，對我仍然無限的依戀。即使母親以那不好看的面目，到這裏來，我也不會有絲毫畏縮的表現。被母親擁抱，就像幼兒一般，任其自然。」

這真是與朱春生顯明而強烈的對比，此一角色也是透過「我」的觀察而顯現出來的，他代表的是新生代的、純眞的、憤怒的、有正義感的、流著故鄉人血液的臺灣青年。

但，這裏有個值得討論的問題，便是在林柏年寫給「我」的回信中，尙有一句：

「我感悟到，要和宏大的大和魂相連繫，非默默地用我們的血液去描繪不可。」

當我初次再三閱讀時，總想不通為何會突兀地冒出這麼一句不相干的話來，這句話與作者前面林柏年的性格描寫有很大的矛盾，唯一能做解釋的，就是在柏年到東瀛求學後發生劇烈變化，一心一意想成爲日本人，但這種解釋太牽強了，未免是筆者一廂情願地強作解人，在作品中根本缺乏有力的旁證支持。後來，直到我再讀了王昶雄的〈老兵過河記〉時，才恍然明白這原來是日本官憲的偷天換日，有些尖銳的地方被刪去，而有些地方被硬生生的補充，像上述這種不倫不類地強姦文義，就是他們的「傑作」，這充分說明了在殖民地的體制下思想自由與創作獨立，根本是異想天開，因此對日帝下那些不畏強暴，屢仆屢繼去爭取自由的創作者，更是令人深感敬意。

至於「我」呢？在作品中則是一個貫穿全局的觀察者與敍述者。「我」也是個在日本求學的臺灣人，由於父親的突然去世，不得不立即整裝回鄉的內科醫生。起初對故鄉的風土總難適應，「難以排遣沒法子逃避的無聊」，「雖然有故舊，也不是能誠心安慰，或剖心相告的人，吊在半空中的慵懶，經常弄得心情憂鬱難解」，而經常會懷想起日本關東平原的冬晴之美，「冬陽和枯草，不可思議的暖和，冬天的空氣洗滌了五體，連心都會有被洗滌的感覺」。這直到認識了朱春生，「我」客愁的感傷才獲得了解脫，因爲總算有了知音；但也直到了解了朱春生與林柏年，並且透過他們師生之間不同理念的衝突，我才以一個醫生的靈眼，正視了自己民族的認同，逼近自己的內心世界，檢省「我」的心靈鬱結，喚回了「我」身爲一個臺灣人的良知：

我想起了在內地的時候，當被問到「府上是那兒啊」時，不知是什麼心理作用，大抵都回答四國或九州。爲什麼我有顧忌，不敢直說是「臺灣」呢？因此，我不得不經常頂著木村文六的假名做事情，到浴堂去，到飲食店去喝酒，都使用這名字。自以爲是個頗爲道地的內地人，得意地聳著肩膀高談闊論。有時胡亂賣弄辯才，使對手感到眩惑。因此，跟鄉土腔很重的朋友在一起時，怕被認出是臺灣人，我會提心吊膽。當假面具就要被剝開時，我就會像松鼠一般地逃遁。十年來，不間斷的，我的神經都在緊張狀態之下。

作者於此揭露了一個被支配者的臺灣人，生存在支配者文化的苦悶、徬徨和掙扎，並進而展現了「我」由原夢想做一個大和子民而回歸到愛護鄉土、要紮根於邦家的覺醒歷程：

內地冬晴的驚人之美燒印在心裏的我，這才恍然大悟，忘掉了故鄉常夏的美好。因而使我感覺對鄉土的愛心不夠。我不是從伊東和柏年的身上，學習了純眞與世俗兩種東西了嗎？今後，我非用這個脚跟穩重地踏著這塊土地不可。

至於「我」的心靈轉變，以及對朱春生觀點之演變，其間有幾個關鍵性的導因，值得注意：

1.朱春生首次參觀「我」的書房，對於略懂日本話的母親，仍堅持不肯說本島話（臺灣話），而以日本話來交際。（起疑，見第一章）

2.「我」首次拜訪朱春生的住居，見到他崇仰大和文化，生活也已完全日本化了，最主要的，他不認其生母，反而認他的丈母娘。（納悶，見第二章）

3.當朱春生親父過世時，在葬禮中，「我」見到他冷漠、鄙夷、厭煩與不耐的神情，中國人的倫理觀念，喚醒了「我」的良知。（反感，見第三章）

4.「我」目睹了朱春生與林柏年的正面對立和衝突，林柏生反抗，朱春生動武。（批判，見第四章）

5.從林柏年之母，「我」初次了解到朱春生的家庭背景。（諒解，見第五章）

6.在山岡上，「我」俯瞰到朱春生在皇民化過程中的白髮雜生，憔悴不堪。（憐憫，見第六章）

「我」的心路歷程是曲折的、曖昧的、有深度的，也是最易受人誤解的。雖然本篇有些語氣與文句，寫得極爲閃爍模糊，但〈奔流〉作於一九四二年，我們要了解日帝在一九四一年「皇民化運動」的喧囂中，要臺胞改名換姓，把自己的祖宗牌位燒掉，要穿日本服或是所謂的「國民服」，學習日本風俗習慣，而一個有良知的臺灣人要傾訴這種反「皇民化」的心聲，實在不得不隱裝，採取正話反說的方式，才能「曲徑通幽」，直穿要害。南非的女作家娜汀・葛蒂瑪(Nadine Godimer)，在面對著白人的殘酷鎮壓時，她說：「一面忍受充滿惡意的官僚作風，一面設法逃避他們手中的條款，爲了苟且偷生，黑人作家們不得不從明白的表現法，轉向比較含蓄而曖昧的語句來表達心中的感受。」也是同樣的道理。

四　由外在的觀察進入內在的觀照

〈奔流〉所採用的是第一人稱單一的、旁知的敍事觀點。由於是單一的，旁知的觀點，所以朱春生、林柏年的周遭及背景不可能被描寫得太過詳盡，祇能透過「我」的旁觀側擊，有限地呈現出來。。毫無疑問的，就外在寫實而言，朱春生、林柏年是主角，但就內在寫實而言，「我」才是眞正的主角。

由於形式上是透過「我」的眼睛來看外象，也透過「我」這個眞正的主角來敍事，以展示「我」心靈主體的變化歷程。，而朱春生與林柏年反倒成爲客體了，換言之，他們的心態與行爲，是透過「我」的觀察才有意義的。作者對於朱春生的層層剝露，步步剖析，賦予生理影響心理、環境決定個人的基礎，因此我以爲它一方面既是自然小說。同時又因「我」的心靈變化，已由外在的觀察進入內在的觀照，因此它另方面又是心理寫實。

由於具有心理寫實的特徵，所以在小說中的「我」，祇不過是個敍事者，不見得就是作者的化身，其意念及情感未必就表示作者的意念與情感，這點是應該分清楚的。由上分析，可知「我」這個角色，在日據時期的殖民地社會尤其知識階層中，是具有普遍性與代表性的，因此〈奔流〉雖具有很濃厚的自傳色彩，但經過現代小說的變形與轉化後，我不以爲它就如日本批評家窪川鶴次郎所認爲的是篇不折不扣的私小說，因爲將〈奔流〉視爲私小說，無形中便窄化了小說的主題，祇是將它當做個人經驗的傳眞，反而侷限了其背後所要傳達的深遠涵義。

同時，我也無法苟同窪川氏以爲「作者因爲不得不把這篇作品寫成私小說，故勢必帶來作品裏的濃濃感傷。而這感傷的遲遲步調，甚至令人感到節奏緩慢。」感傷並不是氾濫全篇的主調，它只是「我」在小說剛開始的一種情緒——一種夾在臺灣與日本之間擺盪的情緒，後來當我了解自己的心理鬱結，進而克服鬱結，認同本土之後，「我」的感傷乃消失了，內心則變得澄澈而落實，明智且堅強，除了退回來檢討當時臺灣父母與子女之間的代溝，認清了今後臺灣人在島內角色的多元化，此外，並由小我體悟到臺灣青年糾葛在雙重生活夾縫中的苦惱，於是破口大罵荒謬皇民化的「狗屁！狗屁！」，轉而以正義的憤怒，覺悟的勇氣，「像小孩子似地奔跑，跌了再爬起來跑，滑了爬起來再跑，撞上了風的稜角，就更用力地跑。」結尾這種愈挫愈奮、屢仆屢起的象徵，正是作者最積極的寓義，此豈是窪川氏所認爲私小說的「傷納悶透」(Sentimental)。呢？與其說感傷的遲滯步調，勿寧說〈奔流〉瀰漫著一股肅穆的、冷智的、凝靜的、理性的基調較爲適宜。

當然，王昶雄是一個小說家，並不是一個歷史家或政治家。他除了隱貶皇民化的抹殺人性、倒行逆施外，並沒有進一步去提出被支配者應該怎麼辦？有何具體實際的自救辦法？雖然這是政治家的任務，但傑出的小說可能不會忽略這些訊息；而且也沒從歷史的動向去指出同化政策將自食惡果，以及日本帝國主義將自蹈覆轍，雖然這又是歷史家的職責，但偉大的小說總多少會在作品中寓示人間的政治思想或歷史哲學。

然而，再退回來說，王昶雄雖是個小說家，却是個日據時期的小說家。在日帝金字塔式的層層監視與管制網下，一切的責全，何嘗不是痴人說夢的奢求呢？

五　永遠是鮮活有力的課題

至於小說爲什麼取名爲「奔流」呢？作者王昶雄的解釋爲「主要是含有在時代的奔流沖激下，但願臺胞的體魄能夠變得更堅強之意。」此外，我以爲至少還可增加一種看法：

當殖民者利用其絕對的政治統治權，與強勢的經濟支配權，迫使被殖民者屈從，以期向統治者認同，變成所謂的「次等國民」，扼殺自己的生存意願，無條件地供他們榨取，而以統治者的經濟利益爲依歸時，事實上，「皇民化運動」本身就像是一道無情的奔流，汪洋浩蕩，急瀉直下，大多數人不免都望水披靡，隨波逐流；而只有少數能「江流石不轉」，他們不盲從、不變節，歷史上記載的是這些人，也肯定了這些人。本篇寫的是皇民化，而骨子裏却是反皇民化，所以〈奔流〉可說是一朶逆流而立的、反殖民的浪花。

日據時期的思想家賀川豐彥在〈兩個太陽輝耀的臺灣〉中，引述臺灣的生蕃有個神話，說臺灣島上曾出現過兩個太陽，一個照耀著臺灣，一個照耀著內地（日本）。顯然的，前者代表被壓迫者的願望，而後者則代表壓迫者的饜望。其實，何止有兩個誓不兩立的太陽，就被壓迫者而言，心中也有兩個針鋒相對的海洋，一個是喧囂得勢的日本海，像「公益會」的辜某、像〈道〉的陳某、像〈志願兵〉的周某……他們都執迷不悟地，奔流到海喚不回地想湧向日本海；另一個則是受辱飲泣的中國海，像支那地圖事件的林獻堂、像民衆黨的蔣渭水、像〈一桿秤仔〉的賴和、像〈鴨母〉的張深切……他們都擇善固執地，奔流到海喚不回地想湧向中國海。他們彼此對立，相互激盪，掀起了殖民地的驚濤駭浪，一波接一波，一棒轉一棒，劃亮了反殖民的電光石火。

總之，〈奔流〉一作，由於作品深刻獨到的自然風格及精緻細膩的心理寫實，使該作已成爲日據時代臺灣新文學第三階段「戰爭期」中屈指可數的傑作之一，與呂赫若的〈財子壽〉、〈清秋〉，龍瑛宗的〈植有木瓜樹的小鎭〉、〈一個女人的記錄〉，楊逵的〈無醫村〉、〈鵝媽媽出嫁〉，張文環的〈夜猿〉、〈閹雞〉，吳濁流的〈陳大人〉爭相輝映。在四十年後的今天讀起來仍香醇有味，其小說的思想性與藝術性，反而由於歲月的洗練，益發顯得熠熠發光。雖然，日帝的鐵蹄已飄然遠去，氣燄已黯然失色，皇民化夢魘也成爲過眼雲煙。然而，脫胎換骨的帝國主義，正以新的政治經濟的侵略姿態，死灰復燃地在第三世界裏愈演愈烈，祇要強權呑沒公理，祇要人支配人、人壓迫人的悲劇存在的一日，〈奔流〉裏那種人受到迫害後的掙扎、衝突及摧毀，將永遠是鮮活有力的課題，它所顯示的深刻意義和睿智啓示，勿寧是歷久彌新的。

——本篇原載於《暖流》第二卷第二期，一九八二年八月出版，本文有再修訂

張恒豪　一九五一年生，台灣台北人。東吳中研所碩士，編有《火獄的自焚──七等生小說論評》。

王昶雄小說評論引得

張恒豪　編

篇名	作者	刊(報)名	卷期(出版社)	出版日期
1.《臺灣新文學運動簡史》(王昶雄部分)	陳少廷	臺灣新文學運動簡史	聯經出版事業公司	一九七七年五月
2.王昶雄作品解說	張恒豪	光復前臺灣文學全集卷八—閹鷄	遠景出版社	一九七九年七月
3.延續寫實傳統的—王昶雄	黃武忠	日據時代臺灣新文學作家小傳	時報文化出版事業公司	一九八〇年八月十日

4.日本統治期臺灣文學管見	塚本照和著，張良澤譯	臺灣文藝	六十九、七十期	一九八〇年十月、十二月
5.反殖民的浪花—王昶雄及其代表作〈奔流〉	張恒豪	暖流	二卷二期	一九八二年八月
6.《臺灣文學史綱》(王昶雄部分)	葉石濤	臺灣文學史綱	春暉出版社	一九八七年二月
7.《臺灣現代文學簡述》(王昶雄部分)	包恒新	臺灣現代文學簡述	上海社會科學院出版社	一九八八年三月
8.一顆明珠	劉捷	文訊	四〇期	一九八九年二月一日
9.文學伙伴王昶雄	龍瑛宗	文訊	四〇期	一九八九年二月一日
10.熱情開朗的萬年「少年大的」	鄭世璠	文訊	四〇期	一九八九年二月一日
11.音樂的伙伴、人生的伙伴	呂泉生	文訊	四〇期	一九八九年二月一日
12.載滿未來	黃武忠	文訊	四〇期	一九八九年二月一日
13.三讀〈奔流〉	張恒豪	文訊	四〇期	一九八九年二月一日
14.《臺灣小說發展史》(王昶雄部分)	古繼堂	臺灣小說發展史	文史哲出版社	一九八九年七月

王昶雄生平寫作年表

張恒豪　編

一九一六年　1歲　生於淡水鎮九坎街的海商人家，本名榮生。
一九二三年　8歲　就讀淡水公學校（今之淡水國小）。
一九二八年　13歲　負笈日本，入郁文館中學。
一九三三年　18歲　入日本大學文學系攻讀文學。
一九三四年　19歲　轉入日本大學齒學系。
一九三五年　20歲　一月，加入日本《青鳥》雜誌為同仁，詩〈我的歌〉發表於《青鳥》第二卷。
一九三七年　22歲　加入日本《文藝草紙》季刊為同仁。
一九三八年　23歲　九月，詩〈陋巷札記〉發表於《臺灣新民報》。
一九三九年　24歲　中篇小說〈淡水河之漣漪〉發表於《臺灣新民報》。
一九四一年　26歲　四月，詩〈樹風問答〉發表於《臺灣新民報》。
一九四二年　27歲　齒學系畢業，自日本返回臺灣，在淡水開設牙科診所。
加入張文環《臺灣文學》雜誌為同仁。
十一月，詩〈海的回憶〉發表於《興南新聞》。

一九四三年　28歲　與淡水女畫家林玉珠女士結婚。
七月，中篇小說〈奔流〉發表於《臺灣文學》三卷三期，後收錄在《臺灣小說集》，大木書房出版。

一九四四年　29歲　六月，詩〈當心吧！老友〉發表於《臺灣藝術》。

一九四六年　31歲　任純德女中歷史老師。

一九五〇年　35歲　自淡水搬至中山北路。

一九六五年　50歲　十月，雜感〈吹不散的心頭人影—王井泉快人快事〉發表於《臺灣文藝》第九期。

一九七四年　59歲　四月，評論〈感慨話文評〉發表於《臺灣文藝》四十三期。

一九七八年　63歲　十月，出席聯合副刊主辦的光復前臺灣文學座談會，參加者另有巫永福、杜聰明、王詩琅、郭水潭、龍瑛宗、廖漢臣、楊逵、楊雲萍、陳逢源、黃得時、葉石濤、劉捷、郭秋生等人，座談記錄〈傳下這把香火〉廿二日—廿四日發表於《聯合報》副刊。

一九八〇年　65歲　十一月三日，隨筆〈人生是一幅七色的畫〉發表於《聯合報》副刊。

一九八一年　66歲　五月，雜感〈無論來與往，俱是夢中人—悼念廖漢臣兄〉發表於《臺灣文藝》七十二期。

一九八二年　67歲　八月，雜感〈老兵過河記〉發表於《臺灣文藝》七十六期。

一九八三年　68歲　三月，詩〈追悼文環兄〉發表於《臺灣文藝》八十一期。
五月，雜文〈性的昇華—從我國傳統觀念談起〉發表於《臺灣文藝》八十二期。
十一月，雜感〈王白淵（一九〇二—一九六五）點點滴滴〉發表於《臺灣文藝》八十五期。

一九八四年　69歲　一月，人物介紹〈坐擁顏色連城—顏雲連「看雲的日子」〉發表於《臺灣文藝》八十六期。

一九八五年　70歲　七月，箚記〈靈感與氣氛〉發表於《路工》四十九卷七期。

一九八六年　71歲　一月十九日，雜感〈陋巷出清士—哀悼王詩琅兄〉發表於《自立晚報》副刊。

五月，雜感〈一股傻勁的衝力〉發表於《臺灣文藝》一〇〇期。

台灣宗教論集

作者：董芳苑
書號：NC44
定價：500元

台灣人的頭殼住著毛神仔、雨傘鬼、竹篙鬼等鬼類，不時被它們煞到、土到、沖到，常需拜請童乩、棹頭、法師、八家將、宋江陣來驅邪壓煞。

台灣島上也來了馬雅各醫生、甘爲霖博士、馬偕博士、戴仁壽醫生等傳教士，他們在此地救病痛、記文化、傳福音，還不時受當地人辱罵、遭統治者白眼。台灣近來更興起西式的前世今生通靈術、中式的命運天定算命術、以及中國娘家進香團，明明是歪路，卻有黑白道、政客政僧政尼等各路人馬夾道相隨。 這就是我們的宗教社會！傳統被遺忘、貢獻遭湮沒、邪道卻大張揚。

本書因此拿博學蘸勇氣，以宗教學家的照妖鏡手法忠實記下傳統的鬼魂信仰文化，用歷史學家的技藝替外來的奉獻者留存足跡，執文化批評家的鐵筆點名批判當前各式宗教迷思。全書立論嚴謹，敢言對錯，背後更洋溢著濃厚的台灣之愛，值得讀者細細品味。

作者簡介

董芳苑　神學博士

1937年生，台灣台南市人。

學歷：台灣神學院神學士、東南亞神學研究院神學碩士、香港中文大學崇基學院研究、東南亞神學研究院神學博士。

經歷：前台灣神學院宗教學教授、教務長，前教育部本土教育委員，前輔仁大學宗教研究所兼任教授，前東海大學宗教學研究所兼任教授，台灣教授協會會員，長榮大學台灣研究所兼任教授。

著作：除《台灣宗教大觀》《台灣人的神明》《台灣宗教論集》（以上皆爲前衛出版）外，尚有宗教學與民間信仰等專著三十餘部。

台灣宗教大觀

作者：董芳苑
書號：J163
定價：500元

透析台灣八大宗教的起源、教義、歷史以及在台發展現況！

原住民宗教／民間信仰／儒教／道教／佛教／基督教／伊斯蘭教／新興宗教！

蓬勃多元的宗教活動，不僅是台灣文化的重要特徵，更是欲掌握台灣文化精髓者無法迴避的研究對象。董芳苑教授深知這點，因此長期研究台灣宗教各個面向，冀望能更了解這塊他所熱愛的土地。原住民宗教、民間信仰、儒教、道教、佛教、基督教、伊斯蘭教、新興宗教，這八類在台灣生根發芽的宗教，其起源、基本教義、內部派別、教義演變，以及在台灣的發展狀況如何呢？它們究竟是如何影響台灣人日常的一舉一動以至於生命的終極關懷呢？這些重要的議題，不是亟需條理分明、深入淺出的解說，讓台灣人得以窺見自身文化的奧秘嗎？現在這部以數十年學力完成的著作，就是作者爲探究上述議題立下的一個里程碑，相信也是當代台灣人難得的機緣。願讀者能經此領會台灣文化的寬廣與深邃。

作者簡介

董芳苑　神學博士

1937年生，台灣台南市人。

學歷：台灣神學院神學士、東南亞神學研究院神學碩士、香港中文大學崇基學院研究、東南亞神學研究院神學博士。

經歷：前台灣神學院宗教學教授、教務長，前教育部本土教育委員，前輔仁大學宗教研究所兼任教授，前東海大學宗教學研究所兼任教授，台灣教授協會會員，長榮大學台灣研究所兼任教授。

著作：除《台灣宗教大觀》《台灣人的神明》《台灣宗教論集》（以上皆爲前衛出版）外，尚有宗教學與民間信仰等專著三十餘部。

台灣統治與鴉片問題

作者：劉明修（伊藤潔）
書號：J162
定價：300元

昔日台灣頭人與阿舍子弟的高尚玩意兒，看日本殖民政府如何巧施漸進禁絕手腕。

從荷蘭統治時代就在台灣島上蔓延的吸食鴉片惡習，在日本統治時代被徹底根除了。一個不識鴉片爲何物的民族，竟然能夠割掉長在另一個民族身上三百多年的惡瘤！這是如何辦到的？這樁國際傳頌的殖民地傳奇，被日本總督視爲不可一世的輝煌功績，也被戰後的中國政權刻意遺忘。

殖民地的歷史，總是搖盪於官方文件與刻意遺忘之間，因而需要被殖民者親自來解密。本書正是第一本全面檢視這段歷史的專著，用台灣人的觀點，如實映照出日本統治者的實際功績與背後隱藏的陰暗面。後藤新平建構的鴉片漸禁政策的確了不起，也確實成功預言了解決鴉片問題的時程，但鴉片的專賣收入卻迷惑了殖民者，漸禁政策的漏洞也在日後逐漸顯現。因此，蔣渭水、台灣民眾黨幹部、杜聰明等人挺身而出，與御用紳士相抗衡。這些台灣良心的努力，因緣際會得到了國際上反鴉片煙及反日勢力的呼應……

經由本書開破，我們的歷史，終於清晰了起來。

作者簡介

劉明修（日文名：伊藤潔）

1937年出生，台灣宜蘭人，畢業於台中農學院（中興大學前身）。1964年赴日留學，1977年取得東京大學博士學位，專攻東亞政治史。任教杏林大學期間，與日本言論界的重量級大師田久保忠衛、平松茂雄並稱「杏林三王牌」，發表的專著具有相當大的影響力，在日本擁有極高的評價。最著名的著作除本書外，尚有《台灣》《李登輝新傳》《鄧小平傳》《香港的困境》《中國政治制度》等。他寫的《李登輝新傳》在日本大受歡迎，並引發一批李登輝的仰慕者。2006年因病辭世，生前著作及藏書計四千餘冊全數捐贈台灣的中山大學圖書館典藏。

台灣政治家：李登輝

作者：柯義耕（Richard C. Kagan）
書號：J165
定價：390元

李登輝至今最滿意的傳記
第一本深入描寫李登輝的人格、思想與信仰的生命之書
真正抓住這位台灣歐吉桑的武士性格和隱忍戰鬥精髓

本書一反既有的政治分析，是第一本針對李登輝的人格、思想背景、精神信仰所做的全面研究。經由深入訪談李登輝、以及李登輝身旁各陣營的長年友人，加上綜合相關的文獻、部分解密的李潔明呈美國國務院密件，作者爲李登輝描繪出一幅既獨特又清晰的精神肖像。經由這番梳理，李登輝許多難以理解的過往，頓時變得脈絡分明。

在眾說紛紜的光影背後，在精神領袖與陰謀家的褒貶聲中，站立著一位經受掙扎、迷惘、恐懼，又展現自我超越、對這塊土地終極關懷的台灣浮士德。本書將帶領讀者穿越重重謎團，一探這位扭轉台灣歷史的大政治家的精神世界。

作者簡介

柯義耕（Richard C. Kagan）

美國漢姆萊大學（Hamline University）榮譽教授。1965-67年曾在台大的史丹福中心研究，期間結識了眾多政治及文學的異議份子，包括彭明敏、殷海光、李敖等人在內。1969年獲得賓州大學亞洲歷史博士。之後十二年間，數度來台研究民主運動。另外，他也活躍於台灣的人權議題，曾兩次在美國國會委員會和政府官員之前，爲台灣當局濫用戒嚴令及美麗島事件的後續影響作證。在1981-1994年間，被台灣政府列爲不受歡迎人物。之後又來到台灣，並爲當時的陳水扁市長立傳。2003年獲得台灣的人權獎章。寫作範圍涵蓋北韓、中國、日本及台灣等地的人權議題，教授課程包括國際人權法及比較種族屠殺。遊歷遍及東亞及歐洲各地。

國家圖書館出版品預行編目資料

翁鬧、巫永福、王昶雄合集 / 翁鬧, 巫永福,
王昶雄作. 張恆豪編. -- 初版. -- 台北市：
前衛, 1990 [民79]
408面；15×21分. --（台灣作家全集.
短篇小說卷, 日據時代：6）
ISBN 978-957-9512-05-3（精裝）
857.61 79000801

翁鬧、巫永福、王昶雄合集

台灣作家全集・短篇小說卷／日據時代⑥

作　　者　翁鬧、巫永福、王昶雄
編　　者　張恆豪
出 版 者　前衛出版社
10468 台北市中山區農安街153號4F之3
Tel: 02-25865708　Fax: 02-25863758
郵撥帳號：05625551
E-mail: a4791@ms15.hinet.net
http://www.avanguard.com.tw
出版總監　林文欽
法律顧問　南國春秋法律事務所 林峰正律師
出版日期　1991年02月初版第 1 刷
2009年01月初版第 7 刷
總 經 銷　紅螞蟻圖書有限公司
台北市內湖舊宗路二段121巷28.32號4樓
Tel: 02-27953656　Fax: 02-27954100

Printed in Taiwan　ISBN 978-957-9512-05-3
定　　價　新台幣350元